APRIL DAWSON

**Kiss the Boss**

Eine Chefin zum Verlieben

APRIL DAWSON

# KISS THE BOSS

## EINE CHEFIN ZUM VERLIEBEN

Roman

LYX

LYX in der Bastei Lübbe AG
Dieser Titel ist auch als eBook erschienen.

MIX
Papier aus verantwortungsvollen Quellen
FSC www.fsc.org
FSC® C083411



Textredaktion: Stephanie Röder
Umschlaggestaltung: © Birgit Gitschier, Augsburg unter Verwendung von Motiven von Shutterstock © AC Inc und © chones
Satz: Greiner & Reichel, Köln
Gesetzt aus der New Caledonia
Druck und Verarbeitung: CPI books GmbH, Leck – Germay
Printed in Germany
ISBN 978-3-7363-0782-7

1 3 5 7 6 4 2

Sie finden uns im Internet unter www.lyx-verlag.de
Bitte beachten Sie auch: www.luebbe.de und www.lesejury.de

*Für Salih*

*Die Liebe meines Lebens*

# 1

## Nick

Der herrliche Duft von fernöstlichen Speisen dringt in meine Nase, als ich das chinesische Restaurant betrete, und obwohl ich etwas nervös bin, beginnt mein Magen zu knurren. Die Dame am Empfang begrüßt mich freundlich und mustert mich interessiert von oben bis unten. Sie ist ungefähr in meinem Alter, schlank, mit schwarzen langen Haaren und dunkelbraunen Augen. Sie sieht süß aus, weshalb ich ihr zuzwinkere, vielleicht weil ich hoffe, ihre Nummer zu bekommen. »Nicolas Coleman, ich habe einen Tisch für zwei reserviert«, teile ich ihr lächelnd mit und stütze mich auf dem Tresen ab, hinter dem sie steht.

»Ach und Ihre Frau verspätet sich?«, fühlt sie mir auf den Zahn, um nicht ins Fettnäpfchen zu treten. Wissend grinsend beuge ich mich zu ihr vor. Für eine Asiatin ist sie ziemlich groß, weshalb es für mich ein Leichtes ist, ihr ins Ohr zu flüstern.

»Keine Ehefrau. Keine Freundin, aber viel Platz in meinem Bett«, raune ich ihr ins Ohr und höre ein leises Stöhnen, das nur für mich bestimmt ist. Das läuft ja wie am Schnürchen!

»Gut zu wissen«, zwinkert sie mir zu, während sie um den Tresen herumgeht. Ich lasse mich von ihr führen, kann aber die Augen nicht von ihrem knackigen Arsch lassen, den sie mit voller Absicht sexy hin und her wippt. Ich denke, ich werde sie heute Abend vernaschen, weil ich frei habe und noch nie eine Asiatin im Bett hatte.

Unser Tisch befindet sich in der Mitte des Restaurants und

obwohl es gut besucht ist, hält sich der Lärm in Grenzen. Wenn ich etwas hasse, sind es überlaute Locations, wo man schreien muss, um sich zu unterhalten.

»Ich wünsche Ihnen einen wunderschönen Aufenthalt, Mr Coleman. Ich würde mich freuen, Sie bald wieder begrüßen zu dürfen.« Selbstbewusst reicht sie mir ihre Hand, die ich ergreife und sanft drücke. Miss Asia geht wieder an ihren Arbeitsplatz zurück, aber nicht bevor sie mir ihre Nummer dagelassen hat. Augenblicklich erscheint die Kellnerin, um meine Bestellung aufzunehmen und obwohl ich nach einem kühlen Bier lechze, bestelle ich mir ein Glas Wasser. Um Punkt zwölf Uhr mittags erscheint mein Onkel Charles und grüßt gut gelaunt. »Gut siehst du aus, Nick. New York scheint dir gut zu bekommen«, meint er und schenkt mir ein aufrichtiges Lächeln. Wenn er so lächelt, sehe ich etwas von Mom in seinen Zügen. »Das auf jeden Fall, Oklahoma kann mit Manhattan nicht mithalten.«

»Das habe ich schon öfter gehört. Wie geht es deiner Mutter?«

Ich lasse mir die Karte geben und bleibe ihm eine Weile eine Antwort schuldig. Was soll ich auch darauf antworten? Mom geht es finanziell sehr schlecht, doch das werde ich Charles nicht auf die Nase binden. Dafür ist unser Verhältnis nicht gut genug. »Es geht ihr gut. Sie hat einen neuen Job und zieht das Landleben der Stadt vor.«

»Das ist zwar schön, aber ich hätte mich auch gefreut, sie endlich wieder mal zu sehen. Es ist schon ein Jahr her. Sie kommt doch zu Liams Hochzeit, oder?«

»Leider nicht. Aber ich werde sie gebührend vertreten.«

»Daran habe ich keinen Zweifel.« Das Strahlen in seinem Gesicht zeigt, wie sehr er sich für das Glück seines Sohnes freut. Etwas, das ich nie in den Augen meines Vaters sehen werde, da er sich schon vor meiner Geburt aus dem Staub gemacht hat. Doch dieses leidige Thema schiebe ich weit von mir.

»Und hast du etwas von Ethan gehört?« Es überrascht mich, dass ich selbst überlegen muss, wann ich das letzte Mal von meinem Bruder gehört habe. Nach seinem Highschool-Abschluss ist er auf und davon. Bereist die Welt und lässt einmal im Monat von sich hören. So ist mein Bruder nun mal. Oklahoma, New York, selbst die Staaten, wären ihm zu klein gewesen.

»Er hat vor ein paar Wochen angerufen. Da war er in Ecuador. Wo er jetzt ist, weiß nur der liebe Gott.«

»Noch immer auf großer Weltreise?«

»Ja. Ich denke, bald hat er jedes Land durch«, erwidere ich scherzhaft und mein Onkel stimmt in mein Lachen mit ein.

»Beneidenswert. Ich habe von ihm eine Mail zu Weihnachten bekommen. Eine Karte von ihm am Strand von Jamaika. Mann, war ich neidisch. Immerhin hatten wir dreißig Zentimeter Neuschnee.«

Ich gebe selbst zu, dass ich in schwachen Momenten gerne mit Ethan tauschen würde. Einfach leben, und sich treiben lassen. Doch dann sehe ich die Schulden meiner Mutter vor mir, die leider nie gut mit Geld umgehen konnte, und besinne mich wieder. Mein Traum war es immer, etwas zu tun, was mir Spaß macht, und damit mich, Mom und Ethan über die Runden zu bringen. Und einen großen Schritt zu diesem Traum habe ich vor Kurzem geschafft.

»Ich habe gehört, du hast eine Firma gegründet«, meint Charles und versucht durch ein Lächeln seinen Missmut darüber zu verbergen. Ich weiß, dass er etwas in seinem Stolz verletzt ist, weil ich ihm nicht vorher von meinen Plänen erzählt habe. Aber ich kann dieses Unternehmen selbst an die Spitze bringen und brauche keine Hilfe von anderen.

»Das stimmt. Es steht noch in den Startlöchern, aber ich bin guter Dinge. Ich arbeite an einem neuartigen Smartphone, das ich speziell für das Militär entwickeln möchte.« Nun ist da wieder dieser Ausdruck in seinem Gesicht, dieser Stolz in seinen Augen, nur das er diesmal mir gilt. Ein komisches Gefühl.

»Hast du schon einen Prototyp?«, fragt er interessiert und bedankt sich bei der Bedienung, die unser Essen vor uns stellt. Das Hühnerfleisch Chop Suey riecht so gut, dass mein Magen schon wieder zu knurren beginnt.

»Noch nicht«, antworte ich und nehme einen Bissen von meinem Mittagessen. »Es befindet sich aber in der Endphase. Ich bin noch neu im Geschäft, aber ich überlege stark, mir einen Partner zu suchen, mit besseren finanziellen Mitteln, um den Prototyp fertigzustellen.«

»Schwebt dir da jemand Bestimmtes vor?«

»Es sollte jemand sein, der sich mit IT auskennt, vielleicht noch Erfahrung in der Vermarktung hat.«

»Du weißt doch, dass du auch jederzeit bei Coleman & Sons einsteigen kannst, oder? Wir können so gute Leute wie dich sehr gut gebrauchen.«

Mir ist bewusst, dass sein Angebot großzügig und gut gemeint ist, doch ich habe mir selbst geschworen, es ohne seine Hilfe zu schaffen. Nicht weil ich zu stolz bin, sondern weil ich es aus eigener Kraft schaffen will und nicht, weil meine Familie eine große Nummer in der Marketingbranche ist.

»Sollest du nicht im Ruhestand sein und das Leben genießen?«

Sein tiefes Lachen erklingt und auch er beginnt zu essen. Wir beide haben anscheinend ziemlichen Hunger. »Das sollte ich vielleicht, aber ich kann eben nicht aus meiner Haut. Diese Firma ist mein Zuhause. Und du als Teil unserer Familie solltest bei uns einsteigen.«

»Liam und Sean scheinen dich gut zu vertreten, die Zeitungen loben eure neuen Kampagnen. Die Reichweite ist gewaltig.«

»Das stimmt. Die Jungs hauen kräftig auf den Putz. Aber du weichst meiner Frage aus.«

*Erwischt!* Ich habe bewusst nicht darauf geantwortet, da ich einfach keinen Gefallen brauche. Später möchte ich mir nicht anhören, dass ich nur erfolgreich bin, weil mein Onkel mir alles ermöglicht hat. »Ich danke dir für das Angebot, doch ich muss ablehnen. Mein Traum ist es, ein Unternehmen selbstständig aufzubauen. Stück für Stück, auch wenn es lange dauern wird.«

Onkel Charles nickt verständnisvoll und widmet sich erneut seinem Essen. »Dafür habe ich den größten Respekt. Aber ich möchte dir einfach nur sagen, dass du immer auf mich zählen kannst, solltest du Probleme haben oder auch nur mal einen Rat brauchen.«

»Danke, Onkel.« Kurz schließe ich die Augen und öffne sie wieder, um voller Entschlossenheit in seine zu sehen. »Ich will es selbst schaffen.«

»Kannst du bitte heute für Jeremy einspringen?«, fleht Sylvia am Telefon. Im Hintergrund höre ich Gläser klirren und den Wasserhahn. Sie wird wohl schon in der Bar sein und beim Aufräumen helfen. Ich finde es immer wieder erstaunlich, wie bodenständig sie geblieben ist. Obwohl sie Inhaberin des angesagtesten Klubs in Manhattan ist, hilft sie, wo sie kann. Sei es an der Bar oder beim Saubermachen. Ich arbeite nun seit zwei Jahren bei ihr und habe es geschafft, mich während des Colleges über Wasser zu halten. »Du weißt aber schon, dass ich mir heute Abend bewusst frei genommen habe, oder?«

»Natürlich, Süßer. Aber Jeremy kotzt sich die Seele aus dem Leib und ich habe keinen, der in der Lounge bedient.« Ihre Verzweiflung spüre ich fast am eigenen Leib und habe ein schlechtes Gewissen, weil ich sie hinhalte. Aber verdammt, ich wollte heute an den Plänen für den Prototyp arbeiten. »Natürlich springe ich ein. Ich lasse dich doch nicht hängen.«

»Das ist mein Nick! Ich danke dir. Heute feiert die Verlobte von Liam Coleman ihren Junggesellinnenabschied. Da wird viel zu tun sein.«

# 2

## Callie

Wenn ich die beiden Coleman-Männer in drei Worten beschreiben müsste, würde ich sagen gutaussehend, ehrgeizig und loyal. Ersteres ist wirklich nicht zu leugnen, es ist schon unverschämt, wie sexy die zwei sind. Liam und Sean sind Brüder, denen die Familie über alles geht, egal was passiert, man kann sich auf die beiden verlassen. Auch in der Marketingbranche haben sie sich einen Namen gemacht und gehören zu den Besten in ihrem Fach. Bis vor kurzer Zeit habe ich die Colemans gehasst, weil Sean meiner Schwester damals das Herz gebrochen hat, doch nun stehen die Dinge anders. Im positiven Sinn. In dem letzten Jahr hatte ich die Gelegenheit, Liam und auch Sean besser kennenzulernen. Immerhin ist meine Schwester mit ihm zusammen und wir teilen uns gemeinsam eine Wohnung.

Der Bass vibriert durch meinen Körper, als ich mich auf den Weg zu den Toiletten mache. Ich befinde mich auf dem Junggesellinnenabschied von Emma Reed, die Liam Coleman bald heiraten wird. Langsam sollte ich mal nachsehen, ob sich meine Schwester noch immer auf der Toilette die Seele aus dem Leib kotzt, oder ob ihr Mr Perfect sie schon abgeholt hat. Ich schlängle mich tanzend durch die Menge und begebe mich zu den Toiletten.

»Sarah? Lebst du noch?« Ich gehe an den Kabinen entlang und bleibe abrupt stehen, als sich vor mir die Tür mit voller

Wucht öffnet. Eine etwas ramponierte, aber völlig klare Sarah steht vor mir und schnaubt wie ein wild gewordener Stier.

»Ob ich lebe? Was schert es dich denn? Immerhin hast du mich hier alleine gelassen!« Ich hebe abwehrend die Hände und versuche mit aller Kraft, nicht aufzulachen. Ihr Haar sieht so aus, als hätten wilde Vögel darin genistet und ihr Make-up ist total verschmiert. Sie könnte locker einen Zombie aus *The Walking Dead* mimen, doch das sage ich natürlich nicht laut. Etwas Überlebenswillen habe ich noch. Meine Schwester würde mich killen! »Mach mal halblang. Ich wollte dir ja helfen, aber du hast nach mir getreten und mir gesagt, ich solle verschwinden, weil du nicht willst, dass ich dich so sehe.«

»Echt?«, fragt sie nun verwirrt.

»Wie viel hast du denn getrunken?«, erwidere ich und blicke sie prüfend an.

»Nicht viel, aber der selbst gebrannte Schnaps von Charles hat es in sich gehabt.«

»Wann hast du denn Schnaps getrunken?« Ich wusste gar nicht, dass in der Wohnung von Emma welcher ausgeschenkt worden war.

»Emma und ich haben uns zwei Shots genehmigt, bevor uns die Limousine abgeholt hat.«

»Ach, Mädel. Der war sicher hochprozentig und du hast wie immer nicht viel gegessen, oder?« Ihr schuldbewusster Blick sagt alles, also nehme ich einen tiefen Atemzug und fahre fort. »Ich werde jetzt meine Tasche holen und dich wieder vorzeigbar machen, danach gehen wir in die Lounge und du isst mal was. Okay?«

»Okay. Ach Callie, manchmal frage ich mich, wer hier die Ältere von uns beiden ist.« Ich auch, Sarah, ich auch.

Nachdem meine Schwester wieder wie ein Mensch aussieht

und mich nicht vor gesamter Menge blamieren kann, begeben wir uns wieder zu unserem Tisch. Der Klub ist voll von tanzenden Leuten und dröhnender Musik, die immer besser wird. Das schummrige Licht verhüllt uns im VIP-Bereich fast völlig, sodass wir zwar ungestört sind, aber einen herrlichen Blick auf die Menge unter uns haben. Unsere elegante Sitzgruppe aus feinem Leder befindet sich auf der Galerie, wo wir eine private Bar zur Verfügung haben. Ich bin nicht zum ersten Mal in diesem Klub, komme sogar öfter hierher, aber hier oben war ich noch nie. Zwar stamme ich aus einer wohlhabenden Familie, doch ich war nie scharf drauf, in Luxus zu schwelgen und mich nur mit Bonzenkids zu treffen. Meine beste Freundin Elena ist eine Latina und kommt aus einer Arbeiterfamilie. Durch sie weiß ich, dass es wichtig ist, dankbar zu sein für das, was man bereits erreicht hat.

Emma wippt im Takt der Musik an der Balustrade und blickt auf die Tanzfläche, während Elena, Nia und der Rest unserer Crew an unserem Tisch sitzen und sich unterhalten.

»Da ist ja die Partyqueen!«, brüllt Emma plötzlich hinter uns und zieht Sarah in ihre Arme. »Ach, die Party kann ruhig noch etwas warten. Callie und ich gehen schnell runter in die Lounge, etwas essen.«

»Müsst ihr doch nicht. Wir können uns was raufbestellen.«

»Wirklich?«, frage ich überrascht.

»Na klar!«, brüllt Emma und beginnt wieder zu tanzen, ihr Bedarf an Gesprächen scheint wieder gedeckt zu sein. Sie sieht lustig aus in ihrem rosa Tütü und der Schärpe, auf der Mrs Coleman aufgedruckt ist. Wenn ich sie beobachte, merke ich, wie glücklich sie ist und voller Stolz auf ihren Verlobungsring blickt. Im Gegensatz zu dem entspannten Liam ist Emma wie ein Wirbelwind, mit Hang zu Fettnäpfchen und einnehmendem Charisma. Seit einem Jahr sind die zwei verlobt und bald steigt die große Party. Ich persönlich liebe Hochzeiten, nicht wegen des Kitschs und des sich anschmachtenden Paares. *Gott bewahre!* Sondern wegen des guten Essens, der Cocktails und der süßen Typen, die man immer findet und abschleppen kann.

Emma strahlt wie eine Vierzig-Watt-Glühbirne genauso wie meine Schwester. Diese Colemans müssen es wohl in sich haben. Sarah und ich bestellen beim Barmann kalte Sandwiches und etwas zum Knabbern. Da der Magen meiner Schwester noch angeschlagen ist, habe ich leichte Kost ausgesucht. Während wir warten, sehe ich kurz auf mein Smartphone und merke, dass ich ein paar Nachrichten aus dem Gruppenchat mit meinen ehemaligen Studienkollegen verpasst habe.

*Joey: Ich sag's euch, dieser neue Job hängt mir schon zum Hals raus. Wofür Marketing studieren, wenn ich doch nur fürs Kaffeekochen eingeteilt werde?*
*Marcie: Das ist anfangs immer so. Beiß die Zähne zusammen, das wird schon. Ich denke hier in der Nachtschicht an euch und winke mal in die Runde.*
*Henry: Habt ihr ein Glück! Ich suche noch immer verzweifelt nach einem Job, diese Absagen lassen mich schon an mir zweifeln.*
*Nick: Kommt schon. Kinder, hört auf zu flennen und packt den Stier bei den Eiern. Joey, du wirst noch wichtigere Aufträge bekommen, du musst dich doch erst mal beweisen. Henry, Geduld ist eine Tugend, also halt durch, Alter. Man bekommt nichts geschenkt. Hey Marcie. Liebe Grüße zurück. Wo ist denn unser Prinzesschen? Hat sie sich einen Lord geangelt und ist nach England verschwunden?*
*Joey: War ja klar, dass Nick mal wieder den Macho rauslässt. Hey du Penner. Wie läuft es bei dir eigentlich? Schon die IT-Branche erobert?*

*Nick: Ich erobere generell nur Frauen, ist leichter als ne ganze Branche;)*
*Marcie: Ach Nick! Deine Frauengeschichten interessieren keinen. Erzähl doch mehr von deiner Firma, die du gegründet hast. Hab es auf deinem Blog gelesen.*
*Nick: Bist du etwas eifersüchtig, Marcie? Du weißt doch, dass mein Herz nur dir gehört. Wir haben einen Deal! Den habe ich nicht vergessen.*
*Henry: Welchen Deal denn? Macht es nicht so spannend;)*
*Marcie: Das ist unser Geheimnis. Nur Nick, Callie und ich wissen Bescheid.*
*Nick: Du hast es dem Prinzesschen erzählt? Wie konntest du nur?*
*Marcie: Halt die Klappe! Du weißt, wie sehr sie diesen Spitznamen hasst.*
*Nick: Ja, ja, aber nur dir zuliebe, mein Schatz. So muss jetzt Schluss machen, irgendwelche reichen Bitches wollen Snacks zu ihrem Champagner haben. Wir hören uns.*
*Henry: Bye Bro.*
*Joey: Viel Spaß mit den Ladys:P*
*Marcie: Bis später Jungs.*

»Dieser verdammte Mistkerl!«, brumme ich und drücke mein Smartphone fester in meine Handfläche. Nick war von Anfang an ein Riesenarschloch mir gegenüber, weil wir Rivalen auf dem College waren, doch seine Sprüche nerven heute genauso wie am ersten Tag. Stets war es zwischen uns ein Wettrennen, wer Jahrgangsbester wird, und ich habe ihn in allen Fällen knapp geschlagen. Da aber Nicks Ego größer ist als der Mount Everest, hat er diese Niederlagen nie verkraftet und mich bei jeder Gelegenheit genervt. Ich kann ihn nicht leiden und war froh, als ich mit meinem Abschluss auch Nick losgeworden bin.

Leider hatten wir gemeinsame Freunde am College und somit treffen wir uns öfter, als mir lieb ist. Die Fahrstuhltüren gehen auf und meine Wut nimmt ungeheure Maße an. Denn der Kellner, der gerade unser Essen bringt, ist niemand geringeres als Nick!

# 3

## Nick

Die Party ist schon in vollem Gange, als ich den VIP-Bereich betrete, sodass nicht mal eine der Frauen merkt, dass ich schon das Essen auf den Tisch gestellt habe. Ich bin es gewohnt, dass mich in solchen Nobelklubs die hochgeborenen Gäste keines Blickes würdigen. Viele können sich nicht mal bedanken, aber ich habe es schon lange aufgegeben, mich darüber zu ärgern. Trotz der Arbeit, die unten auf mich wartet, kann ich es nicht lassen, die Mädels abzuchecken. Denn es sind wirklich heiße Exemplare dabei. Eine Brünette mit Kurven tanzt sich an der Balustrade gelehnt die Seele aus dem Leib, eine dunkelhaarige Latina trinkt Shots an der Bar und die anderen sehen auf ihre Smartphones. Ich entdecke auch einen Typen, der sich mit Hugh an der Bar unterhält.

Die einzige Blonde im Raum ist abrupt aufgestanden und hat mir den Rücken zugedreht. Sie steht etwas abseits der Gruppe, weshalb ich sie nicht gleich gesehen habe, aber Grundgütiger! Der Körper dieser Frau ist zum Niederknien. Endlos lange Beine, blondes Haar, für das ich immer schon eine Schwäche hatte, und dann noch dieses Kleid. Es ist knallrot, eng und schulterfrei. Genau nach meinem Geschmack. Ich lecke mir über die Lippen und spüre, dass ich wieder Sex brauche. Ich hätte diese Asiatin schon im Restaurant vernaschen sollen, denn so renne ich die ganze Nacht mit blauen Eiern rum!

Durch mein Starren habe ich nicht mal gemerkt, dass mich

die Damen entdeckt haben und selbst damit beschäftigt sind mich abzuchecken.

»Wen haben wir denn da?«, fragt die Latina, umkreist mich und streicht dabei über meine Brust und meinen Rücken. *Heilige Scheiße*, selbst die Braut zieht mich mit den Augen aus. Jede, außer der Blonden und das stört mich. *Dreh dich um*, will ich rufen, besinne mich aber wieder.

»Das ist unser Stripper, Ladys«, sagt die Frau mit dem heißen Körper schließlich, und ich hätte schwören können, dass ich diese Stimme kenne.

»Was?«, frage ich verdutzt, doch das geht in dem Kreischen unter, das plötzlich ertönt. Die Braut fackelt nicht lange und zieht mich zu einem Stuhl in der Mitte des Raums.

»Moment! Da liegt ein …«, setze ich an und verstumme augenblicklich, als sich die blonde Schönheit umdreht und mich schadenfroh angrinst. *Callie!* Es wundert mich überhaupt nicht, dass sich das Prinzesschen im VIP-Bereich befindet. Mein weißes Hemd, das ich immer hinter der Bar trage, wird mit einem Ruck aufgerissen, sodass die Knöpfe in alle Richtungen fliegen und mein Oberkörper freigelegt wird. Diese zukünftige Mrs Coleman ist mit Sicherheit vieles, aber nicht schüchtern. Wieder ein Kreischen, als sie meine trainierten Bauchmuskeln sehen, da zahlt es sich auf alle Fälle aus, täglich ins Fitnessstudio zu gehen. Selbst Callie, die mich zum ersten Mal oben ohne sieht, kann die Augen nicht von mir lassen.

Die Mädels setzen mich auf den Stuhl und die Braut tanzt mich an, während ich einfach nur verwirrt dasitze. *Moment!* Wenn ich der Stripper wäre, sollte es genau umgekehrt sein und ich sie antanzen, oder? Aber die Frauen kümmert das nicht. Sie haben ihren Spaß, sogar die Prinzessin, die mir das eingebrockt hat. Ich könnte alle aufklären, dass ich nicht der Stripper bin, doch ich schweige und genieße die Show auf meinem

Schoß. »Go, Emma«, schreit die kreischende Meute und die Besagte geht so richtig in die Vollen, streift mir das Hemd ab und streicht über meine Brust. *Fuck!* Das fühlt sich herrlich an, da plagen mich nicht mal Schuldgefühle, weil die Zukünftige von meinem Cousin mich anmacht. Am liebsten würde ich die anderen nehmen, selbst Callie, die ich nicht mal leiden kann.

Emma ist gerade dabei meine Hose aufzuknöpfen, als sich erneut die Fahrstuhltüren öffnen und der echte Stripper im Feuerwehroutfit die Bar betritt. *Shit!* Callie fängt ihn ab, redet mit ihm und scheint die Situation zu erklären. Er lacht und winkt mir zu, da es mir mit der zukünftigen Braut auf dem Schoß ziemlich gut geht.

»Emma. Ich will dir ja den Spaß nicht verderben, aber hier ist der echte Stripper, der eine bessere Show abliefert, als Nick hier.« Callie deutet mit dem Kopf in meine Richtung und die herablassende Art, mit der sie mir entgegenkommt, schürt die Wut in mir, die immer an der Oberfläche brodelt, sobald ich sie sehe. Schon am College hat sie immer so getan, als sei sie mir überlegen.

»Ach, du bist gar kein Stripper?«, fragt mich die Braut überrascht, erhebt sich aber nicht von meinem Schoß.

»Leider nein. Aber du hast das Tanzen für mich übernommen.«

Peinlich berührt steht sie auf und stolpert fast über meine Beine, doch ich kann sie vor einem Sturz bewahren.

»Also Ladys. Seid ihr bereit für Party?«, brüllt der Typ in seinem lächerlichen Outfit und beginnt die tollpatschige Emma anzutanzen. Wieder kreischen die Frauen und machen sich genauso über ihn her wie über mich. Alle bis auf Callie, die mich schadenfroh angrinst.

»Schönen Dank aber auch.« Ich tue so, als hätte mir diese kleine Einlage nicht gefallen, doch sie durchschaut mich sofort.

»Ach, Nick. Lügen, war noch nie deine Stärke. Ich wollte mich für deine Chatnachrichten rächen.«

»So schlimm waren die doch nicht«, winke ich ab und greife nach meinem Hemd, das auf dem Boden liegt. Gott sei Dank habe ich immer Ersatzkleidung im Spind.

»Du hast keine Ahnung von Frauen, oder?«, fragt sie empört und lässt mich ratlos die Stirn runzeln.

»Wie meinst du das? Ihr Mädels mögt es doch, wenn man euch Prinzessin nennt.«

»Deine Mädels vielleicht, aber ich definitiv nicht. In mir befindet sich kein Prinzessinnenmaterial, also hör endlich auf mit dem Scheiß.«

»Ich könnte damit aufhören, aber es ist einfach zu schön, dir dabei zuzusehen, wie du an die Decke gehst.« Ihre Augen verengen sich zu Schlitzen, doch sie bleibt überraschenderweise ruhig. Sie greift nach einem Glas Champagner und nippt daran, bricht aber den Augenkontakt nicht ab. Etwas verändert sich darin. Die Wut ist fort und etwas anderes blitzt auf. Etwas, was ich sonst nicht von ihr kenne. In ihren High Heels umkreist sie mich wie ein blonder Racheengel, der zum Angriff übergeht, denn wenn ich etwas in den vergangenen Jahren mit dieser Frau gelernt habe, ist es, dass sie nie nachgibt. Dann steht sie vor mir, neigt den Kopf zur Seite und sieht zum ersten Mal direkt auf meinen Oberkörper.

Ihre Fingerspitzen streichen über die nackte Haut, die sich wegen ihrer Berührung anspannt. Sie lässt sich Zeit, streicht über die offengelegte Fläche und sieht mir nach einer endlos langen und quälenden Minute wieder in die Augen. Scheiße aber auch, sie sieht rattenscharf aus, wenn sie einen auf Femme fatale macht. Callie überbrückt die Distanz zwischen uns, presst ihren sportlichen Körper an mich, fest, sodass sie genau spüren kann, was sie mit mir anstellt.

»Geht dir da einer ab, Nicolas? Mir dabei zuzusehen, wenn ich wütend werde?« *Scheiße!* Ich habe eine schlagfertige Antwort, irgendwo in meinem Hirn, aber das ist leider ein paar Stockwerke tiefer gelandet und schreit danach, sich in dieser Frau zu versenken.

Ich bin nicht so dumm, auf diese Frage zu antworten. Dafür ist sie zu nah an meinen Eiern, um mir einen Tritt zu verpassen. »Tja, ich habe gehofft, du ziehst nicht gleich den Schwanz ein«, meint sie, als sie sich von mir entfernt und mich frech angrinst. Da stehe ich nun, geil und nicht imstande, mich wieder in den Griff zu bekommen. Denn neben dem Fakt, dass ich Callie Newman nicht leiden kann, hat ihr Körper doch einen Effekt auf mich. Einen viel zu intensiven, verdammt! Mit einem Ständer, der locker dem Eiffelturm Konkurrenz machen könnte, sehe ich sie an und merke zum ersten Mal, dass ich bis jetzt nie Bettmaterial in ihr gesehen habe, wie sonst bei Frauen. Sie war immer das reiche, verwöhnte Mädchen, das sich den Abschluss erkauft hat. Doch nun sehe ich die Frau, die Titten, den Arsch und bei Gott, diese verdammt langen, milchig weißen Beine.

»Bis dann, Nick. Du weißt nicht, was dich das nächste Mal erwartet, wenn du mich Prinzesschen nennst, also würde ich dir davon abraten. Dieses nette Gesicht täuscht, ich kann auch anders.«

»Dann freue ich mich darauf, bis zum nächsten Mal.« Eines ist sicher, ich werde niemals aufhören, dieses nervende Gör zu ärgern.

# 4

## Callie

»Du bist so heiß«, brüllt mir der Typ, dessen Namen ich schon wieder vergessen habe, ins Ohr. Nicht gerade die schlaueste Anmache, aber da ich mich nach Nähe sehne, lasse ich es ihm durchgehen. Immerhin habe ich schon lange keinen Sex mehr gehabt, weshalb er mir gerade recht kommt. Jeff, wie ich glaube, sieht wirklich gut aus. Trainierter Körper, dunkler Teint, tätowiert, wildes schwarzes Haar und dieses dunkle Glitzern in den Augen, das ich immer an Bad Boys geliebt habe. Er riecht geradezu nach einer verbotenen Frucht, die ich unbedingt haben will. Ich reibe mich an diesem heißen Typen auf der Tanzfläche, genieße es, wie er durch meine gezielten Berührungen Wachs in meinen Händen wird.

Seine Finger ziehen feurige Spuren über meinen erhitzten Körper, bis sie sich in mein Haar krallen. Dann küsst er mich endlich, und auch wenn er aussieht wie ein Unterwäschemodel, haut mich sein Kuss nicht vom Hocker. Zu viel Zunge, zu wenig Können. Schade eigentlich. Er zieht mich an seinen harten Körper, doch wenn jemand nicht küssen kann, dann war's das für mich. Nach dem Song lasse ich ihn einfach stehen und gehe wieder hinauf in den VIP-Bereich, wohin er mir Gott sei Dank nicht folgen kann.

Der erste Typ des Abends war ein Reinfall, aber die Nacht ist ja noch jung. Die Mädels lassen es noch immer krachen, als ich aus dem Fahrstuhl steige. Emma tanzt weiterhin, ist nach der

Strippereinlage wie unter Storm und scheint jeden Augenblick ihres Junggesellinnenabschieds zu genießen.

»Hey Callie. Wo warst du denn?«, brüllt sie mir ins Ohr, als sie hüpfend auf mich zukommt.

Sie trägt ein Sommerkleid im Babydoll-Stil, was ihren Bauch und die Hüften kaschiert. Emma ist kurvig, selbstbewusst, attraktiv und das Beste von allem ist, dass sie ein gutes Herz hat. Diese junge Frau hat mich von Anfang an in ihren Freundeskreis aufgenommen und mich Nia und Aiden, ihrem besten Freund, der gerade den Barkeeper abschlabbert, vorgestellt.

»Ich habe nach etwas Heißem zum Abschleppen gesucht«, antworte ich und folge ihr zu unserem Tisch.

»Und, etwas für dich dabei?«

»Ich dachte zuerst jemanden gefunden zu haben, der meine Zeit wert wäre, aber da er küsst wie ein Fisch, habe ich ihn in die Wüste geschickt.«

»Autsch, das klingt gar nicht gut«, meint sie lachend und trinkt ihr Wasser auf ex.

So wie sie abgeht, wundert es mich nicht, dass sie durstig ist.

»Und es fühlt sich auch gar nicht gut an, glaub mir.«

»Was ist mit unserem Fakestripper? Der sah wirklich fantastisch aus … und der Körper erst«, schwärmt Emma und läuft etwas rot an, als sie merkt, dass sie von einem fremden Mann schwärmt.

»Nick? Gott nein!«, sage ich etwas zu laut, sodass sich alle am Tisch uns zuwenden und unserem Gespräch folgen.

»Du hast diesen Gott von einem Mann gekannt?«, ruft Nia empört.

»Ja?«, es ist eher eine Frage als Antwort.

Sie gibt mir einen leichten Klaps auf die Schulter. »Der war so lecker, den hättest du mir vorstellen sollen.«

»Sorry, Nia, aber ich kann diesen Typ nicht ausstehen. Ich finde, du hast etwas Besseres verdient als diesen Arsch.«

»Ach, das war Nick? Dein Nick?«, mischt sich nun auch meine Schwester ein und ich könnte ihr eine verpassen, denn das Letzte, was ich will, ist über ihn zu sprechen.

»Er ist nicht mein Nick! Nur um das klarzustellen. Aber ja, das war er in voller Herrlichkeit.«

»Hmm«, meint sie nur und greift nach ihrem Cocktail.

»Das ist alles, was du dazu sagst?« Nach all den Jahren, in denen ich mich über seine Sprüche beschwert habe, sollte sie doch mehr dazu zu sagen haben.

»Die Mädels haben ja schon festgestellt, dass er heiß ist, und so oft wie du dich über ihn geärgert hast, wundert es mich ehrlich gesagt, dass ihr noch nicht im Bett gelandet seid.«

»Wie bitte?« Ich reiße ihr den Drink aus der Hand und rieche daran. »Es sind kein Absinth oder Drogen in deinem Cosmopolitan, also kannst du nur einen Hirnschaden haben«, stelle ich schockiert fest.

»Ach Quatsch.« Sarah nimmt wieder ihr Getränk und sieht mich komisch an, als wüsste sie etwas und ich nicht. »Ich weiß, dass du ihn hasst, aber trotzdem, er hat dich abgecheckt und du hast auch nicht geheult, als er halb nackt von Emma überfallen wurde.«

»Hey!«, beschwert sich diese lautstark.

»Sorry, Süße, aber du bist heute außer Rand und Band«, meint Aidan, der einzige Mann in der Runde.

»Das ist mein letztes Wochenende als ledige Frau! Da darf ich doch die Puppen tanzen lassen, oder?«, fragt sie ihren besten Freund und stemmt die Hände an die Hüften.

»Tanzen, trinken und flirten ja, aber nicht jeden Typen anspringen, der nicht bei drei auf dem Baum ist.«

»Ja, ja. Spielverderber.«

Aidan nimmt die schmollende Emma in den Arm und gibt ihr einen Kuss auf die Schläfe. »So, genug über die zukünftige Mrs Coleman gesprochen! Also Callie …« Er sieht mich eindringlich an und rückt etwas näher an mich heran. »Wieso noch mal, sitzt du hier rum und hast nicht heißen Sex mit Fakestripper?«

Na toll, jetzt hat Nick sogar einen Spitznamen bei meinen Freunden. »Weil ich ihn nicht leiden kann?!«

Aiden wirft empört die Hände in die Luft. »Das sind meist die besten Sexpartner.«

»Für mich aber nicht.«

»Du bist doch nicht der »Bienchen und Blümchen«-Typ, oder?«

»Nein, das nicht, aber ich habe in Nick nie etwas anderes gesehen als ein Ekelpaket.«

»Auch nicht, als er halb nackt vor dir gestanden hat und du ihn betatscht hast?«

»Das hast du gesehen?« Ich habe gedacht, dass sich alle auf den echten Stripper konzentriert haben.

»Ich bitte dich. Eure Show war besser als dieser hüpfende, Pingpongball.« Er deutet mit dem Kopf auf Emma, die ihm gegen die Schulter boxt.

»Okay, ich gebe es zu, er sieht nicht schlecht aus. Aber trotzdem. Er ist und bleibt der Mann, der mich viele Nerven auf dem College gekostet hat mit seinen Sticheleien.«

»Wie du meinst …«, sagt er endlich und lässt hoffentlich das Thema fallen. Emma ist wieder in ihrem Element, als ein neuer Song erklingt, und animiert jeden hier im Raum zum Tanzen. Bevor wir jedoch weiterfeiern, flüstert Aidan mir ins Ohr: »Aber ich weiß, was ich gesehen habe, und das sind zwei Körper, die aufeinander abfahren.«

Ich lächle ihn an, boxe ihm ebenfalls auf die Schulter, bevor ich ihn zur Bar schleppe, um mit ihm auf Emma zu trinken. Aidan kann sagen und glauben, was er will, aber eines ist sicher. Niemals würde ich etwas mit Nick anfangen!

# 5

## Nick

»Das ist doch Bullshit!«, rufe ich wütend, als ich mal wieder planlos vor meinem Prototyp sitze. Nach langer Arbeit sieht es aus wie ein wasser- und staubdichtes Smartphone. Das Gehäuse ist aus schwarzen Gummi, das leicht und kratzfest ist, und aus einem Material, welches vor allem beim Militär verwendet wird. Das Display ist aus Diamantglas, was einiges aushalten sollte, sodass auch Wasser kein Problem darstellt. Doch das Innenleben ist völlig leer. Derzeit habe ich einfach keine finanziellen Mittel mehr, um das Mainboard herzustellen, und somit befindet sich mein Projekt im Stillstand. Ich habe das Internet nach möglichen Geschäftspartnern durchforstet. Habe meine damaligen Studienkollegen zurate gezogen und auf brauchbare Kontakte gehofft, doch vergebens. Die meisten sind an einem Kleinunternehmen wie ich es habe, nicht interessiert, weil es ein zu großes Risiko darstellt. Und die, die mir eine Chance geben würden, sind mehr zwielichtig als vertrauenswürdig.

Seit Stunden sitze ich in meiner Wohnung im Büro, das ich zu einem Technikraum umgebaut habe, und gehe alles akribisch durch, doch ich lande immer wieder am selben Punkt. Ich brauche einen Partner mit dem nötigen Kleingeld. Mir ist bewusst, dass ich Charles fragen könnte, aber damit würde ich alles verraten, was mich ausmacht. An diesen Punkt werde ich nicht kommen. Es ist eine Option, die ich nicht in Betracht ziehe. Bin ich zu stolz? Vielleicht. Aber in einer Welt, in der sich jeder kaufen lässt, möchte ich doch meinen Prinzipien treu bleiben. Sehen wir den Tatsachen ins Auge. Ich bin pleite und brauche unbedingt einen Geschäftspartner mit dem nötigen Know-how und Beziehungen.

Bevor ich das alles in Angriff nehmen kann, brauche ich ein Bier, zwei Scotch und viele Jägermeister. In den letzten Tagen habe ich nur gerechnet, recherchiert und meine Zeit vor dem Computer verbracht. *Scheiß drauf!* Ich greife nach meinem Smartphone und beginne zu tippen.

*Nick: Leute. Ich brauche unbedingt eine Pause von der Arbeit! Ich weiß, es ist erst Donnerstag, aber ich brauche Alkohol, mögliche Lösungen, eure Meinung und eine Frau. Bestenfalls nicht in dieser Reihenfolge. Also, seid ihr dabei?*
*Joey: Also das klingt doch interessant. Vor allem der Teil mit dem Alkohol und der Frau. I am in.*
*Marcie: Wann und wo?*
*Henry: Sorry Leute. Ich liege mit einer Grippe flach, aber haut rein und trinkt eins für mich mit.*
*Callie: Du Armer. Gute Besserung. Mach dir einen Tee und bleib im Bett.*
*Marcie: Gute Besserung, Henry. Callie kommst du mit?*
*Callie: Nein danke. Ich habe gerade einen Termin bei der Bank.*

War ja wieder mal typisch, dass die First Lady von Manhattan sich mit ihresgleichen umgibt. Ich sollte die Klappe halten, aber ich kann nicht aus meiner Haut. Diese Frau bringt das Schlimmste in mir zum Vorschein.

*Nick: War ja klar, dass du wieder mal am Geld zählen bist. Lass dich nicht stören, Prinzesschen.*

*Callie: Halt die Klappe, Nick!*
*Nick: Für alle anderen. Treffen wir uns im* Rio *in einer Stunde.*
*Callie: Fick dich, Nick. Bis in einer Stunde.*

Na toll. Wenn ich heute Nacht etwas nicht brauchen kann, ist es Callie Newman.

Regel Nummer eins, wenn du in Manhattan lebst, lass das Auto stehen, wenn du nicht dein halbes Leben im Stau stecken willst. Auch wenn ich beschlossen habe, trinken zu gehen, fahre ich mit dem Bike, da ich mir vielleicht eine rettende Idee erhoffe. Das Fahren hat immer meine Gedanken ordnen können. Ich habe lange nach dem richtigen Bike für mich gesucht und bei der Triumph Bonneville war es Liebe auf den ersten Blick. Henry und Joey halten mich für ein Chick, wenn ich es Bonnie nenne, aber nichts geht über die Liebe eines Mannes zu seinem Motorrad, nicht mal eine Frau. Ich ziehe den Helm auf, setze mich auf mein Baby und lasse den Motor aufheulen. Das Vibrieren, das meinen ganzen Körper erfasst, ist, was mir das Gefühl gibt, am Leben zu sein.

Damals war ich ein kleiner Scheißer, als sich unser Nachbar Mickey eine Triumph zugelegt hat. Alles an diesem Gefährt hat mich fasziniert, sodass ich seit meinem siebten Lebensjahr davon geträumt habe, eins zu kaufen. Es hat etwa zehn Jahre gedauert, doch nun gehört es mir und lässt mich im New Yorker Verkehr nicht im Stich. Die Fahrt zur Bar dauert nicht lange, aber sie ist nicht mein Ziel. Es ist die videoüberwachte Tiefgarage, die in der Nähe liegt. Für meine Bonnie ist nur das Beste gut genug. Außerdem habe ich Angst, dass sie gestohlen werden könnte. Kaum habe ich meine Frisur wieder so halbwegs gerettet, klingelt das verdammte Telefon. Nicht mal ansaufen kann man sich in Ruhe!

»Ja?«, belle ich genervt ins Telefon. Ich brauche dringend etwas, das mich von meiner miesen Laune ablenkt. Am besten ein heißes Chick mit blonden Haaren und prallem Arsch.

»Sollte es nicht: Hallo, bester Bruder auf der Welt, heißen?« Wäre ich gefahren, hätte ich eine Vollbremsung hingelegt, doch ich bleibe nur stehen und sehe verwirrt auf mein Display. Unbekannte Nummer. Wie immer.

»Ethan?« Ich erkenne seine Stimme, weiß, dass es mein Bruder ist, aber ich muss es einfach aus seinem Mund hören. Denn mein Bruder lässt selten von sich hören. Da ruft mich das Finanzamt öfter an als er!

»Wie viele Brüder hast du denn?«, lautet seine Antwort. Er lacht, doch es klingt anders als früher, nicht mehr so unbeschwert.

»Nur dich, aber ich verlange einen DNA-Test.« Nun bin ich es, der scherzt, weil mir etwas sagt, dass etwas im Busch ist.

»Ich kann dir ja mal das Muttermal auf meinem Arsch zeigen, Mom sagt, unser Mistkerl von Vater hatte dasselbe. Ich hätte es mir in Teenagerzeiten fast mal abgeschnitten.« Dieser Typ schafft es doch immer wieder, mich zum Lachen zu bringen.

»Jetzt mal Klartext. Wieso rufst du an?«

Er schnaubt empört in den Hörer, was mich zum Grinsen bringt. »Darf ich nicht mal ohne einen Grund meinen liebsten Bro anrufen?«

*Bro? Ist er high?* Wäre ja nicht das erste Mal. »Ja, genau und mir wachsen gleich Titten, also noch mal. Was willst du?«

»Mein geliebtes Brüderchen in den Arm schließen und ihn nie, nie, nie …«

»Wenn du jetzt weitersprichst, fange ich an zu kotzen«, sage ich und greife mir mit Daumen und Zeigefinger an den Nasenrücken. Dieser Typ ist reinste Schwerstarbeit.

»Ich bin in der Stadt.«

»Welcher?«, frage ich verwirrt, immerhin bereist er die ganze Welt, und das schon seit Jahren.

»Manhattan, du Vollpfosten.«

»Was?«

»Ich bin in New York und suche ein Zimmer und dachte …«

»Du dachtest, ich werde dich aufnehmen wie einen Welpen?«

»Ja, so was in der Art, aber ohne das Gekuschele. Das kann ich nicht ab.«

»Für wie lange?«, frage ich unsicher und kratze mich am Fünf-Tage-Bart. Verdammt ich muss mich wieder rasieren.

»Das weiß ich noch nicht.«

»Ach Ethan, du hättest dir keinen blöderen Zeitpunkt aussuchen können.«

»Wieso? Hast du etwa schon einen Mitbewohner oder eine Freundin?«

»Weder das eine noch das andere. Aber … ach, vergiss es. Natürlich kannst du bei mir bleiben. Du kannst das Musikzimmer haben.« Wo ich meine Gitarren dann hinstelle, weiß ich selbst noch nicht.

»Danke, Nick. Das weiß ich zu schätzen. Bist du unterwegs?«

»Ja, ich bin gerade unterwegs ins *Rio*, komm doch vorbei und hol dir den Schlüssel ab. Ich komme so schnell sowieso nicht nach Hause.«

»Ist klar.«

Ich verstaue das Handy wieder in meiner Lederjacke, lege den Kopf in den Nacken und nehme einen tiefen Atemzug. Ethan hat mir gerade noch gefehlt, aber ich kann ihn nicht einfach hängen lassen. Was auch passiert sein mag, das ihn so weit gebracht hat, dass er wieder in den Staaten ist. Es ist schon Jahre her, dass er hier war. Doch damit beschäftige ich mich morgen Abend, denn ich bin in einer Mission unterwegs. Ich will mir meine Sorgen wegtrinken, meine Freunde treffen und eine Frau aufreißen. Jemanden, der mich vergessen lässt, dass ich gerade dabei bin, zu scheitern.

# 6

## Callie

»Das kann doch nicht sein Ernst sein, oder?«, frage ich entsetzt, als ich die Unterlagen vor mir sehe. Die Buchstaben mögen klein sein, doch sie haben die Kraft, mir das Herz zu brechen und meine Welt zu erschüttern. Sarah merkt, dass ich kurz davor bin, zusammenzubrechen, und macht einen alarmierenden Schritt auf mich zu, aber mich zu beruhigen, wird ihr diesmal nicht gelingen.

»Er geht in den Ruhestand und überlässt dir die Firma?«, flüstere ich nun kraftlos. Diese Worte auszusprechen, fällt mir schwerer, als ich es je für möglich gehalten habe. Dad und ich hatten noch nie das innige Verhältnis, das er und Sarah teilen, doch dass er mich derart hintergeht, hätte ich niemals gedacht. »Es tut mir so leid, Maus. Er hat es mir auch nicht persönlich gesagt, sondern mir einfach die Unterlagen geschickt. Er ist noch in Zürich auf dieser Messe. In letzter Zeit verhält er sich so komisch. Ich meine, merkwürdiger als sonst.«

Egal, was mit ihm los ist, ich werde es nicht zulassen, dass ich aus dem Familienbetrieb rausgedrängt werde. Wie von Sinnen greife ich nach dem Ordner und überfliege die erste Seite. Er will doch allen Ernstes Sarah die Firma überlassen und mich auszahlen. Zwar mit einer beachtlichen Summe, doch das interessiert mich einen Scheiß! Ich weiß, ich habe eher Party gemacht, als wie Sarah immer Ja und Amen zu sagen und ihn auf Galas und Meetings zu begleiten, doch ich bin auch eine Newman. Mein Name hat Gewicht, und solange die Firma Newman Group heißt, werde ich um meine Anteile kämpfen, das schwöre ich.

»Maus, du läufst schon ganz rot an. Durchatmen«, flüstert meine Schwester alarmiert und zieht mich zu unserer Wohnzimmercouch.

»Wie kann er das nur tun?«Nun ist es nicht mehr die Wut, die aus mir spricht, sondern alleine der Schmerz, der es mir schwermacht, zu atmen. Es tut weh, vom eigenen Vater verdrängt zu werden. Dass ich das schwarze Schaf der Familie bin, wurde mir als Kind bewusst. Zwar hat Vater mich großgezogen und sein Bestes gegeben, aber ich habe immer gespürt, dass er mir die Schuld gibt, dass Mom uns verlassen hat. Vielleicht ist es auch die Ähnlichkeit mit ihr, die ihn immer auf Abstand gehalten hat.

»Du weißt doch, dass ich diese Papiere niemals unterzeichnen werde, oder?« Sarah sucht meinen Blick und ich sehe nur Aufrichtigkeit darin. Es sollte mich beruhigen, dass meine Schwester auf meiner Seite ist, doch die Erleichterung kann auch die Tränen nicht aufhalten. Sie fallen einfach, auch wenn ich mir selbst geschworen habe, nie wieder wegen Dad zu weinen. »Er hat mich nie geliebt.«

»Rede doch keinen Unsinn!«

»Er hat mir eine Kindheit und eine Zukunft geschenkt, doch Liebe ist etwas, was er mir nicht geben konnte.«

»Aber …«

»Gib es auf, Sis. Du weißt, dass es wahr ist.«

»Es tut mir so leid«, flüstert sie niedergeschlagen, greift nach meiner Hand und drückt sie sanft. Gibt mir den Halt, den ich brauche, um nicht auseinanderzubrechen.

»Ja. Mir auch.« Das ist auf vieles bezogen. Ich entschuldige mich für einiges, aber vor allem für den Streit, der noch kommen wird, und dass Sarah zwischen den Stühlen sitzen wird.

Denn ich werde so schnell nicht klein beigeben. Ich bin eine Newman und wir sind Kämpfer!

Ein paar Stunden später vibriert mein Smartphone in meiner Tasche. Ich öffne den Chatverlauf, und je mehr ich lese und schreibe, desto wütender werde ich.

»Dieses Arschloch!«, brumme ich, nachdem Nick mich erneut provoziert hat. Dieser Typ kann es einfach nicht lassen.

»Wie bitte?«, meint mein Bankbetreuer verwirrt und holt mich wieder aus meiner Wutwolke.

»Entschuldige bitte«, murmle ich mit hochrotem Kopf und verstaue mein Smartphone in der Handtasche. Ich habe vor Kenneth Barker noch nie geflucht. Selbst als ich ein Teenager war und im Rebellenmodus. Der füllige Afroamerikaner ist seit Jahren ein treuer Freund der Familie.

»Nun, Callie. Auf deinem Treuhandkonto befindet sich eine halbe Million Dollar. Auch eine Lebensversicherung läuft nach wie vor. Wie viel möchtest du heute abheben?«

»Alles.«

»Ernsthaft?«, fragt er überrascht nach und kratzt sich an seinem Bart. Er ist mein Betreuer, seit ich meine erste Kreditkarte bekommen habe, und kennt mich mein ganzes Leben lang.

»Ich möchte dieses Konto auflösen. Die neue Bankverbindung gebe ich dir morgen bekannt.«

»Du verlässt unsere Bank?«

»Ja. Es ist Zeit für eine Veränderung«, lautet meine knappe Antwort. Ich bin ihm keine Rechenschaft schuldig, möchte mein Leben neu ordnen. Dieses Dilemma mit Dad hat meine Welt verändert.

»Weiß Peter davon?«, fragt er nun vorsichtig nach.

»Nein. Ich entscheide noch immer selbst, was mit meinem Geld passiert.« Kenneth nickt nachdenklich und schreitet nun endlich zur Tat. Er fragt nicht mehr nach Dad und ich bin froh darüber. Das ist mein Geld, der Fonds, den meine Großeltern für Sarah und mich hinterlassen haben. Nie wieder werde ich vom Geld meines Vaters abhängig sein, ich werde ihm beweisen, dass ich mehr bin als nur ein Partygirl. Ich weiß noch nicht, wie, aber ich werde es schaffen. Denn eines habe ich von ihm gelernt, Aufgeben ist nicht drin. Wir kämpfen bis zum Schluss.

Am frühen Abend kommt meine beste Freundin Elena vorbei, um sich bei mir zu stylen.

»Du willst wirklich ins Rio, obwohl du weißt, dass Nick da ist?«, fragt sie mich, als sie vor dem Spiegel den Mascara aufträgt.

»Und ob ich gehe. Dieser Arsch hat nicht das Recht, mich auszuladen. Ich habe für heute genug Drama. Jetzt ist es die Mission des Abends, Nick zur Weißglut zu bringen.«

»Wieso will er auch an einem Donnerstag in eine Bar?«, fragt sie beiläufig und checkt noch mal ihr Outfit im übergroßen Spiegel an meiner Tür.

»Weil er anscheinend gerade dabei ist, seine Firma in den Sand zu setzen«, murmele ich, forme ein O, um meinen Lippenstift aufzutragen. Er ist burgunderfarben, dunkel und spiegelt meine heutige trübe Laune wider.

»Das sollte uns doch freuen, oder?«

»Nein. Er ist gut in dem, was er tut, auch wenn ich ihn nicht leiden kann, lese ich seinen Blog. Einfach, weil ich wissen will, wie sich alles für ihn entwickelt hat.«

»Und auch weil du ihn heiß findest«, stellt sie fest und zwinkert mir im Spiegel zu.

»Quatsch. Ich kann den Typen nicht ausstehen.« Und das nicht erst seit gestern. Seit unserem ersten Kurs miteinander sehen wir ineinander nichts weiter als Konkurrenten.

»Ach, das sah auf Emmas Junggesellinnenabschied aber anders aus.«

Knurrend werfe ich den ersten Lipgloss, den ich zu fassen bekomme, nach ihr, doch sie weicht gekonnt aus. Sie greift nach einem Kissen vom Bett und schleudert es auf meinen Hintern. »Gib es endlich zu.«

»Ach, lass mich doch in Ruhe. Er sieht gut aus, na und?«

»Nichts und. Ich frage mich ernsthaft, wie du in den letzten Jahren nicht mit ihm im Bett gelandet bist.« Das kann sie doch nicht ernst meinen!

»Du weißt, wie sehr wir gestritten haben, und außerdem können wir nicht alle so locker mit Sex umgehen wie du.«

»Ich habe gerne, oft und viel Sex. Trotzdem träume ich auch von meinem Traumprinzen«, sagt sie mehr zu sich selbst als zu mir.

»Deine Liebesromane haben dein Weltbild verschoben. Es gibt keinen Traumprinzen, der daherreitet und dich rettet. Wir leben im einundzwanzigsten Jahrhundert. Kauf dir einen Gaul und sei selbst die Heldin.«

»Ich bin eher der gemütliche Typ«, kichert sie und sieht erneut in den Spiegel. Wenn sie so weitermacht, kommen wir nirgendwohin.

»Das sehe ich. Jetzt hopp hopp, wir müssen los.«

Bevor ich ins herbeigerufene Taxi steige, checke ich noch mal vor dem verglasten Nachbargebäude mein Spiegelbild. Heute trage ich einen locker sitzenden, schwarzen Jumpsuit, der zwar hochgeschlossen ist, die Rückenpartie aber zur Gänze freilegt. Dazu meine roten Louboutins, die zum roten Gürtel um meine Taille passen. Während meine Kleiderwahl edel und schick ist, sticht Elena mit ihrem knallgelben Bustierkleid aus der Reihe. Die knallige Farbe umschmeichelt ihre olivfarbene Haut und setzt ihre langen schwarzen Haare gekonnt in

Szene. Die Fahrt zum *Rio* dauert nicht lange und zu unserem Glück gelangen wir ins Lokal, bevor es beginnt, in Strömen zu regnen.

»Puh, das war ja knapp«, meint Elena, als sie durch die Eingangstür den Regen beobachtet. »Also.« Sie streicht sich ihr Haar aus dem Gesicht und nimmt das Lokal in Augenschein. »Wo ist denn unser Fakestripper?«, fragt meine bald ehemals beste Freundin und lässt den Blick durch die Bar schweifen.

»Wow«, haucht sie und lenkt mich von den Regenmassen ab. Ich folge ihrem Blick und staune nicht schlecht. Das *Rio* nimmt seinen Namen ziemlich ernst. Überall brasilianischer Flair, die Kellnerinnen tragen Karnevalskostüme, die ziemlich gewagt sind und doch passend wirken.

Doch das ist nicht das, was Elena und mich so fasziniert, es ist der überdachte Außenbereich, der durch die verglaste Schiebetür gut sichtbar ist. Der Garten wurde zu einem Strand umfunktioniert. Anstatt Rasen oder Stein, liegt überall Sand. Die Tische werden von gemütlich wirkenden Strandstühlen umrahmt.

»Sieh dir den an«, flüstert meine Freundin und deutet mit dem Kopf auf den Kellner, der natürlich, wie es am Strand üblich wäre, oben ohne serviert. Gott sei Dank ist der Außenbereich geschlossen wie ein Wintergarten, sonst würde er sich draußen seinen knackigen Arsch abfrieren.

»Also hier gefällt es mir«, schmunzelt Elena ohne den Blick vom Barkeeper zu lösen, der besser gebaut ist. Wir gehen in den Außenbereich und ich brauche nicht lange, bis ich meine Freunde entdecke.

»Da ist sie ja!«, ruft Marcie aufgeregt und nimmt mich fest in den Arm. Ihr süßlicher Vanilleduft steigt mir in die Nase und ich drücke sie noch fester. Erst jetzt bemerke ich so richtig, wie sehr ich meine Collegefreunde vermisst habe. Ich begrüße alle mit einer Umarmung, außer Nick natürlich, der außer einem Hallo nichts sagt. Die meisten kennen Elena von früher und holen noch einen Stuhl, damit sie sich zu uns setzen kann.

»Wie geht's dir?«, fragt mich Joey und stellt ein Bier vor mir ab. Ich lächle ihn dankend an und nehme einen großen Schluck. Es ist definitiv heiß hier. »Gut, danke. Ich versuche gerade mein Leben neu zu ordnen. Ihr wisst schon. Mich beruflich neu orientieren.«

»Arbeitest du nicht in der Firma deines Vaters?«, fragt Marcie erstaunt, streicht sich ihre wirren Locken aus dem Gesicht.

»Nicht mehr. Ich will etwas Neues wagen.« Ich bete zu Gott, dass sie sich mit dieser Antwort zufriedengeben, denn dieser Tag war schon anstrengend genug, da will ich nicht noch Salz in die Wunde streuen.

»Ich verstehe dich total«, sagen Joey und Marcie wie aus der Pistole geschossen. Kurz schweift mein Blick zu Nick, der mich mit ausdrucksloser Miene mustert. Seine eisblauen Augen scannen mich, seit ich angekommen bin von oben bis unten und ich könnte schwören, dass er sich wieder eine neue Beleidigung ausdenkt. Das ist bei Nick immer so. Zumindest bei mir.

Wir drei unterhalten uns über die Arbeit, wie es uns nach dem College ergangen ist und welche Lektionen wir teilweise gelernt haben. Nick schweigt weiterhin, trinkt aber einen Drink nach dem anderen. Dieses Verhalten ist total untypisch für ihn. Ich weiß, dieser Idiot kann mir am Arsch vorbeigehen, doch etwas stimmt nicht mit ihm. Als er beim fünften Bier angelangt ist, halte ich es nicht mehr aus und muss mehr erfahren.

»Was ist denn mit dir los?«, frage ich direkt, ignoriere das genervte Schnauben völlig.

»Nichts. Ich genieße nur eure Unterhaltung«, er hebt die Bierflasche in die Höhe, prostet uns zu und trinkt es in einem Zug aus.

»Ernsthaft, Nick. Was ist los? Du wolltest doch unsere Meinung. Wieso bist du dann die ganze Zeit so still?« Marcies Miene ist besorgt, auch sie hat gemerkt, dass etwas nicht stimmt.

»Lasst mich. Ich möchte mich einfach nur in Ruhe vollllaufen lassen und eine Frau abschleppen.«

»Na, wenn du so weitermachst, wirst du es nicht mal zu ihr schaffen, ohne dass du den Boden küsst, Alter«, meldet sich nun Joey zu Wort. Nick wirft ihm einen tödlichen Blick zu, der wohl Verräter bedeuten soll. »Ich will nicht mehr darüber sprechen und habe es mir anders überlegt«, sagt er schlicht und bestellt eine neue Runde. Diesmal für uns alle. In den vergangenen Jahren war Nick öfter betrunken, doch sein sonniges Gemüt hatte er stets bewahrt.

»Hör zu, Nick, ich weiß, du und ich können uns nicht ausstehen, aber tu einfach Marcie und Joey den Gefallen und sag, wo das Problem liegt. Elena und ich fahren einfach.« Ich weiß, dass er mich ursprünglich nicht hier haben wollte, also versuche ich das vermeintlich Beste in dieser Situation zu tun. Ich lege fünfzig Dollar auf den Tisch und erhebe mich. Doch Nick greift nach meinem Handgelenk und hält mich auf.

»Bleib«, ist alles, was er sagt und diesmal geht kein Argwohn von ihm aus. Er möchte wirklich, dass ich nicht gehe. Mit einem schweren Seufzen schließt er die Augen, legt den Kopf in den Nacken und atmet tief ein und aus, bevor er sich uns zuwendet. Hält mich aber immer noch fest. »Meine Firma droht den Bach runterzugehen.« Nach diesem Geständnis lässt er mich los, damit ich mich wieder setzen kann.

»Hast du schon nach Sponsoren oder Partnern mit dem nötigen Kleingeld gesucht?«, will Joey wissen.

»Natürlich. Ich habe aber keinen Erfolg gehabt. Den meisten war ich ein zu großes Risiko.«

»Kannst du nicht bei der Bank nach einem Darlehen fragen?« Marcie fragt das, was ich ebenfalls denke.

Er schüttelt niedergeschlagen den Kopf. »Die wollten nichts davon wissen. Ich habe keine Sicherheiten und meine Ersparnisse sind alle in die Firma und Bonnie geflossen.«

»Was macht deine Firma eigentlich?«, fragt Elena interessiert, obwohl sie Technik oder Wirtschaft nicht wirklich interessieren.

»Ich produziere Smartphones, beziehungsweise, arbeite ich an einem Prototyp. Ein Smartphone, das wasser- und staubfest ist und Telefonate über Solarzellen ermöglichen soll. Es ist hauptsächlich fürs Militär und die Marine gedacht. So können die Soldaten auch in Kriegsgebieten mit ihren Familien telefonieren.«

»Wow. Das klingt nach einer tollen Erfindung«, meint Elena erstaunt. Ich finde die Idee genial, doch die Umsetzung stelle ich mir schwierig vor. Das Mainboard wird schwierig zu produzieren sein, von den Kosten mal abgesehen. Ich verstehe Nicks Problem. Wenn ihm diese Umsetzung gelingt, bin ich mir sicher, dass es ein bahnbrechender Erfolg wird.

»Wie weit bist du mit dem Prototyp?«, will ich nun wissen.

»Das Gehäuse habe ich fertiggestellt.«

»Das heißt, dir fehlt noch das Mainboard?«

»Genau. Wie ihr wisst, ist das der kniffligste Teil und es braucht viele Versuche, bis man Erfolge verbuchen kann.«

»Wieso fragst du nicht deinen Onkel?« Joey scheint Nicks Familie zu kennen, aber ich kenne nicht mal Nicks Nachnamen. Einfach, weil es mich nie interessiert hat.

»Nein.« Es klingt endgültig. Gerne würde ich erfahren, um wen es sich dabei handelt, doch ich schweige. Das geht mich nichts an. »Die ganze Sache ist so was von abgefuckt.« Nick nimmt einen großen Schluck von seinem Whiskey, den der Kellner vor ihm abgestellt hat, und starrt ins Leere. Er wirkt verloren und am Ende. In all den Jahren habe ich ihn noch nie so verletzlich erlebt und auch, wenn wir kein gutes Verhältnis zueinander haben, tut er mir leid. Wer hätte das gedacht?

# 7

Nick

Die Wut auf mich selbst wächst mit jedem Drink, den ich kippe. Nicht, weil ich dabei bin zu scheitern, sondern weil ich mich immer mehr mit dem Gedanken anfreunde, meinen Onkel um Geld zu bitten. Deshalb trinke ich weiter, meine Freunde, die eigentlich gekommen sind, um mir zu helfen, ignoriere ich so gut ich kann. Es war eine Sache, sie über den Chat um Hilfe zu bitten, doch jetzt fühle ich mich hundeelend und wünschte, ich wäre alleine um die Häuser gezogen. Selbst das Prinzesschen ist nett zu mir, obwohl ich gedacht hatte, dass sie mich für die Chatnachrichten büßen lässt. Nichts ist mehr, wie es sein sollte, verdammt.

»Was ist denn mit dir los?«, höre ich dann die Stimme meines Bruders. Ich sehe verwirrt auf mein Smartphone und halte es mir ans Ohr.

»Ethan?«, frage ich verwirrt, doch das schallende Gelächter, was dann ertönt, erschreckt mich so dermaßen, dass ich mein teures Smartphone fast hätte fallen lassen. Meine Freunde lachen mich aus, denn mein Bruder ist nicht wie gedacht am Telefon, sondern steht genau neben mir. Dieser Jägermeister ist ein Drink des Teufels. Ethan hält sich den Bauch vor lauter Lachen und kriegt sich kaum ein. Als wäre ich nicht gedemütigt genug, schaffe ich es trotzdem, einen draufzulegen. »Sorry Kumpel, aber das war einfach zu lustig«, flüstert er, als er mich fest in seine Arme nimmt.

Mein Bruder hat sich verändert, einiges an Gewicht verloren, wirkt aber eher sportlich als dürr. Auch der Bart ist neu, aber es passt zu ihm. »Du siehst gut aus«, sage ich, klopfe ihm auf die Schulter und freue mich wirklich, ihn wiederzusehen. Ich kann mich nicht mal erinnern, wann ich ihn das letzte Mal gesehen habe. Ethan fragt höflich am Nachbartisch nach dem freien Stuhl und setzt sich neben mich. Er begrüßt meine Freunde mit einem Nicken, bevor er mich wieder belustigt mustert. »Du siehst aber scheiße aus«, meint er schlicht, und meine Freunde, die Verräter, lachen erneut auf. »Nein ernsthaft. Was ist los? So drauf warst du das letzte Mal, als Mom krank geworden ist.« Mein Bruder war immer ein Typ, der nicht um den heißen Brei herumgeredet hat, und ich eigentlich auch, doch ich möchte einfach nicht wieder von meiner privaten Hölle berichten, also schweige ich. Spüre seinen neugierigen Blick auf mir.

»Er möchte einfach abfeiern und ein paar Ladys vernaschen. Nick eben«, meint Callie mit einem breiten Grinsen und prostet mir zu. Mein Mund klappt auf, und ich brauche ein wenig, bis ich realisiere, was gerade passiert ist.

*Hat gerade das Prinzesschen versucht, mir zu helfen?* Ich muss besoffener sein, als ich dachte.

»Das sieht man. Nun denn. Ich will dich nicht vom Zerstören deiner Leber abhalten, sondern hole nur den Schlüssel für die Wohnung.« Zuerst kann ich ihm nicht ganz folgen, bis ich endlich schnalle, dass er mich um eine Bleibe gebeten hat. Heute geht auch wirklich alles den Bach runter. Ich greife in meine Jeans und gebe ihm die Schlüssel.

»Dankeschön. Dann wünsche ich euch noch einen schönen Abend«, er erhebt sich, stellt sich hinter mich und legt die Hände auf meine Schultern. »Tut mir einen Gefallen und passt auf den Typ hier auf, der leider mein Bruder ist«, scherzt er und ist schneller weg, als ich ihn treten könnte.

»Dein Bruder ist aber lustig drauf«, meint Marcie und Elena fügt hinzu: »Und heiß ist er auch.«

Ich halte mir wie ein Kind die Ohren zu. »Hör auf, sonst erlebt ihr ein Live-Gekotze der besonderen Art.« Wieder ertönt Gelächter, aber nicht mehr auf meine Kosten. Ich bestelle noch eine Runde und zum ersten Mal an diesem Abend fühle ich mich etwas besser. Egal, was mit meiner Firma geschieht, ich muss es nicht mehr alleine durchstehen, meine Freunde und mein Bruder werden an meiner Seite sein. Darauf trinke ich. Viel.

Brummend erwache ich und greife mit beiden Händen an meine Stirn. Die Kopfschmerzen sind schlimmer als damals nach dem Hangover in Vegas. Die Erinnerungen an die vergangene Nacht sind verschwommen, sodass ich noch mal die Augen schließen muss. Mein Hirn arbeitet im Schneckentempo und mir wird bewusst, dass ich ohne Kaffee nicht weiterkomme. Also stehe ich auf und schlurfe mehr schlecht als recht in die Küche. Nur mit Boxershorts bekleidet betrete ich die Küche, schirme das Sonnenlicht mit meiner Hand ab. Ich würde alles für einen Regentag geben. Die Geräusche der Kaffeemaschine sind so laut, dass ich sie am liebsten zu Kleinholz verarbeiten möchte. Doch ohne Kaffee geht gar nichts bei mir.

»Wieso ist dieses Höllenteil so laut«, brüllt Ethan und erschreckt mich beinahe zu Tode.

»Du verdammter Pisser. Ich hätte mir vor Angst beinahe in die Hose gemacht.«

Lachend schnappt er sich meinen Kaffee von der Maschine und nimmt einen Schluck.

»Das hätte ich gerne gesehen.«

»Das war mein Kaffee, du Vollpfosten.« Kann nicht einmal etwas rund laufen?

»Mach dir einfach einen neuen. Ich muss mich von letzter Nacht erholen.«

»Warum denn das?« Ich dachte, er sei früh in die Wohnung zurückgefahren.

»Das fragst du allen Ernstes?«

Mein verwirrter Gesichtsausdruck sollte Antwort genug sein. Es ist definitiv zu früh für solche Fragen.

»Du bist gestern oder beziehungsweise erst vor ein paar Stunden hier reingeschneit, wie ein singender Elefant auf einem Catwalk. Wenn dich Callie nicht gestützt hätte, wärst du voll auf die Fresse gefallen.«

»Ach komm, so schlimm war ich doch gar nicht drauf … Moment! Meinst du etwa, dass das Prinzesschen mir geholfen hat?« Das klingt alles so unwirklich.

»Warum sollte sie denn nicht? Ihr seid doch Freunde, oder nicht?«

Ich trinke einen Schluck, bevor ich antworten kann. Kaffee habe ich bitter nötig. »Nicht wirklich«, antworte ich und hoffe, dass er die Klappe hält. Mein Brummschädel verträgt die Unterhaltung einfach nicht. »Wir sind gemeinsam aufs College gegangen, waren aber mehr Konkurrenten als Freunde.«

Ethan stellt den leeren Becher in den Geschirrspüler und wendet sich wieder mir zu. »Sie ist heiß.« Auch wenn wir uns nur selten gesehen haben, kenne ich diesen Blick. Er wackelt mit den Brauen und kratzt sich das Kinn. Die Gedanken, die er hat, möchte ich nicht wirklich wissen.

»Lass die Finger von ihr«, sage ich bestimmt mit einer Tonlage, die keine Widerrede duldet.

»Ach, dann gefällt sie dir?« Wieder einmal zieht mein Bruder die falschen Schlüsse.

»Dass sie nicht gut aussieht, habe ich nie gesagt, aber trotzdem lässt du die Finger von ihr.«

»Sie ist aber Single. Wieso sollte ich nicht mein Glück versuchen?« Habe ich gestern noch gedacht, dass ich mich darüber freue, dass mein Bruder wieder zurück ist? Nun sehe ich das Ganze anders. Er fragt eindeutig zu viel. Ich stelle meine Tasse auf der Küchentheke ab und gehe auf ihn zu. Ich weiß nicht, weshalb, aber ich möchte einfach nicht, dass er etwas mit meinen Freunden anfängt. Denn obwohl ich mit Callie Newman nie gut zurechtgekommen bin, gehört sie doch zu meinem Freundeskreis. Affären oder gar Beziehungen mit meinem Bruder würden alles verkomplizieren.

»Ich möchte nicht, dass du etwas mit Callie oder Marcie anfängst. Sie sind meine Freundinnen und wenn du einer das Herz brechen würdest, müsste ich das dann wieder ausbaden. Also halt dich zurück. New York ist voller williger Frauen, also geh aus, hab Spaß. Aber nicht mit meinen Mädels.«

»Wow.« Das ist das Einzige, was mein Bruder dazu sagt. Er fordert keine Erklärungen oder die Erlaubnis, sondern nickt nur und geht an mir vorbei. Das sieht meinem Bruder nicht ähnlich. Er ist ein Typ, der für alles eine Antwort braucht. Geduld war nie seine Stärke.

»Wow?«, frage ich nun, ich werde einfach nicht schlau aus ihm.

Er dreht sich grinsend um und geht rückwärts in Richtung Tür. »Ich habe dich noch nie jemanden beschützen sehen, außer Mom. Es scheint, als hättest du dir eine kleine Familie aufgebaut.« Kurz sehe ich etwas in seinen Augen aufflackern, das ich nicht benennen kann. Dann verschwindet er wieder im Gästezimmer und lässt mich alleine in der Küche zurück.

Seine Worte hallen in meinem Kopf nach. Bis jetzt habe ich immer Mom und ihn als meine Familie gesehen, aber New York hat mich verändert. Diese Stadt hat mir Türen geöffnet, mich geprägt, gefordert und mit wahren Freunden gesegnet.

Und obwohl ich meine Mutter vermisse, weiß ich doch, dass Marcie, Joey, Henry und selbst Callie für mich da sind. Diese einst so fremde Stadt ist zu meinem Zuhause geworden.

# 8

## Callie

»Ich kann das nicht!«, wimmert Emma und sieht panisch in den Spiegel. Immer wieder schüttelt sie den Kopf und wischt sich ihre schweißnassen Handflächen auf dem teuren Kleid ab.

»Beruhige dich. Alles wird gut.« Meine Schwester, die auch die Brautjungfer ist, redet beruhigend auf sie ein. Streicht ihr aufmunternd über den nackten Rücken, doch die Braut kommt nicht zur Ruhe, wirkt eher immer gehetzter.

»Blödsinn. Ich bin viel zu fett, das Kleid ist zu eng und ich kann kaum noch atmen. Außerdem ist die Frisur zu straff, die Nadeln bohren sich in mein Gehirn. Außerdem ist diese ganze Mühe umsonst, Liam wird mich sowieso vor dem Altar stehen lassen. Wer will schon einen Tollpatsch wie mich? Ich kann von Glück reden, wenn ich vor dem Altar ankomme, ohne von blauen Flecken übersät zu sein.«

»Unsinn. Liam liebt dich. Er wird nicht abhauen.«

»Aber ich werde alles absagen, ich bin noch nicht bereit für die Ehe. Ich liebe meinen Nachnamen. Warum soll ich jetzt Coleman heißen?«, sie redet immer weiter, sucht irgendwelche Ausflüchte, um nicht heiraten zu müssen. Es ist die Panik vor dem großen Augenblick, die die meisten Bräute durchmachen. Als weder Sarah noch Aiden sie beruhigen können, schreite ich ein. »Emma. Jetzt beruhige dich!« Doch sie hört mich nicht mal, sondern murmelt etwas von einem Unfall und einem Arsch, der in sie reingefahren ist.

»Reed!«, brülle ich, als wäre ich ein General bei der Army. Und es zeigt Wirkung, endlich hält sie die Klappe und sieht mich an, als wäre sie ein verlorener Welpe, der endlich nach Hause möchte. »Setz dich!«, befehle ich und atme erleichtert aus, als sie endlich tut, was ich sage. Ich setze mich neben sie, nehme ihre Hände in meine und ignoriere das Zittern, das ihren Körper erfasst.

»Sieh mich an. Du musst tief durchatmen. Kannst du das für mich machen?«. Nun rede ich in einer ruhigen Tonlage, will ihr die Angst vor diesem Schritt nehmen. Emma nickt und saugt die Luft tief ein und aus. Das Zittern wird weniger, aber es ist noch da. »Jetzt möchte ich, dass du mir erzählst, wie du Liam kennengelernt hast.«

»Was?«

»Tu es einfach.« Ich versuche, nicht zu genervt zu klingen, aber wir haben nicht viel Zeit. Da ist eine volle Kirche, die schon zehn Minuten auf die Braut wartet.

»Ich kam zu spät ins Büro, an meinem ersten Arbeitstag, und bin gerast wie eine Irre. Dann ist mir Liam ins Auto gefahren und ich habe ihn beschimpft und den Tag verflucht. Als ich dann ins Büro kam, wurde er mir als neuer Boss vorgestellt. Genauso wie Sean.«

»Also war es Liebe auf den ersten Blick?«, frage ich interessiert, denn ich kenne ihre gemeinsame Geschichte nicht.

»Großer Gott, nein! Es war ein harter und langer Weg, bis wir uns unsere Liebe gestanden haben.« Emma schmunzelt, als würde sie die Momente vor sich sehen.

»Liebst du ihn?«

»Mehr als ich je jemanden geliebt habe.«

»Dann gibt es nichts, was ihr nicht gemeinsam meistern könnt. Wie du schon gesagt hast, seid ihre weit gekommen und die Hochzeit ist nur ein weiterer Schritt.«

»Ich habe Angst«, flüstert Emma, senkt den Blick und schluckt schwer. Auch wenn ich niemals heiraten möchte, kann ich mir vorstellen, welcher Druck auf dieser jungen Frau lastet.

»Du wärst verrückt, wenn du keine hättest. Dein Leben wird sich ab heute verändern, aber nun musst du nicht mehr alles alleine durchstehen. Du hast einen Ehemann, der dich liebt, und was ich so gehört habe, besonders deine tollpatschige Seite.«

Endlich lächelt Emma und auch ihre Anspannung löst sich sichtlich. Erneut atmet sie tief durch und ihre gehetzten Augen klaren auf. Es ist, als wäre ein Schalter umgelegt worden, denn jetzt sehe ich wieder die selbstbewusste, fröhliche Frau vor mir, die ich kennengelernt habe. »Danke.« Sie schenkt mir ein strahlendes Lächeln, steht endlich auf und macht sich fertig, um die Liebe ihres Lebens zu heiraten. Wurde auch langsam Zeit.

Elena und ich sitzen in der zweiten Reihe und atmen erleichtert aus, als sich nun endlich die Tür öffnet und Emma die Kirche betritt. Diese ist bis zur letzten Bank besetzt und wunderschön dekoriert. Es ist ein sommerlicher Tag und das Licht der Sonne dringt durch die bunten Fenster des Gotteshauses und wirft farbige Lichtstreifen in das Innere. Der Altar und die Bänke sind mit weißen Lilien geschmückt, dazu überall pastellgrüne Bänder, die den gleichen Farbton haben wie das Kleid der Brautjungfern und Aidans Krawatte. Die Weddingplannerin hat wirklich eine Glanzleistung hingelegt.

An der Seite ihres Vaters geht Emma langsam an den Sitzreihen entlang und sieht wie verzaubert auf Liam, der mit den Tränen kämpft. Von Emmas Panik von vorhin ist nun nichts zu sehen, ihr ganzes Wesen scheint zu strahlen. Ihre Augen glänzen verräterisch und das Lächeln in ihrem Gesicht ist das schönste, das ich je an ihr gesehen habe. Das Brautkleid im

Empirestil ist aus zartem fließendem Stoff und betont schlicht geschnitten, sodass es ihre vollen Kurven locker umspielt. Es ist elfenbeinfarben, hat lange Ärmel aus Spitze und einen Herzausschnitt, der ebenfalls mit Spitze besetzt ist und ein schönes Dekolleté zaubert.

Ich möchte nicht heiraten, doch wenn ich mich jemals anders entscheiden würde, würde mein Hochzeitskleid genauso aussehen, vielleicht mit einer farbigen Schleppe. Ich hatte schon immer eine Schwäche für farbliche Akzente. Obwohl ich Emma nicht lange kenne, freue ich mich sehr für sie und Liam. Kurz löse ich mich von der Braut und sehe zum Bräutigam, der seine Tränen nicht mehr zurückhalten kann. Mein Herz wird schwer bei all den offensichtlichen Gefühlen, die die beiden füreinander empfinden. Es ist, als würde die Zeit stillstehen, um diesen Augenblick für die beiden unvergesslich zu machen. Ich bin mir sicher, wenn jetzt die Welt untergehen würde, würden es zwei nicht merken.

Emmas Vater hebt den Schleier an, gibt ihr einen Kuss auf die Wange und verdeckt ihr Gesicht wieder. Liam formt mit den Lippen, dass sie wunderschön aussieht, und nimmt ihre Hand in seine. Der Reverend beginnt ein Gedicht vorzulesen, eine Geschichte über zwei junge Menschen, die anfangs noch verfeindet waren und durch Gottes Hand die Liebe gefunden haben. Sie haben sich ihren Familien widersetzt und um ihre Zukunft gekämpft. Haben nie den Glauben aneinander verloren. Jedes seiner Worte berührt mich. Sei es, weil fast jeder im Raum flennt oder wegen der ganzen Atmosphäre, aber auch ich kann nicht aufhören zu weinen. Genau wegen dieser Gefühlsduselei gehe ich meist nicht mit in die Kirche und feiere später ab.

»Ich bitte nun das Brautpaar, ihre Gelübde vorzutragen.« Meine Schwester reicht Emma einen Zettel, der ziemlich zerknüllt aussieht. Emma sieht auf das Blatt Papier und wieder zu Liam.

»Die Liebe wurde in Kinderbüchern immer als magisch, wunderschön und erfüllend beschrieben. Doch mit der Zeit habe ich auch die Schattenseiten kennengelernt, habe gelitten und mich verloren gefühlt. Es war ein langer, steiniger Weg, der nie enden wollte. Bis du in mein Auto gekracht bist und meine Welt völlig auf den Kopf gestellt hast. Ich habe eine Weile gebraucht, bis ich erkannt habe, was ich will, und das bist du, Liam. Von diesem Tag an schenke ich dir mein Herz und all meine Liebe. Denn ich weiß, dass sie sich mit dir magisch, wunderschön und erfüllend anfühlt. Wir lieben dich.« Langsam wandert ihre linke Hand zu ihrem Bauch und streichelt sanft darüber.

Liam, der sich mittlerweile etwas gefangen hat, sieht abwechselnd zu ihrer Hand und in ihr Gesicht. Sein Blick ist fragend und verwirrt. Doch Emma nickt nur überglücklich und bricht in Tränen aus, als Liam sie in den Arm nimmt und fest an sich drückt. Kurz verharren sie und genießen diesen wunderschönen Moment. Die Gäste flüstern aufgeregt und einige klatschen. Liam löst sich langsam von ihr, ergreift ihre Hände und hält inne. Für einen Moment scheint es, als kämpfe er damit, sprechen zu können.

»Du hast ja keine Ahnung, wie glücklich du mich machst.« Er schnieft kurz und sammelt sich für sein Gelübde. »Für mich war es schwer, meine Gefühle aufzuschreiben, denn wenn ich alles niederschreiben müsste, was ich für dich empfinde, würde es nicht genug Papier auf der Welt geben. Ich liebe alles an dir. Deine Kurven, deine elegante Art, dich immer wieder in Schwierigkeiten zu bringen, die zwei Denkfalten auf deiner Stirn, wenn du ein spannendes Buch liest. Ich liebe dich, weil du Ava ins Herz geschlossen hast und weil du aus mir einen besseren Menschen machst, jemanden, der jeden Tag versucht, sich deiner würdig zu erweisen. Von diesem Tag an verspreche ich, dich zu lieben, dich zu ehren und dich vor allen Fettnäpfchen zu beschützen. Jetzt, bis zu meinem letzten Atemzug.«

Das ist eindeutig zu viel. Ich löse den Blick von beiden und schließe kurz die Augen. Ich habe mich nie als einsam gesehen, doch in Gegenwart von Emma und Liam fühle ich mich, als fehlte mir etwas. Als würde ich nur zur Hälfte existieren. Es ist lächerlich und doch fühle ich mich unvollständig. Genervt über meine Gedankengänge öffne ich die Augen und sehe auf der Seite des Bräutigams in das Gesicht eines attraktiven jungen Mannes. Er lächelt mich freundlich an, deutet mit dem Finger auf seine Wange, als wollte er mir etwas zeigen. Schüchtern lächelnd sehe ich wieder zum Brautpaar, aber es scheint, als würden die Augen des Fremden noch auf mir ruhen. Flüchtig blicke ich wieder in seine Richtung und wieder deutet er auf mich und seine Wange. Ich verstehe nicht, was er meinen könnte, bis mir mein Make-up einfällt, das durch meine Heulerei sicher völlig im Eimer ist.

Da ich vorgesorgt habe, nehme ich ein feuchtes Abschminktuch und reinige so unauffällig wie möglich mein Gesicht. Ich will mich bei dem Mann bedanken, der sich die Mühe gemacht hat, mich auf meine verschmierte Schminke hinzuweisen, doch bevor ich ihn wieder entdecken kann, sehe ich jemanden, den ich niemals hier erwartet hätte. Nick und Ethan sitzen direkt neben dem Fremden. Während Ethan mir zuwinkt, sieht Nick nur genervt in meine Richtung. Was zum Teufel machen die denn hier?

# 9

## Nick

Es ist komisch, Callie Newman menschlich zu erleben. Früher war sie immer tough, hat sich von mir zwar auf die Palme bringen lassen, doch Schwäche oder andere Emotionen außer Wut hat sie nicht gezeigt. Damals habe ich unsere Kabbeleien genossen, es war etwas, das in der neuen Stadt Bestand hatte. Sie jetzt dort drüben zu sehen, heulend, weil mein Cousin sich die kleinsten Handschellen der Welt anlegen lässt, bringt mich dazu, sie zum ersten Mal mit anderen Augen zu sehen. Früher war sie das verwöhnte Mädchen aus reichem Hause, das mich stets herausgefordert und meine Selbstzweifel bestärkt hat. Und nun sorgt sie dafür, dass ich gut nach Hause komme und nicht in der Gosse schlafe.

Kurz löse ich den Blick von Callie, sehe zum Brautpaar, das die Gelübde vortragen soll. Ihre Worte sind kitschig, übertrieben und unrealistisch. Es fällt mir schwer zu glauben, dass man einen Menschen genug lieben kann, um alles für ihn aufzugeben. Dafür sind mir meine Träume und Ziele zu wichtig. Außerdem glaube ich nicht daran, dass es nur einen Topf zu meinem Deckel gibt. Gott hat uns so viele schöne Frauen geschenkt, da sollten wir jeder einzelnen von ihnen huldigen und das ist es, was ich zu tun gedenke. Auf Hochzeiten finden sich immer einige willige Damen, die nach Ablenkung lechzen.

Eine Bewegung neben mir lässt mich zur Seite blicken. Trey Kaswell, ein Immobilienmakler, den ich noch nie leiden konnte, scheint Callies Aufmerksamkeit erregen zu wollen. Er will sie darauf hinweisen, dass ihr Make-up verschmiert ist und sie wie ein blonder Möchtegern-Emo aussieht, aber sie schnallt es nicht auf Anhieb. Als es endlich Klick bei ihr macht, bringt sie das Dilemma schnell wieder in Ordnung. Mit einem Lächeln sieht sie wieder in unsere Richtung, doch bevor sie den Macker neben mir anhimmeln kann, entdeckt sie mich und Ethan. Und ihre Miene verändert sich. Ich merke, dass sie sich nicht gerade freut, mich hier zu sehen, doch es juckt mich nicht. Mein Bruder und ich sind hier, um unsere Pflicht als Cousins zu erledigen und das Geschenk, das Mom für das Brautpaar gekauft hat, abzugeben.

Nur widerwillig löst Callie den Blick von mir und sieht wieder zum Brautpaar, das sich gerade küsst. Alle stehen auf und applaudieren, also tue ich es ihnen gleich. Ethan jedoch denkt nicht dran, sich zu erheben. Emma streckt den Arm mit dem Brautstrauß in die Höhe und jubelt an Liams Lippen, und auch wenn ich an das Konzept der Ehe nicht glaube, denke ich, dass die beiden eine gute Chance haben, lange miteinander glücklich zu sein.

»Gott sei Dank ist es vorbei! Bei so viel Kitsch bekomme ich grundsätzlich Pickel«, meint mein Bruder jammernd und fährt sich müde übers Gesicht. »Ich brauche jetzt einen Drink.« Er erhebt sich, ohne auf mich zu warten und geht mit dem Menschenstrom wieder in den Hochzeitssaal. Typisch Ethan, zieht er sein Ding durch, ohne auf die anderen Rücksicht zu nehmen. So war er schon immer. Ein Egoist, wie er im Buch steht.

Ich betrete als einer der Letzten den Hochzeitssaal. Anders als die Gelübde, ist der Raum nicht übertrieben oder mädchenhaft geschmückt worden, sondern hier und da mit grüner Deko aufgepeppt. Das macht es leichter für mich, all das hier zu ertragen, solange ich noch keine Frau im Arm habe.

»Da bist du ja!« Mein Onkel Charles kommt auf mich zu und klopft mir väterlich auf die Schulter. »Ich habe gehofft, dass du kommst.«

»Ach ja?«, frage ich ehrlich überrascht, denn wir haben nicht wirklich ein enges Verhältnis zueinander. »Ja, ich möchte dir später ein paar Geschäftspartner vorstellen und ihnen von deinem Unternehmen erzählen. Ich denke, ein paar Kontakte könnten deine Reichweite erweitern.«

Dankbar lächle ich ihn an, denn seit Tagen weiß ich nicht mehr, wie ich weiter an meinem Prototyp arbeiten soll. »Ich freue mich darauf.« Hinter ihm erspähe ich das Brautpaar, das sich gerade in den Garten begibt, um die Hochzeitsfotos machen zu lassen. »Die beiden sehen glücklich aus.« Er folgt meinem Blick und sein Lächeln wird breiter.

»Du warst doch auf seiner ersten Hochzeit auch hier, oder?«, fragt er mich nun, den Blick noch immer an die beiden geheftet.

»Ja. Es ist zwar schon lange her, aber ich erinnere mich noch daran.«

»Ich auch. Damals hat er nicht mal halb so verliebt ausgesehen wie jetzt. Emma ist die Richtige für ihn. Keiner sagt, dass man die Liebe mit dem ersten Partner finden muss. Manchmal klappt es erst beim zweiten Anlauf.«

»Oder beim fünfzigsten«, meine ich lachend und sehe einer scharfen Brünetten nach, der ich schon auf dem Junggesellinnenabschied von Emma begegnet bin.

Charles grinst, als er meinen Wink versteht. »Das heißt, du hast niemanden in deinem Leben?« Das ist das erste Mal, dass er mich nach meinem Privatleben fragt, und es fühlt sich komisch an, ihm davon zu erzählen, doch ich mache es trotzdem.

»Nein. Niemand Permanenten. Ich bin kein Beziehungstyp und hatte noch nie eine langfristige Beziehung. Monogamie wird meiner Meinung nach weit überschätzt, aber wie gesagt, es ist nur meine Ansicht.«

Einen Augenblick lang schweigt mein Onkel und sieht mich nur an, ohne etwas zu sagen. Dann klopft er mir wieder auf die Schulter und meint leise. »Glaub mir, Junge, wenn die Eine kommt, dann erst wirst du merken, worauf es im Leben wirklich ankommt.« Er verabschiedet sich und verspricht mir, später nach mir zu sehen, um meine Firma zu promoten. Charles ist schon ein erstaunlicher Mensch. Er hat sich vom Mistkerl zum Ehrenmann gemausert. Hat, nachdem er seine Frau jahrelang betrogen hat, durch ihren Tod gelernt, dass es mehr gibt im Leben als Pussys. Soweit ich weiß, haben Liam und Sean ihm seine Affären nie verziehen. Aber das geht mich nichts an. Es ist eine Familienangelegenheit, und auch wenn wir blutsverwandt sind, nenne ich nur Mom und Ethan meine Familie.

Kaum lasse ich meinen Bruder aus den Augen, hat er schon wieder eine Schnalle an der Backe und scheint ihr von seiner Weltreise zu erzählen, da er wild zu gestikulieren beginnt. Die Kleine ist jetzt schon Wachs in seinen Händen, das merke ich an der Art, wie sie ihn ansieht und die Schenkel zusammenpresst. Jap, die Frucht ist definitiv so weit, geerntet zu werden. Um nicht als einsamer Loser dazustehen, sehe auch ich mich um, ob etwas Heißes in meinen Radar fällt. Die erste Frau, die ich entdecke, ist allerdings Callie, die gerade ihr Kleid etwas anhebt, um ihre hochhackigen Sandalen zusammenzuschnüren. Durch den Seidenstoff des bodenlangen Kleides sehen ihre milchig weißen Beine endlos lang aus. Großer Gott, wenn sie nicht die wäre, die sie ist, würde ich nicht lange fackeln und sie so lange um den Verstand vögeln, bis sie ihren eigenen Namen nicht mehr weiß, doch das ist das Prinzesschen und ich bin sicher nicht ihr Hofnarr.

Callie richtet sich auf und entdeckt mich dabei, wie ich sie anstarre. Mit gerecktem Kinn geht sie auf mich zu und aus Reflex schütze ich meine Eier, falls sie mir einen Tritt verpassen möchte. Sie ist anscheinend angepisst auf mich, doch ich kann mich nicht erinnern, weshalb.

»Dich hätte ich hier nicht erwartet«, meint sie mit tiefer Stimme, die typisch für sie ist. Als wäre sie in ihrem früheren Leben eine Jazzsängerin gewesen.

»Ich wollte auch nicht kommen, aber das hätte mir mein Onkel übelgenommen.«

»Ach, und wer ist dein Onkel, wenn ich fragen darf?«

»Charles Coleman.«

»Warte mal«, sie umklammert meinen Oberarm und ihre Brauen wandern ungläubig nach oben, »du bist auch ein Coleman?«

»Jap. Was hast du denn geglaubt, wofür das C steht?« Immerhin waren wir einige Jahre gemeinsam auf dem College.

»Ich habe nie wirklich auf deinen Nachnamen geachtet, einfach weil er mich nicht interessiert hat.«

»Autsch. Das tut weh, Newman«, ich tue so, als hätte mich ihre Aussage getroffen.

»Ist aber so. Ich werde dich nicht belügen. Wir beide hatten keinen guten Start, aber vielleicht ist es an der Zeit, das zu ändern. Du und ich können uns nicht bis an unser Lebensende bekriegen, oder? Auch wenn du mich letztens zur Weißglut getrieben hast.«

»Ach ja?«, blöd nur, dass ich mich nicht daran erinnern kann. Ich liebe es, wenn sie an die Decke geht und die Krallen ausfährt.

»Ja, du Vollidiot. Du hast schief gesungen, mich fast mit deinem Gewicht umgeworfen und mir ständig gesagt, dass ich die schärfsten Beine der Welt habe.«

Mein Lachen gefriert. Habe ich ernsthaft sie angegraben?

Dann muss ich ziemlich betrunken gewesen sein. »Hey, ich bin ein toller Sänger und habe einige Rekorde bei Sing Star gebrochen. Außerdem, was kann ich dafür, dass du so schlank bist. Iss einfach mehr. Und bei den Beinen konnte ich einfach nicht meine Klappe halten. Es tut mir leid, du hättest mich nicht nach Hause bringen müssen.«

»Ach was. Ich wollte einfach sichergehen, dass du nicht an deinem eigenen Erbrochenen erstickst.«

»Dafür danke ich dir, und hey: Wenn du dir mal die Birne mit Alkohol wegbläst, werde ich mich um dich kümmern und dich von bösen Jungs fernhalten.«

»Pff«, schnaubt sie belustigt und verschränkt die Arme vor der Brust. »Das sagt der böseste von allen.«

»Das stimmt zwar, aber sei dir sicher: Vor mir brauchst du keine Angst zu haben.«

Ich glaube, das war die längste Konversation, die sie und ich je gehabt haben. Und das Ergebnis unseres Gesprächs hat nicht wie immer in einem Streit geendet, sondern wir haben uns sogar unterhalten, ohne dass sie mir an die Gurgel gehen wollte. Es scheint, als hätten wir stumm einen Waffenstillstand ausgehandelt, aber ich weiß noch nicht, ob mir das gefällt.

# 10

## Callie

»Großer Gott, Callie!«, zischt Sarah aufgebracht, packt mich am Ellbogen und zieht mich von Emmas Eltern weg, mit denen ich mich kurz unterhalten habe. Ich lächele die beiden entschuldigend an und zucke mit den Schultern.

»Was zur Hölle?« Ich entreiße ihr empört meinen Arm und streiche über die gerötete Stelle.

»Kannst du mir bitte mal verraten, was Fakestripper hier macht?«

Ich folge ihrem Kopfnicken und entdecke Nick an der Bar, natürlich ist er nicht alleine. Eine hübsche Brünette, die mir bekannt vorkommt, sieht ihn so lüstern an, dass ich ihre Absichten bis hierher erkenne. Mich würde wundern, wenn sie es noch bis zu den Toiletten schaffen würden.

»Er ist Liam und Seans Cousin«, setze ich sie in Kenntnis.

»Was?«, fragt sie erstaunt und sieht noch mal zu Nick. Ungläubig schüttelt sie den Kopf. »Nicht zu fassen, dass so ein Arsch zu Liam und Seans Familie gehört.«

»Ähm. Ich möchte nur in den Raum werfen, dass Sean genauso ein Vollidiot war, bis er festgestellt hat, dass er in dich verliebt ist.«

»Ja, das mag schon stimmen, aber trotzdem. Er hat dir die Collegezeit nicht gerade leicht gemacht.« Wieder sehe ich zu Nick, der gerade den Kopf nach hinten neigt und herzhaft lacht. Wie die anderen Colemans ist er attraktiv, vor allem, wenn er lacht. Doch früher waren wir Konkurrenten, und da gab es für uns nichts zu lachen.

»Nein. Leicht war es nie mit ihm«, seufze ich.

»Hast du Nick denn nie auf Familienfesten gesehen?« Kurz blinzelt sie, bevor sie sich wieder mir zuwendet. »Nein, nicht, dass ich wüsste.«

»Wie dem auch sei. Nick und sein Bruder Ethan sind ebenfalls Colemans und glaub mir, ich war genauso überrascht.«

»Regt es dich gar nicht auf, dass er hier ist?« Meine Schwester begleitet mich zu meinem Tisch, wo sie neben mir Platz nimmt.

»Nein«, antworte ich ehrlich und atme laut aus. Klar, habe ich mich stets mit ihm gestritten und er bringt mich auf die Palme, aber wir sind hier nicht mehr im Kindergarten. Egal, was früher zwischen uns gestanden hat, es ist Zeit, das alles hinter uns zu lassen.

»Nein«, wiederhole ich, als ihre Brauen ungläubig nach oben wandern. »Wir haben Frieden geschlossen und ich denke, dass wir das vielleicht viel früher hätten tun sollen.«

»Na, wenn du es sagst.« Sarah schnappt sich mein Glas Champagner und trinkt es aus. Sie verzieht das Gesicht und schüttelt sich angewidert. »Bäh. Ich konnte dieses Zeug noch nie wirklich leiden.«

»Dann wird es Zeit für ein Bier«, sage ich belustigt.

»Absolut.«

Kurze Zeit später gehe ich auf die Terrasse des Klubs, in dem die Hochzeit stattfindet. Sarah verbringt hier meist ihre Wochenenden, da Sean in diesem Country-Klub ein Apartment gemietet hat. Gerade musste ich mir den ersten Tanz des Brautpaares ansehen, die sich bei einem schmalzigen Song immer und immer wieder schmachtend angesehen haben. Irgendwann hat es mir dann gereicht. Für heute ist mein Bedarf an Kitsch gedeckt. Mit meinem Bier in der Hand entferne ich mich von der festlich geschmückten Terrasse und schlendere zum Garten. Nach vielen Stunden in diesen Mörder-High-Heels sehnen sich meine Füße und ich nach Ruhe.

Ich lasse meinen Blick umherschweifen, lasse den perfekt angepflanzten Garten auf mich wirken und atme den herrlichen Duft der verschiedenen Blumen ein. Ich gehe an einem kleinen Teich vorbei, über eine Brücke, bis ich einen kleinen Pavillon entdecke, in dem sich anscheinend keiner aufhält. Im Gehen ziehe ich meine Schuhe aus, nehme sie in die freie Hand und schlendere zu der Bank, die in der Mitte des Pavillons steht. Ich setze mich darauf, lege mein Bier und die Schuhe daneben und atme tief ein und aus. Heute Abend war ich so mit dem Brautpaar und meiner Schwester beschäftigt, dass ich nicht mal Ausschau nach einem Mann für heiße Stunden halten konnte. Aber ein kleiner Teil von mir wollte nicht nach einem One-Night-Stand suchen. *War ich jemals verliebt?* Das frage ich mich, seit ich Liams Blick gesehen habe, als Emma die Kirche betreten hat.

Natürlich war ich verrückt nach dem einen oder anderen Kerl, doch wirklich tiefe Gefühle haben sich im Lauf der Zeit nicht entwickelt. Ich bin mittlerweile vierundzwanzig Jahre alt und war noch nie ernsthaft verliebt. Frustriert über diese Erkenntnis, spüle ich mein Bier in Windeseile runter, weil ich damit auch hoffe, diese Leere abschütteln zu können, die immer stärker wird. Vielleicht liegt es an all der Liebe, die die Luft verpestet, aber ich kann mich einfach nicht gehen lassen wie sonst. Der Saal ist zwar voller Menschen, doch egal wie viel Mühe ich mir gebe, ich fühle mich einsam und dieses dumme Gefühl will seit heute Morgen einfach nicht verschwinden. Genervt über mich selbst löse ich den lockeren Knoten, sodass mir meine Haare über den Rücken fallen. Ich wünschte, ich wäre zu Hause geblieben, dann wären die Selbstzweifel gar nicht erst aufgekommen.

»Wie hat mich Emma bloß überreden können, ihre Brautjungfer zu sein?«, murmle ich zu mir selbst, sehe der Sonne dabei zu, wie sie den Himmel lila färbt, und versuche diese Schwere in meinem Herzen zu ignorieren.

»Hochzeiten sind wohl nicht dein Fall, oder?«, ertönt plötzlich eine raue Stimme hinter mir. Erschrocken wende ich den Blick vom Himmel ab und sehe über meine Schulter. Dort steht der Mann, der mich vor einem Make-up-Fiasko bewahrt hat. Ohne meine Antwort abzuwarten, setzt er sich mit etwas Abstand neben mich und sieht mich an.

»Nein, eigentlich nicht«, antworte ich schließlich und stelle die leere Flasche erneut ab.

»Meiner auch nicht«, meint er schief lächelnd.

»Gehörst du zu Emma oder Liam?«, frage ich und versuche meinen rasenden Puls zu beruhigen. Er hat mich ziemlich erschrocken.

»Zum Bräutigam. Wir sind seit dem College Freunde und trainieren im Fitnessstudio öfter zusammen.«

Jetzt, wo er so nah ist, kann ich erkennen, dass er braune, fast schwarze Augen hat, diese Augenfarbe habe ich noch nie gesehen. Sein Teint und die Haare sind dunkel, harmonieren hervorragend mit seinem hellgrauen Anzug, der ihm unheimlich gut steht. Geschmack in Sachen Mode hat er definitiv.

»Ich bin Trey Kaswell«, stellt er sich vor und reicht mir seine Hand.

»Callie Newman. Freut mich«, antworte ich und ergreife sie. Er schüttelt sie nicht, sondern hält sie einfach fest, ohne den Blick von mir zu nehmen. Etwas hat dieser Kerl an sich, etwas, das mein Untergang sein könnte, denn ich werde auf einmal nervös. Genau! Etwas, das noch nie zuvor geschehen ist.

»Deine Finger sind ja eiskalt«, stellt Trey schmunzelnd fest, legt die andere Hand über meine.

»Das sind sie eigentlich immer«, flüstere ich und sehe auf unsere Hände. Sein Griff ist sanft, die Hand weich und warm. Ich hatte nie Probleme einen Typen zum Knutschen zu finden, und ich bin alles andere als prüde, aber so wie Trey meine Hand hält, fühlt es sich viel intimer an als mit jedem anderen Mann zuvor. Da mich diese Erkenntnis erschreckt, versuche ich sie wegzulächeln. »Vielen Dank für vorhin. Ich muss schrecklich ausgesehen haben«, meine ich schmunzelnd, obwohl es mir peinlich sein sollte, aber ich bin ein Mensch, der auch über sich selbst lachen kann.

Trey lässt meine Hand los und lehnt sich grinsend zurück. »Schrecklich ist das falsche Wort. Ich würde eher außergewöhnlich sagen.«

»Im guten oder schlechten Sinne?«

»Natürlich im Guten. Du hast ausgesehen wie ein schönes Gemälde, über dessen Gesicht man Wasser geschüttet hat und die Farbe verrinnt.« Auch wenn er das vielleicht süß gemeint hat, pruste ich los. Manche Männer wären in ihrem Stolz verletzt, aber Trey stimmt eher in mein Lachen ein.

»Sorry, aber an deinen Komplimenten musst du noch arbeiten.«

»Scheint so. Aber hey: Ich habe dich zum Lachen gebracht, das hat mir doch ein paar Pluspunkte eingebracht, oder?«, fragt er lachend und legt den Arm auf die Lehne der Bank. Seine Hand liegt zwar neben meiner Schulter, doch alleine die Nähe strahlt eine wohlige Wärme aus

»Hmm«, murmele ich gespielt ernst, tippe mit dem Zeigefinger auf mein Kinn und mustere ihn. Er ist in der Tat attraktiv, der Typ Good Guy. Gepflegte Frisur, glatt rasiert, freundliche Augen, die trotzdem etwas Dunkles, etwas Verbotenes an sich haben. Ich würde ihn im Normalfall abschleppen, ihm die Nacht seines Lebens schenken und mich nie wieder melden, doch etwas an ihm ist anders. Meine Einstellung zur Liebe ändert sich und ich beginne Trey eine Chance zu geben, mehr als ein möglicher One-Night-Stand zu werden.

»Du lügst«, rufe ich empört und zeige mit dem Zeigefinger auf Trey, der seine Hand auf die Brust legt.

»Niemals! Es ist wahr. Ich habe Bruce Willis in L. A. getroffen und anstatt einen auf cool zu machen, bin ich herumgezappelt wie ein Teenie. Er hat es aber mit Humor genommen.«

»Wie ist es so, ihm gegenüberzustehen?« Meine Augen werden ganz groß. Immerhin sprechen wir hier von meinem Lieblingsschauspieler.

»Es war nicht anders als mit Liam. Bruce war bodenständig und sehr freundlich. Hat mein Tablet Case signiert und sogar gegen ein Selfie hatte er nichts einzuwenden, obwohl er mit seiner Familie unterwegs war.«

»Ich bin grün vor Neid«, flüstere ich, obwohl er das nicht mal sehen könnte. Die Sonne ist mittlerweile untergegangen und die Nacht hat sich über uns gelegt. Trey und ich unterhalten uns seit Stunden in diesem kleinen Pavillon und uns scheint der Gesprächsstoff nie auszugehen. Ich habe erfahren, dass er Einzelkind ist, die Eltern waren wohlhabend, aber sind beide verstorben, ausgezeichnete Noten, Klassenbester und hat das College in Rekordzeit absolviert. Er hat ein eigenes Büro in Manhattan und ist selbstständiger Immobilienmakler. Privat liebt er es zu kochen, hat die halbe Welt bereist und eine Schwäche für teure Autos, die er sich nie leisten könnte.

»Ach, die Farbe steht dir sicher genauso gut«, winkt er ab und fährt sich durchs Haar. Ein frischer Wind weht durch den Pavillon und erst jetzt wird mir bewusst, dass es sich mittlerweile ziemlich abgekühlt hat.

»Ist dir kalt?« Ohne auf meine Antwort zu warten, zieht er sein Jackett aus und legt es mir über die Schultern. Dabei streift er mit seinen Fingern meine Schulter. Meine Lider flattern aufgrund dieser unschuldigen Berührung, sodass ich sie kurz schließen muss. Sein Duft umhüllt mich, lässt mein Herz schneller schlagen. Als würde er diese Wärme auch spüren, wandern seine Augen von meiner Haut zu meinen Augen. Die lockere Stimmung ist dahin und macht etwas Intensiverem Platz. Etwas, das ich noch nicht benennen kann, aber ich fühle es.

Treys Blick ist sanft, fast sehnsüchtig auf mich gerichtet. Wie Magnete nähern wir uns langsam, zögernd, weil wir vielleicht beide Angst haben, den anderen zu verschrecken. Sacht wandern seine Finger über meine Wange, bis er seine Hand zärtlich um meinen Nacken legt. Fremde zu küssen gehört zu meinem Alltag, da ich nicht viel von Beziehungen halte. *Wieso bin ich dann so nervös?* Ich war nicht mal bei meinem ersten Kuss aufgeregt. Ich schließe die Augen, als ich seinen Atem auf meiner Wange spüre und schalte die Welt aus.

»Ups. Da ist ja doch jemand«, kichert eine Frauenstimme plötzlich, quiekt auf und zerstört diesen romantischen Moment. Trey und ich fahren erschrocken auseinander, weil eine brünette Frau stolpert und gegen den Pavillon knallt. »Aua«, keucht sie, scheint Schwierigkeiten zu haben, wieder aufzustehen.

»Entschuldige mich.« Trey eilt zu der Schnapsdrossel, die über sich selbst zu lachen beginnt und immer wieder ins Gebüsch fällt. Ich erhebe mich ebenfalls und will gerade zu den beiden gehen, als ich jemand anderen im schwachen Licht des Pavillons entdecke. Es sind die eisblauen Augen von Nick Coleman.

# 11

## Nick

Nichts ist besser als der entsetzte Ausdruck in Emmas Gesicht, als sie mich erkennt, und weil ich nun mal bin, wie ich bin, lasse ich die Brünette stehen und pfeife nach Ethan, der sich ebenfalls an der Bar mit einer hübschen Schwedin unterhält. Er entdeckt das Brautpaar ebenfalls und folgt mir. Liam verabschiedet sich gerade von seinem Gesprächspartner und sieht, dass wir auf ihn zukommen.

»Ich fasse es nicht!«, ruft er noch bevor wir ihn erreichen. »Ethan, bist das wirklich du?«, er nimmt zuerst meinen Bruder in den Arm und klopft ihm brüderlich auf die Schulter. Ich jedoch wackle mit den Brauen, um Emma ein wenig aus dem Konzept zu bringen, die tomatenrot anläuft. Grinsend reiche ich ihr die Hand, ziehe sie in eine kleine Umarmung und flüstere ihr ins Ohr.

»Wie konntest du mir das Herz brechen? Ich habe auf deinen Anruf gewartet.«

»Was?«, fragt sie entsetzt und blickt unsicher zu Liam, der sich endlich uns zuwendet, aber nichts von ihrer Panik mitbekommt.

»Emma, darf ich dir meine Cousins Nick und Ethan vorstellen.«

»Cousins?«, fragt sie verwirrt und sieht uns jedem einzeln ins Gesicht, als suche sie nach Ähnlichkeiten. Liam, Sean und ich haben blaue Augen. Ethan jedoch moosgrüne.

»Ja, genau«, erklärt er weiter und legt den Arm um Emmas kurvige Taille. Emmas erleichtertes Ausatmen entgeht ihm dann schließlich doch nicht. »Alles in Ordnung?«

»Ähm«, beginnt Emma zu murmeln und scheint nicht die richtigen Worte zu finden.

»Tja, Emma ist sicher erleichtert, dass ich ein Familienmitglied von dir bin«, fange ich schließlich an und ihre Augen werden so groß wie bei einem Lemuren. Ach, ich liebe es, wenn ich Frauen ärgern kann.

»Ich verstehe nicht, was du meinst«, meint Liam.

»Ich auch nicht«, meldet sich Ethan zu Wort.

»Na ja, auf Emmas Junggesellinnenabschied ging es heiß her.«

»Was?«, fragt Liam schmunzelnd. Seine Reaktion überrascht mich, ich hätte eher gedacht, dass er sauer wird.

»Ja, ich habe den Mädels einfach nur ihre Snacks gebracht und Emma dachte, ich sei der Stripper. Also …«

»Also …?«, fragt Liam gespielt ernst, aber es fällt ihm ziemlich schwer, nicht loszulachen. Dieser Typ ist unglaublich. Emma schweigt und wird noch eine Spur roter. Langsam könnte sie einem Krebs Konkurrenz machen.

»Sie hat mich überfallen und mir die Kleider vom Leib gerissen.« Mit dem Zeigefinger deute ich auf Liam. »Du schuldest mir ein Fünfzig-Dollar-Hemd, Alter.«

Emma blickt langsam auf, sieht ihren Ehemann unschuldig an, wie ein kleiner Hundewelpe. Doch Liam überrascht uns alle, indem er herzlich zu lachen beginnt. Ethan und ich sehen uns verwirrt an und auch Emma scheint nicht zu verstehen, was für ihn so lustig zu sein scheint.

»Ach, Emma.« Er zieht sie zu sich und gibt ihr einen Kuss. »Genau wegen deiner Lebenslust liebe ich dich.«

»Du bist also nicht sauer?«, fragt sie unsicher.

»Wieso sollte ich sauer sein? Du hast deinen Junggesellinnenabschied gefeiert, da kann man ruhig ein bisschen Gas geben und außerdem, wer sagt, dass ich nicht selbst mit einer Stripperin getanzt habe?«

Emmas Lächeln gefriert zu Eis. »Wie bitte? Das meinst du doch nicht ernst, oder?«

Eines muss ich Liam lassen, er weiß, wie er Emma auf die Palme bringt, fast so ähnlich wie ich bei Callie. »Wer weiß, wer weiß.« Er zieht seine Braut mit sich zur Tanzfläche und winkt uns zwinkernd zum Abschied.

»Du hast echt für Emma gestrippt?«, will Ethan schließlich wissen, nachdem die beiden außer Hörweite sind.

»Es war eher so, dass sie mir einen Lapdance verpasst hat. Sie ist ein ziemlicher Wirbelwind.«

»Echt? Du Arsch hast aber auch Glück.«

»Danke. Mich wundert nur, wie locker Liam auf ihre sexy Tanzeinlage reagiert hat.«

»Er liebt sie«, ist seine schlichte Antwort, die ich aber nicht verstehen kann.

»Und das heißt?«

»Dass er ihr vertraut. Liam hat Glück, seine Seelengefährtin gefunden zu haben«, eine Wehmut liegt in seiner Stimme. Seit er zurück in den Staaten ist, scheint er seine schlechte Laune mit Humor überspielen zu wollen.

»Was denn? Die Schwedin sieht auch so aus, als wäre sie bereit für dich.« Wir sehen beide zur Bar, wo jeweils seine und meine Eroberung auf uns warten. »Ja, das vielleicht, aber diese Hochzeit lässt einen nachdenken.«

»Worüber?«, frage ich neugierig, denn eigentlich ist Ethan genau wie ich, lässt selten etwas anbrennen bei Frauen.

»Darüber, wie ich mir meine Zukunft vorstelle.«

»Ich kann dir nicht ganz folgen.« Langsam nervt mich sein

Geschwafel. Ich habe eine Frau, die darauf wartet, von mir flachgelegt zu werden.

»Willst du dein ganzes Leben lang Affären haben, die nicht länger als eine Nacht dauern?«

»Ähm. Ja!«, ist meine ehrliche Meinung dazu.

»Dann weißt du nicht, was du verpasst. Wenn du einmal die Richtige gefunden hast, dann sind alle anderen Frauen uninteressant.«

»Ach, Bullshit«, sage ich und frage mich ernsthaft, was er eingenommen hat. Denn er redet daher wie ein Möchtegern-Guru. Plötzlich ist die lockere Stimmung dahin, ein Schatten legt sich über sein Gesicht. Er sieht genauso aus wie damals, als Mom krank wurde. »Ethan?« Ich lege meine Hand an seine Schulter und spüre, das, er zittert.

»Das Leben ist kurz, Nick. Du solltest es nicht mit irgendwelchen Schlampen vergeuden.« Mit diesen Worten schüttelt er meine Hand ab und eilt aus dem Saal.

»Was zum Henker?«, murmele ich verwirrt. *Was ist bloß auf seiner Weltreise geschehen?*

Ethan sehe ich in den nächsten Stunden nicht mehr wieder, dafür leider zu viel von der Brünetten, die Crystal zu heißen scheint. Sie hat sich an meiner Seite immer mehr volllaufen lassen und kann sich kaum auf den Beinen halten. Das Schlimme daran ist, dass sie mit jedem Drink anhänglicher wird. Sie murmelt ständig etwas von Dates, zusammenziehen und Hochzeiten. Bevor es für uns beide zu peinlich wird, beschließe ich, mit ihr an die frische Luft zu gehen. Beim Cocktailempfang habe ich einen Pavillon entdeckt, wo ich sie vielleicht dazu bringen kann, sich etwas auszuruhen.

»Du magst mich nicht, oder?«, kichert sie neben mir und geht eher schlecht als recht in Richtung Ziel.

»Nein.«

»Wieso nicht?«

»Weil ich niemanden mag.«

»Nicht mal Callie Newman?«

»Du kennst sie?«

»Ja, wir arbeiten zusammen. Sie ist eigentlich, beziehungsweise *war* mein Boss.«

»War?«, frage ich neugierig. Soweit ich weiß, sitzt sie im Vorstand der Newman Group.

»Sie hat fristlos gekündigt und all ihre Anteile eingefordert.« Wieder kichert sie und dieser Laut hängt mir nun langsam zum Hals raus. Aber was sie über Callie gesagt hat, beschäftigt mich. Wieso sollte sie aus dem Familienunternehmen aussteigen? Nach der Krise vor ein paar Jahren hat sich die Firma wieder erholt, und wie ich gelesen habe, haben sie mehr Aufträge als je zuvor. War das der Grund, aus dem sie mich in der Bar verteidigt und verstanden hat? Weil sie selbst vor den Scherben ihres Berufslebens steht? Wären wir befreundet wie Marcie und ich, würde ich sie auf einen Kaffee einladen und sie bitten, mir von ihren Problemen zu erzählen, doch Callie und ich sind keine Freunde im eigentlichen Sinn. Zumindest waren wir das nie. Unsere Streitigkeiten gehören zwar der Vergangenheit an, aber da ist noch immer etwas, das zwischen uns steht.

Dieser Ziege an meiner Seite tut die Luft nicht gut, denn es sieht so aus, als würde sie mehr dem Alkoholrausch verfallen. Es kommt sogar so weit, dass sie gegen den Pavillon knallt. Plötzlich, wie aus dem Nichts erscheint Trey Kaswell und hilft ihr auf, bevor ich noch dazu komme. Typisch, wie es für ihn ist, muss er den Gentleman raushängen lassen. Augen verdrehend sehe ich auf und im Schein der beleuchteten Terrasse erblicke ich Callie. Es ist das erste Mal, dass ich sie mit offenen Haaren sehe, und es ist der Moment, in dem ich bemerke, wie hübsch sie ist. Das rundliche, helle Gesicht, das blonde Haar, das wie ein Wasserfall über ihre nackten Schultern fällt. Vielleicht liegt es an den Drinks, doch es fällt mir schwer, den Blick von ihr zu lösen.

# 12

## Callie

Da keucht und jammert seine Eroberung auf und Nick hält es nicht mal für nötig, ihr zu helfen. Trey übernimmt seinen Job und reicht der Brünetten seine Hand, die ich endlich als Crystal aus dem Büro erkenne. Trey hat wirklich Mühe, sie auf den Beinen zu halten, und Coleman hat nichts Besseres zu tun, als mich anzustarren. Ich wette, er überlegt sich wieder eine Gemeinheit, die er mir an den Kopf werfen kann, Waffenstillstand hin oder her.

»Willst du der Lady nicht helfen?«, fragt Trey ihn geradeheraus, doch Nick scheint ihn nicht mal zu hören. Wenn ich die beiden so betrachte, den dunklen Fremden, der versucht, das Richtige zu tun, und den Collegefreund, der durch seine rebellische Ader glänzt, fallen mir einige Dinge auf. Im Normalfall wäre ich schon Nicks Typ verfallen. Biker, Bad Boy und unheimlich gut aussehend. Jemand Nettem wie Trey würde ich keine Chance geben, und doch beweisen mir seine Manieren, dass er ein guter Kerl ist, und nicht so ein Idiot wie Nick.

»Ich denke, ich werde ihr ein Taxi rufen«, keucht Trey schließlich, als Crystal wieder zu Boden sinkt und einschläft.

»Kennst du denn ihre Adresse?« Auf meine Frage hin zuckt er mit den Achseln.

»Ich werde in ihrer Handtasche nachsehen, vielleicht finde ich darin eine Adresse.«

»Nicht nötig.« Ohne auf seinen fragenden Blick einzugehen,

laufe ich zurück zum Pavillon und schnappe mir mein Handy. Ich logge mich im Firmenserver ein und finde so die Anschrift von Crystal. »Ich habe sie.«

»Bist du ein Hacker, oder was?«, sagt Trey schmunzelnd und kontrolliert die Atmung meiner Kollegin. Nick ignorieren wir beide, so gut es geht.

»Nein, das nicht, aber sie arbeitet in der Firma meines Vaters. Deshalb kenne ich sie.«

»Okay. Also ich bringe sie jetzt nach Hause. Willst du mit mir mitkommen? Ich könnte eine helfende Hand brauchen«, fragt er etwas verlegen und hebt meine Arbeitskollegin im Brautstil hoch. Da ich ziemlich beeindruckt bin, dass er sich um Crystal kümmert, ziehe ich eilig meine Schuhe an und folge ihm.

Gerade als ich an Nick vorbeigehe, greift er nach meinem Unterarm und hält mich auf. »Ja?«, frage ich vielleicht einen Tick zu genervt, aber ich kann nicht aus meiner Haut. Ich finde es schrecklich, wie er sich seiner Eroberung gegenüber verhalten hat.

»Willst du wirklich mit einem Fremden mitfahren?«, fragt er und sucht meinen Blick. Sorge liegt darin, was mich ziemlich überrascht. Wieso sollte er sich Sorgen um mich machen, wenn er Frauen doch wie Dreck behandelt?

»Ja, genau das habe ich vor«, erwidere ich schnippisch und versuche mich aus seinem Griff zu lösen, doch seine langen Finger umklammern meinen Arm, zwar nicht fest, aber trotzdem habe ich keine Chance. »Hast du denn keine Angst, dass er dir nur an die Wäsche will? Oder vielleicht ein Serienkiller ist?«

»Um ehrlich zu sein, habe ich mit ihm in den letzten Stunden mehr gesprochen, als du und ich in den letzten Jahren.«

»Ich kenne Kaswell und er ist kein guter Umgang für dich.«

»Aber du schon, oder wie?« Mein Lachen wird eher zu einem Schnauben.

»Das habe ich nicht gesagt … Ach, weißt du was? Vergiss es. Geh doch, lass dich von ihm durchvögeln, sage dann nicht, dass ich dich nicht gewarnt hätte.« Nick macht kehrt, schüttelt im Gehen den Kopf und verschwindet wieder im Hochzeitssaal. *Was war das denn?* Nick hat sich noch nie für mich interessiert oder meine Gesprächspartner, deshalb ist sein Verhalten umso merkwürdiger. Der muss gewaltig einen sitzen haben. Die Fragen schwirren in meinem Kopf herum, bis ich Trey erkenne, der mit dem Kopf in Richtung Gartentor zeigt. Im Dunkeln habe ich nicht gesehen, dass es eine Möglichkeit gibt, zum Taxi zu kommen, ohne den Blicken der anderen Gäste ausgesetzt zu sein.

Auch wenn Trey kräftig aussieht, hat er doch Mühe, Crystal ins Taxi zu hieven. Der Fahrer scheint mehr Interesse an seinem Smartphone zu haben, als daran, ihm zu helfen. Aus Platzgründen hat Trey mich gebeten, auf dem Vordersitz Platz zu nehmen. Ich nenne dem gelangweilt wirkenden Taxifahrer mit britischem Akzent die Adresse, der daraufhin den Motor startet und losfährt.

»Wie geht es ihr?« Ich blicke nach hinten auf die Rückbank, wo Crystal auf Treys Schoß schläft. »Ich denke gut, aber sie ist im Tiefschlaf. Mir wäre es lieber, wenn sie wach wäre, dann könnten wir eine Alkoholvergiftung ausschließen.«

»Sollten wir sie nicht lieber in ein Krankenhaus bringen?«

Kopfschüttelnd streicht er Crystal das braune Haar aus dem Gesicht und kontrolliert ihre Atmung. »Solange sie später wach wird, sehe ich da keinen Grund zu, aber wir müssen mit allem rechnen. Was hat Coleman ihr da eingefleucht? So wie der drauf ist, könnten es auch K.-o.-Tropfen sein.«

Es fällt mir schwer zu sagen, warum, aber plötzlich bekomme ich das Bedürfnis Nick zu verteidigen. Er mag ein Draufgänger sein, doch er braucht sicher keine Drogen, um Frauen ins Bett zu bekommen. »Ich kenne Nick seit Jahren und er würde so etwas nie tun. Das hat er nicht nötig.« Etwas länger ruht sein Blick auf mir, ohne dass er etwas sagt. Es ist einer dieser Momente, in denen ich mir wünschen würde, die Gedanken eines Menschen lesen zu können.

»Du stehst auf ihn oder?« Meine Augen werden groß wie Kaffeetassen aufgrund seiner Vermutung. Hat er mich deshalb abschätzig gemustert?

»Nein! Definitiv nein! Wir kennen uns vom College und sind Freunde, das ist auch schon alles.«

Trey atmet laut aus und ein Lächeln schleicht sich auf sein Gesicht, was seine Grübchen zum Vorschein bringt. »Da bin ich aber froh.« Es steckt so viel in dieser Aussage und normalerweise würde ich mich jetzt aus dem fahrenden Auto stürzen und schreiend davonrennen, aber diesmal ist etwas anders. Das Verlangen, mit ihm zu schlafen ist da, aber zum ersten Mal will ich jemanden kennenlernen, mich einem Mann öffnen. Wer weiß, vielleicht wird Trey mein erster fester Freund. Wunder soll es ja bekanntlich geben. *Verdammt! Ich glaube, ich werde erwachsen!* Ich drehe mich wieder um und sehe aus dem Fenster, ohne darauf zu achten, wohin wir fahren und lasse meinen Gedanken freien Lauf.

Vor Crystals Mehrparteienhaus bezahle ich das Taxi und steige aus. Ich öffne Trey die Tür und will ihm dabei helfen, sie aus dem Wagen zu bringen, doch er winkt nur ab und trägt sie bis zu ihrer Wohnungstür.

Nachdem wir die Wohnung betreten haben, legt meine Begleitung sie auf ihrem Bett ab und deckt sie zu. Leider ist sie nicht aufgewacht, also wird mir nichts anderes übrig bleiben, als hier zu übernachten, sollte ihr etwas geschehen, würde ich es mir niemals verzeihen. »Ich werde hierbleiben und stündlich kontrollieren, wie ihre Verfassung ist, falls sie sich verschlechtert, werde ich einen Krankenwagen rufen.«

Etwas erschöpft und verschwitzt holt sich Trey eine Flasche Wasser aus dem Kühlschrank, die er sofort austrinkt. »Soll ich auch hier übernachten?« Seine Frage klingt in keiner Weise zweideutig, sondern nur hilfsbereit. Ich kenne ihn nicht lange, doch ich habe das Gefühl, dass ich ihm vertrauen kann. Noch nie ist mir ein Mann begegnet, der so selbstlos ist wie Trey Kaswell.

»Danke, doch ich denke, Crystal wird es nicht wollen, dass ein fremder Mann in ihrer Wohnung übernachtet ohne ihr Einverständnis.«

»Da hast du vielleicht recht.« Er wirft die leere Wasserflasche in den Müll und kommt schließlich auf mich zu. Dicht vor mir bleibt er stehen und lächelt mich schief an. Mein Herz beginnt nervös zu flattern. »Also, so habe ich mir diesen Abend bestimmt nicht vorgestellt«, meint er lachend und kratzt sich am Hinterkopf.

»Nein, ich auch nicht. Aber schlimm war es auch nicht.«

»Ich habe eher gehofft, mit dir das Tortenbüfett zu plündern und zu tanzen, doch es sollte nicht sein.«

»Trotzdem war es ein lustiger Abend, zumindest am Anfang«, flüstere ich und schlucke, als er mit seinem Handrücken über meine Wange streichelt.

»Ich möchte dich wiedersehen. Vielleicht nächste Woche?«, raunt er und sieht mich abwartend an. Mit Dates kenne ich mich nicht aus, aber ich brenne darauf, mehr von Trey zu erfahren.

»Sehr gerne. Hier«, ich schnappe mir meine Tasche, hole einen Kugelschreiber, ziehe mit den Zähnen die Kappe ab und schreibe ihm meine Telefonnummer auf die Handfläche. Wieder zuckt er kurz zusammen, weil meine Finger kalt sind.

»Danke«, sagt er schmunzelnd und haucht mir einen Kuss auf die Wange. Seine Hand hält meine und er streicht zärtlich über meinen Handrücken, ehe er sich verabschiedet und mich in dieser fremden Wohnung alleine lässt. Daraufhin sehe ich mich etwas um. Crystals Geschmack ist nicht für jedermann. Überall Rosa, Plüschkissen, Einhörner und es riecht hier drin, als wäre eine Parfümfabrik explodiert.

Der Inhalt des Kühlschranks stellt auch keine wirkliche Überraschung dar. Nur Wasser, Smoothies und Diätartikel. Kein Wunder, dass Crystal und ich nie wirklich miteinander ausgekommen sind. Wir sind zu verschieden. Auch wenn ihr Geschmack extravagant ist, ist die Couch sehr gemütlich und die Decke weich, von dem Rosa mal abgesehen. Mit dem Smartphone in der Hand sehe ich meine Mails durch. Mein neuer Bankberater hat mir geschrieben, dass mein Geld überwiesen wurde und dass ich jederzeit Zugriff darauf habe. Was mich erleichtert ausatmen lässt. Schritt eins zur Freiheit ist schon mal getan. Aber der schwierigste Teil soll ja noch kommen.

Erschöpft vom langen Tag, falle ich in einen leichten Schlaf und wäre fast von der Couch gefallen, als mein Handy auf meinem Bauch plötzlich zu vibrieren beginnt. Verschlafen reibe ich meine Augen und wische über das Display, um die Nachricht zu lesen.

*Sarah: Dad ist wieder da, gerade angekommen. Es würde mich nicht wundern, wenn er sich nicht sofort bei dir melden würde.*

Mein Herz droht mir in die Hose zu rutschen, als tatsächlich der Name meines Vaters erscheint und einen Anruf ankündigt. Ihm per Mail mitzuteilen, dass ich kündige, bis ich auch einen Teil der Firma bekomme, war leicht, aber mit ihm zu sprechen, ist etwas total anderes. Meine Hände beginnen zu schwitzen, der Puls fängt an zu rasen und ich überlege ernsthaft, ihn wegzudrücken, doch Dad würde nie aufgeben. Wenn er sich etwas in den Kopf setzt, dann gelingt ihm das auch. Ich erhebe mich, lasse die Decke auf den Boden fallen und tigere im Wohnzimmer hin und her. Gerade als ich den Mut aufbringe abzuheben, wird er an den Anrufbeantworter weitergeleitet.

Zuerst denke ich noch, dass ich diesmal Glück gehabt habe, doch einen Augenblick später klingelt wieder das Handy. Diesmal hebe ich nach dem zweiten Läuten ab. »Hallo, Dad.«

»Glaubst du ernsthaft, ich würde dir auf deine Mailbox sprechen? Bin ich dir so egal, dass du nicht mehr mit mir reden möchtest?« Komischerweise klingt er nicht verärgert, sondern sachlich, kühl. Vielleicht ist das die Ruhe vor dem Sturm, ich bin jedenfalls auf alles gefasst.

»Du ziehst es ja auch vor, mir wichtige Sachen vorzuenthalten oder gar nicht mitzuteilen.«

»Wovon konkret reden wir gerade?«, fragt er etwas erschöpft.

»Ach, Dad. Such dir einfach ein Thema aus. Vielleicht, dass du mich aus der Firma drängen willst, glaubst, mich mit Geld abspeisen zu können, wenn du doch weißt, dass auch ich die Firma neben Sarah leiten will. Oder dass du so feige warst, dass du es mir nur per Brief mitgeteilt hast.« Mit jedem Wort werde ich immer lauter. Es würde mich nicht wundern, wenn Crystal vom meinem Geschrei aufwachen würde.

»Ach, Kind. Ich dachte, es ist genau, was du willst«, flüstert er genervt.

»Nenn mich nicht Kind. Das bin ich schon lange nicht mehr.«

»Dann hör auf, wie eins zu schmollen!«, knurrt er nun in den Hörer und ist wieder der alte Paul Newman, der Geschäftsmann und nicht der Vater, den ich mir immer gewünscht habe. »Callie, mach mal halblang. Du warst doch immer eher die Partymaus als eine Geschäftsfrau. Sarah war bei allen Meetings dabei, sie kennt unseren Kundenstamm und die Mitarbeiter. Wie oft warst du in den letzten Jahren auf einem der Meetings?«

»Ich …« Dieses Gespräch im Kopf immer und immer wieder durchzugehen, war so einfach. Dort habe ich passende Argumente einstudiert, um ihn zu überzeugen, dass ich auch eine Newman bin und den Platz neben Sarah verdient habe, doch er schleudert mir die Wahrheit entgegen, die mich wie eine Ohrfeige erwischt. »Callie«, er atmet laut aus und klingt mit einem Mal sehr traurig. Was total untypisch für meinen Vater ist. Immerhin wollte er Sarah damals an einen Geschäftspartner verheiraten, damit er die Firma retten konnte. Er ist unbarmherzig und gibt nie nach. Aber diesmal schlägt er einen versöhnlichen Ton an. »Unsere Firma stand schon einmal auf der Kippe, wir waren kurz davor, alles zu verlieren, was wir uns ein Leben lang erarbeitet haben. Ich muss an das Wohl der Firma denken, denn ich werde nicht immer da sein. Wir müssen an die Zukunft denken.«

»Aber ich kann meinen Beitrag dazu auch leisten. Ich habe einige Ideen und überlege, in ein Unternehmen zu investieren, das eine bahnbrechende Erfindung entwickelt hat.«

»Was für eine Erfindung?« Nun wird mein Vater hellhörig. Also beginne ich von Nicks Prototyp zu erzählen, welche Leidenschaft und Hingabe darin steckt. Erzähle davon, wie er schon im ersten Semester davon gesprochen hat, selbst ein Unternehmen zu gründen und die IT-Welt zu erobern. Ich erzähle davon, dass ich ihn schätze und weiß, dass seine Arbeit es wert wäre, in sie zu investieren. Einfach weil ich ihn in Bezug auf die Arbeit kenne. Zum ersten Mal in meinem Leben unterbricht Dad mich nicht, sondern hört mir aufmerksam zu, stellt Fragen und ist sonst eher still als besserwisserisch.

»Wie viel würde er für die Fertigstellung brauchen?«

»Ich weiß es nicht. Darüber haben wir noch nicht gesprochen.« Er braucht ja nicht zu wissen, dass Nicolas Coleman und ich mehr streiten als kommunizieren.

»Ich finde, daraus kann man etwas machen. Wenn du wirklich die Hälfte der Firmenanteile haben möchtest, dann beweise es mir. In zwei Monaten ist die Start-up Challenge in Manhattan, und damit könntet ihr an den Start gehen. Er kann mit seinem Unternehmen teilnehmen, mit uns als Sponsor. Das Event wird live landesweit übertragen und wäre eine gute Publicity. Das Preisgeld ist eine Million Dollar, was euch ebenfalls zugute kommt. Ich bin zwar nicht in der Jury, aber es werden viele Geschäftsmänner und Frauen aus den besten Kreisen New Yorks dort sein und den Sieger küren.

»Du meinst damit, Nick hätte eine Chance?«

»Wenn du in seine Firma als Partner einsteigst, ja.«

# 13

Nick

Ich wusste ja, dass es ein Fehler war, auf diese Hochzeit zu gehen, dieses ganze Geküsse und Geschmachte nimmt kein Ende. Also ziehe ich Leine, ohne mich zu verabschieden. Ich fahre mit dem Taxi nach Hause, reiße mir fast den Anzug vom Leib und stelle mich unter die Dusche. Danach fühle ich mich viel besser. Mit einem Handtuch um die Hüften stelle ich mich vor den Spiegel. Durch den Dampf sehe ich mich nicht deutlich, aber es reicht, um festzustellen, dass ich mich dringend rasieren muss. Doch ich habe einfach keine Lust darauf. Außerdem stehen die Frauen neuerdings auf Männer mit Bart. Nach einem Blick auf meine Uhr stelle ich fest, dass es erst Mitternacht ist. Es ist der erste Samstag, den ich nicht damit verbringe, um die Häuser zu ziehen.

Also beschließe ich das Beste aus der Situation zu machen und ins Büro zu gehen. Als ich an Ethans Tür vorbeigehe, höre ich ihn leise an seiner Gitarre zupfen. Kurz bleibe ich stehen, denn es ist ewig her, dass ich ihn spielen gehört habe. Er ist gut, viel besser als ich. Ich lausche der Musik, stelle schnell fest, dass es etwas Neues ist, was er geschrieben haben muss. Es klingt traurig, viel zu traurig für ihn. Ethan ist eher der stets gut gelaunte Bruder, während ich als mürrisch bezeichnet wurde. Plötzlich zucke ich zusammen, als etwas gegen die Tür geschleudert wird. Ich mache einen Schritt nach hinten, bereite mich schon mal darauf vor, ihm in den Arsch zu treten, weil er meine Wohnung demoliert, als ich ihn leise schluchzen höre. Meine Hand ruht auf dem Türgriff, doch ich schaffe es einfach nicht, das Zimmer zu betreten. Erstens weiß ich nicht, was ich sagen soll. Ich war noch nie der Typ, der die richtigen Worte findet, wenn es um persönliche Probleme geht. Ethan ist nicht gerade ein Typ, der Geheimnisse hat, also muss etwas Schlimmes vorgefallen sein, wenn er nicht mal mir davon erzählen kann. Und wenn ich eines weiß, ist es, dass nur eine Sache einen Mann zerstören kann. Eine Frau.

Am nächsten Morgen öffne ich die Augen und starre eine Weile an die Decke. Letzte Nacht habe ich wieder stundenlang vor dem Prototyp gesessen, habe eine Onlinebank nach der anderen abgeklappert, in der Hoffnung ein Darlehen zu bekommen, doch es war vergebens. Überall wurde mir unter die Nase gerieben, dass ich keine Sicherheiten vorweisen kann. Ich stand kurz davor, den Prototyp gegen die Wand zu werfen, aber ich konnte mich noch rechtzeitig stoppen. Ich kann es drehen und wenden, wie ich will. Ich brauche Onkel Charles' Hilfe, sonst war all meine Arbeit umsonst. Die Kaffeemaschine erklingt und signalisiert mir, dass Ethan schon aufgestanden ist. Kurz sehe ich auf meine Uhr und zu meinem Erstaunen ist es schon dreizehn Uhr. Ich muss wohl erschöpfter gewesen sein, als ich dachte.

Stöhnend stehe ich auf, ziehe mir eine Boxershorts an und gehe in die Küche.

»Mensch, du siehst kacke aus.«

Mein vernichtender Blick sollte ihm zeigen, dass ich nicht in der Stimmung bin für diesen Scheiß, doch es prallt an ihm ab. Wie immer.

»Wenn du weiterhin leben willst, schlage ich vor, du hältst die Klappe und reichst mir den Kaffee.«

»Aye, aye, Captain«, er salutiert vor mir und schiebt eine dampfend heiße Tasse in meine Richtung. Ich setze mich an die Frühstückstheke und rieche gierig daran, bin aber doch klug genug zu warten, bevor ich einen Schluck nehme. Nichts ist schlimmer, als wenn man sich die Zunge verbrennt. Ethan holt eine Pfanne mit Rührei und Speck aus dem Backofen und einen Brotkorb mit Gebäck.

»Du hast Frühstück gemacht, Ethena?«, ziehe ich ihn auf, doch er zuckt nur mit den Schultern.

»Ich muss mich doch irgendwie dafür revanchieren, dass du mich aufgenommen hast.« Kaum hat er meinen Teller befüllt, stürze ich mich darauf wie ein ausgehungerter Bär. »Hau rein«, meint Ethan grinsend, was mich in Alarmbereitschaft versetzt.

»Du hast doch nicht schon wieder Abführmittel in die Eier gemischt?«, frage ich mit vollem Mund. Es wäre nicht das erste Mal. Damals fand er das ziemlich lustig. Ich habe ihm einen Zahn dafür ausgeschlagen.

»Hast du sie noch alle? Ich hänge an meinem Gebiss, danke.«

»Wieso grinst du dann so komisch?«

»Na ja, vielleicht liegt es daran, dass Callie vorhin da war.«

»Was?« Beinahe hätte ich mich verschluckt. *Was hat das Prinzesschen hier zu suchen? Sollte sie nicht heißen Morgensex mit Kaswell haben?*

»Ja, sie wollte dich sprechen. Es schien dringend zu sein, aber als sie erfahren hat, dass du noch im Bett bist, hat sie nur gemeint, du sollst sie anrufen. Ich denke, sie glaubte, du seist mit einer heißen Schnitte zugange und wollte nicht stören.«

»Normalerweise wäre das auch so, aber diese verdammte Hochzeit hat irgendwie meine Pläne ruiniert.«

»Ja, ich fand es auch nicht so toll.« Das ist alles, was er sagt. Wieder legt sich ein Schatten über sein Gesicht. Kurz überlege ich, ihn zu fragen, was gestern mit ihm los war, doch ich besinne ich mich schnell wieder eines Besseren. Es geht mich einfach nichts an, wenn mein Bruder mit mir reden will, wird er es auch tun.

»Also noch mal zu Callie«, redet er weiter und fängt selbst an zu frühstücken. »Seit wann schläfst du mit ihr?«

»Ich habe keinen Sex mit ihr!« Wie kommt er auf diesen Scheiß?

Ethan holt aus und haut mir auf den Hinterkopf.

»Was zum Teufel? Hast du sie noch alle?« Wäre das Frühstück nicht so gut, hätte ich ihn schon windelweich geprügelt.

»Wieso denn? Sie ist nicht nur heiß, sondern richtig nett.«

»Ja, zu dir vielleicht, aber sie und ich haben kein gutes Verhältnis einander. Sie wollte nicht mal auf mich hören, gestern.«

»Weswegen?«

»Gestern ist sie mit Kaswell abgehauen und hat meine Warnungen ignoriert.«

»Trey?«

»Genau, der Arsch ist Immobilienmakler geworden und hat ein Büro an der Fourth.«

»Hat sein Dad sich nicht vor Kurzem umgebracht?«

»Ja, das auch. Er soll sich seitdem verändert haben, wurde sogar vor ein paar Wochen verhaftet. Weswegen weiß ich nicht, aber er ist kein Umgang für Callie.«

»Du machst dir ja doch Sorgen um sie«, stellt er grinsend fest und sieht mich wieder so komisch an.

»Natürlich mache ich mir Sorgen um sie. Newman gehört zu meinem Freundeskreis.« Ich schnappe mir meine Tasse und nehme einen großen Schluck. »Wie dem auch sei, sie wollte nicht auf mich hören und ist ihm wie ein Dackel gefolgt.«

»Und das stört dich. Oder?«

»Ja.«

»Weil er ein Arsch ist.«

»Ja.«

»Und nicht gut für deine Freundin ist.«

»Ja.«

»Natürlich auch, weil du scharf auf sie bist.«

»Ja. Ich meine, nein!« Ethans Augen glitzern belustigt und ich wünschte, ich wäre körperlich in der Lage, ihn grün und blau zu schlagen, aber ich bin einfach zu müde. »Ach, du bist so ein Pisser.«

Er hebt die Hände in die Luft und sieht mich an wie die verfickte Unschuld vom Lande. »Hey, ich habe dich nur gefragt und dein Unterbewusstsein hat geantwortet.«

Auch wenn er mein Bruder ist, war der Drang, ihn zu killen noch nie stärker. »Ich bin dann mal weg. Vergiss nicht sie anzurufen, denn wenn Kaswell so gut wäre, wäre sie nicht in aller Früh in deiner Wohnung gewesen.«

Mit vollem Magen hellt sich meine Stimmung deutlich auf, ich räume etwas auf, putze mir die Zähne und setze mich auf die Couch, um Callie anzurufen.

»Hey, Nick«, begrüßt sie mich mit ihrer tiefen Stimme, die mich an die von Scarlett Johansson erinnert.

»Na Prinzesschen, hattest du Sehnsucht nach mir?« Ich strecke mich, lege mich in die Kissen und verschränke die eine Hand hinter dem Kopf.

»Komm mal wieder runter, Machoman. Ich rufe wegen etwas Geschäftlichem an.«

»Ach ja? Was kann ich für dich tun?«, raune ich betont sexy ins Telefon, meiner Stimme konnten die wenigsten Ladys widerstehen.

»Erst einmal, dich nicht wie ein Höhlenmensch aufführen, das wäre schon mal sehr hilfreich.«

»Ach komm schon, Callie. Du stehst doch drauf, wenn ich dir heiße Dinge ins Ohr flüstere.«

Callie macht Würgegeräusche und entlockt mir ein Schmunzeln. Bei dieser Frau beiße ich einfach auf Granit. Ist das denn zu fassen? »Oh ja Baby. Genau da. Komm schon Coleman, sind wir hier im Kindergarten?«

»Nein, aber du wolltest doch heute Morgen halb nackt zu mir.«

»Was? Wie kommst du auf diesen Blödsinn?«

»Ethan hat gemeint, du hättest nur Strapse angehabt und wolltest mir den Arsch versohlen, weil ich so ein böser, böser Junge war.«

Ein Knurren erklingt und macht mich ziemlich zufrieden. »Weißt du was? Vergiss es. Ich wollte dir eine Chance geben, deine Firma zu retten, aber vergiss es einfach.«

Ich habe nicht mal genau realisiert, was sie gerade gesagt hat, da hat sich auch schon aufgelegt. Hat sie wirklich das gemeint, was ich glaube? Kann es möglich sein, dass sie mir wirklich helfen will? Oder will sie mir nur Salz in die offene Wunde reiben? Nein, Callie ist nicht so. Sie ist ein guter Mensch, wenn auch einer, der mich zur Weißglut bringt. Ich rufe sie augenblicklich zurück, doch sie drückt mich nur weg. Na toll! Hätte ich bloß meine blöde Klappe gehalten. Schnell ziehe ich mir eine Lederjacke über, schnappe mir meinen Helm und setze mich auf Bonnie. Callies Wohnung liegt keine fünf Blocks von meinem Apartment entfernt, eigentlich könnte ich die Strecke locker zu Fuß hinlegen, doch der Alkohol von gestern hat mich ziemlich müde werden lassen.

Vor ihrem Apartmenthaus rufe ich noch mal an, doch wieder scheint sie nicht abheben zu wollen, ich will gerade klingeln, als sie sich endlich am anderen Ende der Leitung meldet. »Ja?«, höre ich eine mir fremde Stimme.

»Gib mir mein Telefon!«, knurrt Callie im Hintergrund. Dann höre ich einen dumpfen Laut, als wäre das Smartphone auf den Boden gefallen. »Hallo? Trey?« Callies Worte nehmen mir den Wind aus den Segeln. Ich hatte schon einen netten Spruch auf Lager, mit dem ich mein Verhalten von vorhin abmildern wollte, doch nun kann ich nur den Kopf schütteln.

»Nein. Hier ist Nick.« Ich will es nicht beleidigt klingen lassen, aber das misslingt mir leider.

»Oh. Du. Was willst du?«

»Hör zu.« Ich lege den Kopf in den Nacken und schließe die Augen, ich war noch nie gut darin, mich zu entschuldigen, weshalb ich die Worte nicht finden kann. Plötzlich taucht das gestrige Bild von Callie vor mir auf, wie ihre Haare offen und ihr Blick so klar war wie noch nie. »Du und ich hatten noch nie viel Kontakt miteinander und ich bin es einfach gewohnt, dich aufzuziehen. Aber wie immer habe ich übers Ziel hinausgeschossen, was mir leidtut. Wenn du mir aus meinem Schlamassel raushelfen kannst, wäre ich dir sehr dankbar, denn ich weiß einfach nicht weiter.«

Dann wird es ruhig in der Leitung. Ich höre nur Callies schweren Atem und beinahe das laute Rattern ihrer Gedanken.

»Na gut. Wenn du willst, können wir uns morgen Mittag treffen, dann erkläre ich dir, worum es geht.«

»Ich will es auf jetzt verschieben.«

»Was?«

»Ich stehe vor deiner Tür mit meinem Bike und Ersatzhelm, also schwing deinen Arsch heraus. Du hast fünf Minuten.«

# 14

## Callie

Nicht zu fassen! Da will ich ihm helfen und er stichelt und nervt, wo er nur kann. Würde ich mein Handy nicht über alles lieben, hätte ich es schon aus dem Fenster geschleudert.

»Na? Was hat denn unser Fakestripper wieder angestellt?« Natürlich weiß meine Schwester genau, wieso ich aufgebracht bin, auch wenn sie im Bad war und unser Gespräch kaum hätte hören können.

»Er ist unglaublich. Ich wollte mit ihm einen Termin ausmachen, um ihm zu sagen, dass ich ihn unterstützen und seine Firma vorantreiben möchte, weil er mir einfach leidgetan hat. Doch jetzt bereue ich es, Dad von ihm erzählt zu haben.«

»Du hast ihm von Nick erzählt?«, fragt sie erstaunt.

»Ja. Ich finde seine Idee brillant. Es ist eine Marktlücke, die dringend gefüllt werden muss, aber ich weiß noch nichts von dem Projekt. Wie sein Finanzplan aussieht, oder der Baufortschritt. Man kann vieles bei einem Mainboard falsch machen.«

»Ich weiß. Du bist ein guter Mensch, Callie, aber du musst ihn auch verstehen. Er ist ein Coleman, ähnelt Sean mehr, als er ahnt. Die beiden sind ziemlich stolz, wollen ihr Leben selbst meistern. Du musst es taktisch klug angehen. Was hat Dad zu Nicks Firma gesagt?«

»Er hat gemeint, ich bekäme meine fünfzig Prozent, wenn ich Nick als Geschäftspartner bei der Start-up Challenge unterstütze und gewinne, also muss ich wohl oder übel mit ihm zusammenarbeiten. Aber dieser Neandertaler hält es nicht mal für nötig, mir zuzuhören.«

Sarah nimmt mich kurz in den Arm und zieht mich zur Couch. »Dad will dich dazu bringen, mehr im IT-Bereich zu agieren. Du warst ja sonst immer in der Marketingabteilung tätig. Er will dich fördern, weil er ganz genau weiß, wie ehrgeizig du bist.«

»Vielleicht.«

»Nichts da, vielleicht. Ich habe recht. Du bist eine Powerfrau, die weiß, was sie will, und wirst Nicolas Coleman zeigen, wer der Boss ist.«

»Genau das werde ich tun!«, rufe ich laut aus und ernte ein stolzes Lächeln von meiner großen Schwester.

»Also: Wir haben das Dilemma mit Dad und Nick ja besprochen, jetzt will ich aber wissen, ob sich Trey gemeldet hat.«

Meine Miene hellt sich auf, alleine schon, weil sie seinen Namen sagt. »Ja er hat mir um fünf Uhr morgens eine Nachricht geschickt und seitdem schreiben wir hin und her.«

»Und? Schon etwas Schmutziges dabei?« Sie wackelt übertrieben mit den Brauen auf und ab.

»Quatsch. Wir kennen uns erst seit gestern.«

»Das hat dich früher aber auch nicht aufgehalten«, meint sie der Wahrheit entsprechend.

»Das stimmt, aber Trey ist anders als meine Affären. Er ist lieb, freundlich und total süß.«

Sarah gähnt ausschweifend, was eigentlich sarkastisch sein soll. »Sorry, aber das klingt ziemlich langweilig.«

»Wieso denn?«

»Na ja, wenn es der richtige Partner sein sollte, dann muss der dich widerspiegeln. Du bist wild, voller Feuer und Selbstbewusstsein. Da brauchst du einen leidenschaftlichen Mann an deiner Seite und keinen Snob.«

»Halt mal die Luft an. Du kennst Trey überhaupt nicht.«

Dann beginnt mein Handy zu läuten und ehe ich es mich versehen habe, hat sie es sich geschnappt und abgehoben. Nachdem ich feststellen muss, dass es nur Nick ist, und nicht wie gehofft Trey, lasse ich enttäuscht die Schultern hängen. Ich bin schon wieder so weit, einfach aufzulegen, als er sich entschuldigt. Die Entschuldigung ist ernst gemeint und frei von Zynismus. Er gibt sich wirklich Mühe, also gebe ich ihm eine letzte Chance. Nick teilt mir mit, dass er vor meinem Haus wartet und legt einfach auf. Wieder mal typisch, fragt er nicht nach, ob ich vielleicht etwas vorhabe, sondern erwartet, dass ich auf Abruf bereitstehe. Ich könnte mich jetzt ärgern und wieder die Beleidigte spielen, aber ich habe tatsächlich nichts vor. Wenn ich will, dass mich Dad und alle anderen in der Geschäftswelt ernst nehmen, dann muss ich über meinen Schatten springen und mit diesem Nervtöter zusammenarbeiten.

»Ich bin dann mal weg.« Da ich wirklich keine fünf weiteren Minuten brauche, um mich fertig zu machen, beschließe ich, gleich runter zu gehen.

»Wohin denn?« Sarah streckt den Kopf heraus und sieht mich neugierig an. Sie weiß, dass es um einen Kerl geht, das sehe ich an ihrem Gesichtsausdruck. Seit sie mit Sean Coleman überglücklich zusammen ist, hat sie sich den Floh in den Kopf gesetzt, mich ebenfalls zu verkuppeln, aber so weit lasse ich es nicht kommen. Ich bin sehr wohl in der Lage, selbst einen Mann zu finden.

»Ich treffe mich nur mit jemandem.« Mit jedem Wort bewege ich mich in Richtung Tür, in der Hoffnung, dass sie mich gehen lässt. Doch weit gefehlt. Nicht mal sechs Schritte später nimmt mich meine Schwester bei der Hand und zwingt mich dazu, mehr zu verraten.

»Ich brenne darauf zu erfahren, mit wem du dich triffst.«

In Momenten wie diesen wünsche ich mir den Workaholic zurück, der sie vor einem Jahr war, bevor Sean ihr den Kopf verdreht hat. Doch dann wäre sie nicht so glücklich, und nur weil ich sie mehr liebe, als alle Männer der Welt, lasse ich es zu, dass sie mir so sehr auf die Nerven geht.

»Mit Nick.« Ich habe nicht mal ausgesprochen, da beginnt sie zu kreischen wie ein Teenie auf einem Konzert von *One Direction*. Mit schmerzverzerrtem Gesicht halte ich mir die Ohren zu.

»Ich wusste, dass er besser zu dir passt. Du willst dich also mit ihm treffen. Aber doch nicht in dem Outfit, oder?«

Ich blicke an mir hinunter. Ich bin frisch geduscht, meine Haare sind wie immer zusammengebunden, zu meinen schwarzen Leggings trage ich ein weites, an einer Schulter freies grünes Shirt mit Sheldon-Cooper-Aufdruck. Es ist mein Lieblingsshirt, doch Sarah sieht es an, als wäre es für die globale Erwärmung verantwortlich.

»Ausziehen. Jetzt!«, sagt sie in neutralem Ton, aber ihr Blick ist tadelnd.

»Du hast sie doch nicht alle! Ich gehe so.«

»Nein, nein.« Sie wedelt mit ihren Händen wild vor meinem Körper herum. »Wieso ziehst du nicht das Kleid an, das wir letzte Woche bei Bloomingdales gekauft haben? Das macht deine Beine kilometerlang.« Sie übertreibt wieder mal maßlos, aber ich habe einfach keine Kraft mehr für diese Unterhaltung.

»Hör zu. Du verrückter, liebeskranker Gummiball.« Ich nehme ihre beiden Hände in meine und sehe sie eindringlich an. »Ich versuche gerade mein Leben neu zu ordnen und mich nicht mehr jedem Mann, den ich heiß finde, an den Hals zu werfen. Ich habe eine Chance bekommen und die will ich nicht vermasseln.«

»Ich weiß. Aber diese Leggings«, sie wirft einen skeptischen Blick drauf, doch ich streiche über ihr Haar und lenke so wieder ihre Aufmerksamkeit auf mich.

»Er ist mit seinem Bike hier, also kann ich weder Kleid noch Rock anziehen. Ich weiß auch nicht, wohin er mit mir fahren will, also bleibe ich so angezogen, wie ich bin, denn Nick ist nicht der Mann, der mein Herz gestern hat schneller schlagen lassen, sondern Trey.« Es ist die Wahrheit und je eher sie das erfährt, desto besser ist es. Ich habe kein Interesse daran, eines von Nicks Flittchen zu sein. »Also sei jetzt so lieb, du Irre, und lass es. Ich brauche deine Hilfe nicht, um mir einen Mann zu angeln.«

»Aber du hattest noch nie eine richtige Beziehung.«

»Ja, weil ich mich nicht bereit dafür gefühlt habe. Alles braucht seine Zeit.«

»Da hast du recht. Es tut mir leid. Ich denke, ich habe etwas übertrieben.«

»Ja, etwas ist eine leichte Untertreibung. Aber ich liebe dich trotzdem.«

»Ich dich auch«, höre ich noch dumpf durch die Tür, als ich die Wohnung verlasse und endlich hinausgehe. Nick sitzt auf seinem Bike und sieht auf sein Smartphone, trommelt mit der freien Hand auf seinem Oberschenkel herum. »Du bist spät. Wie immer«, sagt er ohne aufzusehen.

»Ja, sorry. Ich hatte eine kleine Unterredung mit meiner Schwester.«

»Ist das ein Codewort für, ich musste mir Tonnen von Make-up ins Gesicht schmieren?« Er lächelt selbst über seinen Witz, doch ich räuspere mich nur und warte bis er mich endlich ansieht. »Oh«, meint er nur kurz, als er feststellt, dass ich ungeschminkt bin. Ich meine, er lag schon richtig. Normalerweise gehe ich nicht ohne perfektes Make-up aus dem Haus, aber ich treffe ja nur ihn. Kein Grund sich aufzubrezeln, nicht dass er auf falsche Gedanken kommt.

»Oh«, erwidere ich schadenfroh und lasse mir den Helm geben, den er für mich mitgenommen hat. »Wo fahren wir hin?«

»Wir haben über Geschäftliches zu sprechen und da möchte ich dich wie ein richtiger Businessman zum Essen ausführen.«

»Bin ich dafür nicht ein wenig underdressed?« Er sieht von seinem Helm auf und mustert mich von oben bis unten. Es ist komisch, so von ihm betrachtet zu werden, denn ich merke, dass er länger starrt, als höflich wäre.

»Ich finde, es passt genau zu der Location«, ist alles, was er sagt. Also frage ich nicht länger nach, sondern will den Helm aufsetzen, was mit dem Haarknoten ziemlich unbequem ist. Auch wenn ich nur mit zusammengebundenen Haaren außer Haus gehe, löse ich den Knoten und öffne sie. Nicks Blick verändert sich merklich, sobald er meine Haare betrachtet, es ist fast wie gestern Nacht, als er mich in dem Pavillon entdeckt hat.

Ich lasse mich davon aber nicht ablenken, sondern ziehe den Helm auf und setze mich hinter ihn. Ich bin zwar öfter mit einem Bike gefahren, weiß aber nicht, wie gut und sicher Nick auf den Straßen ist, deshalb schlinge ich meine Arme um seinen Bauch und halte mich an ihm fest. Er startet den Motor, der zu brüllen beginnt, und das Vibrieren des Bikes zischt wie eine Gänsehaut über meinen Körper. Ich erwarte, dass er gleich drauflosprescht, doch er zieht sich Handschuhe über, obwohl wir Sommer haben und neigt den Kopf in meine Richtung. »Bereit?«, fragt er fröhlich und ich nicke als Antwort, hätte nicht gedacht, dass er so rücksichtvoll handeln würde.

# 15

## Nick

Die ganze Fahrt nach Brooklyn über krallt sich Callie an mich, obwohl ich mir Mühe gebe, langsam zu fahren. Auch wenn sie Angst hat, lässt sie es sich nicht anmerken, außer dass sie mir den Magen zerquetscht. Die Fahrt zu Bill dauert nicht mal eine Stunde und da das Wetter ideal ist, ziehe ich noch eine lange Runde um den Hafen, bevor wir in meinem Lieblingsrestaurant haltmachen. Ich parke vor dem Lokal und grinse, als Callie keine Anstalten macht, sich von mir zu lösen. Es fühlt sich sogar gut an, von ihr umklammert zu werden, es ist schon zu lange her, dass ich einer Frau so nah war. Ich öffne mein Visier und sehe so gut ich kann nach hinten. »Darf ich meinen Körper noch haben, oder hast du noch etwas Heißes damit vor?«

»Träum weiter, Coleman«, lautet ihre Antwort, als sie den Helm abnimmt und mich anlächelt. Ihre Frisur ist platt gedrückt, trotzdem sieht sie noch immer gut aus. Selbst ohne Make-up. Ich weiß nicht, wieso, aber ich kann mich einfach nicht sattsehen an ihren offenen, blonden Haaren. Kaum habe ich den Gedanken ausgesprochen, holt sie ein Haargummi aus ihrer Hosentasche und bindet sich wieder einen Pferdeschwanz. »Also, willst du mich hier ertränken, oder warum sind wir am Hafen?« Sie legt den Helm auf dem Bike ab und sieht auf das offene Meer hinaus. Hier befinden sich meist private Fischerboote, was es um einiges ruhiger macht, als den großen Fischmarkt ein paar Kilometer weiter.

»So verlockend das auch klingt, muss ich dich leider enttäuschen. Wir gehen hier nur essen.« Ich deute mit der Handfläche auf das heruntergekommene Holzhaus, dessen Farbe absplittert. Innerlich warte ich darauf, dass sie mich anschreit, weil ich sie nicht in ein Nobelrestaurant ausführe, doch anstatt sich aufzuregen, geht sie neugierig die knarrenden Stufen hinauf, die zum Restaurant führen. Selbst von hier riecht es nach gebratenem Wildlachs in Dill-Senf-Sauce, was mir gleich das Wasser im Mund zusammenlaufen lässt.

*»Sloppy Bill's?«*, fragt sie etwas skeptisch, aber in keinem Fall anklagend.

»Hier bekommst du den besten Fischburger an der gesamten Ostküste. Es ist mein Highlight hier in New York.«

Ihre Augen leuchten auf, in Verheißung auf etwas Essbares. Sie war damals am College schon eine Naschkatze und hatte immer etwas Süßes dabei. »Ich liebe solche Geheimtipps«, murmelt sie eher zu sich selbst und streicht über das Willkommen-Schild neben der Tür. Wieder einmal überrascht mich diese Kleine. Ich habe gedacht, sie speise nur in Fünfsternerestaurants, in denen man sie mit Madam anspricht. Doch weit gefehlt. Callie scheint sich ehrlich zu freuen, hier zu sein. Vielleicht habe ich in all den Jahren ein falsches Bild von ihr gehabt. »Na, was ist jetzt? Willst du mich bei diesem herrlichen Duft hier verhungern lassen?«

Beinahe hätte ich vergessen ihr zu antworten, weil ich selbst tief in Gedanken versunken bin. Aber um mich nicht noch lächerlicher zu machen, folge ich ihr hinein.

»Nicky Boy!« Bill wirft ein Geschirrtuch nach mir und schenkt mir sein Tausend-Watt-Lächeln.

»Hey, Bill.«

»Was? Da lässt du dich ein halbes Jahr nicht blicken und dann bekomme ich ein ›Hey, Bill‹?«

In Nullkommanichts steht er vor mir und nimmt mich kurz in den Arm. Der pensionierte Fischer hat seit dem Tod seines Vaters das Lokal übernommen. Eigentlich lief der Laden ziemlich schlecht. Bis Bill darauf gekommen ist, dass er besser kochen als fischen kann. *Und wie er das kann!* Mittlerweile läuft der Laden viel besser.

»Übertreib mal nicht, sonst gehe ich wieder.«

»Ja, ja, du mürrischer Brummbär.« Etwas später entdeckt er Callie, die sich neugierig umsieht, und grinst mich genauso an wie Ethan heute Morgen. »Wer ist denn das?«

»Das ist Callie. Callie, das ist Bill. Dem Irren gehört das Ganze hier.« Höflich wie immer reicht sie ihm die Hand zur Begrüßung, doch Bill schüttelt keine Hände. Er umarmt sie ebenfalls kurz, ehe er sie mustert. »Also, meine Liebe. Egal, was du dir heute aussuchst, es geht aufs Haus! Dass ich das noch erleben darf, dass du hierher ein Mädchen mitbringst.«

»Tja, es ist gibt immer ein erstes Mal«, antworte ich ihm, sehe aber nur Callie an, die etwas verlegen aussieht. »Danke für das tolle Angebot. Ich nehme das Übliche, mit …«

»Überleg dir gut, was du willst, mein Lieber. Denn nur Callie bekommt hier ein Gratis-Dinner. Du zahlst gefälligst. Oder willst du, dass ich pleitegehe?«

»Na schön, na schön. Jetzt zieh Leine und bereite uns ein unvergessliches Menü zu.«

»Okay, Nick. Ich sehe euch zwei Turteltäubchen dann später.«

»Wir sind keine …«, beginnt Callie, doch ich lege meine Hand auf ihre Schulter und schmunzle.

»Lass es, sonst fragt er uns noch stundenlang aus, wieso wir es nicht wie die Karnickel treiben. Wir sind doch jung, bla bla bla.« Callies Kichern überrascht mich etwas, da sie das noch nie in meiner Gegenwart getan hat. Es klingt nervig und wie bei einem Schuldmädchen, trotzdem ist es süß, muss ich zu meiner Schande gestehen. »Willst du hier oder auf der Terrasse sitzen?«

»Hier gibt es einen Außenbereich?« Sie dreht sich um ihre eigene Achse, kann aber selbstverständlich keine Tür finden.

»Ja, aber nur für die besonderen Gäste.« Ohne lang zu überlegen, nehme ich ihre Hand und ziehe sie an der Küche vorbei, wo Bill uns im Vorbeigehen zuzwinkert. Dann durch den Flur des Lagers nach draußen. Die salzige Meeresbrise trifft uns wie eine Wucht. Die See ist heute unruhig, schaukelt die vielen Boote unter uns hin und her, obwohl wir strahlenden Sonnenschein haben. Man kann sogar die Attraktionen von Coney Island erkennen, die nicht weit von hier liegen. Auf der alten Terrasse befinden sich nur drei Tische mit jeweils zwei Stühlen. Nichts Besonderes, doch Callie scheint es die Sprache zu verschlagen. »Alles in Ordnung?«

»Bist du oft hier?«

»In letzter Zeit nicht, weil ich mit den Vorbereitungen und Plänen für mein Unternehmen beschäftigt war.«

»Ach ja. Deine Firma.« Sie schüttelt den Kopf, als würde sie einen Gedanken vertreiben wollen.

»Hier.« Ich schiebe ihren Stuhl nach hinten, damit sie sich setzen kann. Sie scheint überrascht über meine guten Manieren zu sein. Ich setze mich gegenüber hin und stütze mich mit den Ellbogen an den Lehnen des Stuhls ab. »Also, Callie. Wieso bist du heute Morgen bei mir gewesen?«

»Gestern Nacht habe ich mit meinem Vater gesprochen und ihm von deiner Idee erzählt. Er meint, dass sie Potenzial hat, und möchte in dich investieren.«

»Warum?«, frage ich skeptisch.

Mit dieser Frage scheine ich ihr den Wind aus den Segeln zu nehmen, doch ich bringe sie nur kurz aus dem Konzept. »Weil er darin eine gute Investition sieht und es für mich eine Chance ist, wieder ins Familienunternehmen einzusteigen.« Okay, sie geht gleich zur Wahrheit über, ich hätte eher gedacht, dass sie Privates verschweigt.

»Das musst du mir genauer erklären.« Wenn es zu einer Kooperation zwischen uns kommen soll, müssen wir mit offenen Karten spielen. Sie nimmt einen sehr tiefen Atemzug und ich ahne, dass es sich um eine längere Geschichte handelt. »Wie du ja weißt, war ich ein Ass am College«, zieht sie mich auf. Ich habe es noch immer nicht verkraftet, dass sie Beste des Jahrgangs war und nicht ich. Denn ich habe so hart geschuftet wie noch nie in meinem Leben und trotzdem hat es nicht gereicht. Den Frust darüber habe ich immer auf Callie geschoben.

»Nicht wieder diese Leier«, winke ich ab und hoffe, dass sie nicht noch Salz in die Wunde streuen will.

»Wie dem auch sei. Ich bin gut in dem, was ich tue, jedoch habe ich mehr Party gemacht, als mich in unsere Firma einzubringen. Sarah war Dads rechte Hand und da er und ich noch nie ein gutes Verhältnis zueinander gehabt haben, habe ich mich zurückgehalten. Nun will Dad in den Ruhestand gehen. Er hinterlässt Sarah die ganze Firma und mir will er eine Abfindung zahlen.«

»Was ich so höre, läuft die Newman Group wieder wie am Schnürchen. Du musst doch einen Batzen Geld bekommen, wieso nimmst du es nicht einfach und machst dir ein schönes Leben?« Frauen wie sie stehen doch auf Kohle, Diamanten und den ganzen anderen Scheiß.

»Weil das unser Familienunternehmen ist und ich auch eine Newman bin. Ich bin noch jung und habe andere Ziele als Sarah gehabt, aber jetzt hat sich alles verändert. Ich will um meinen Anteil kämpfen und mein Vater hat mir ein Angebot gemacht.«

»Dass du in mich investierst und die fette Kohle machst?«

»Nein. Es geht Dad darum, dass ich beweise, dass ich ein Gespür für gute Geschäftspartner habe und hart arbeite.« Das Ganze ergibt trotz ihrer Aussagen keinen Sinn für mich, die Skepsis ist größer als mein Interesse.

»Wie sieht das Angebot konkret aus? Ich will alles wissen.«

»Die Newman Group übernimmt die Kosten für die weitere Produktion deines Smartphones, jedoch werde nur ich als Partner fungieren. Mein Dad hält sich in der ganzen Sache raus. Auf der Start-up Challenge sollen wir dann bestenfalls den ersten Platz machen. Das Preisgeld besteht aus einer Million Dollar.« Ich habe von dieser Challenge gehört, die jährlich stattfindet, glaube aber nicht, dass wir da eine Chance hätten.

»Was passiert mit diesem Geld? Muss ich dann die Schulden tilgen? Wie sind die Zinsen?«

»Meinem Vater geht es hauptsächlich um die Publicity, deine Idee ist brillant und wenn wir sie gut umsetzen, werden die Army und die Marines uns aus der Hand fressen.« Diese Information lasse ich erst mal sacken und sehe auf das offene Meer hinaus. Es scheint ein Sturm aufzuziehen, denn der Himmel verdunkelt sich sichtlich.

»So ernste Gesichter bei einem Date?«, fragt Bill, kommt mit zwei Tellern jonglierend auf uns zu.

»Bill das hier ist kein …«

»Wir hatten nur etwas am Nachmittag vor, aber nun sieht es nach Regen aus«, nimmt mir Callie das Wort aus dem Mund. Dankbar lächle ich sie an, denn so wie mein Kopf gerade raucht, weiß ich nicht, ob ich Bill überhaupt unsere Beziehung zueinander erklären könnte. »Also nach dem Menü, das ich euch gezaubert habe, werdet ihr beide so satt sein, dass ihr euch kaum noch bewegen könnt.«

»Das klingt vielversprechend. Und riecht wirklich lecker«,

meint Callie grinsend und späht auf die Teller, die er noch immer in der Hand hält.

»Dann bin ich mal auf deine Meinung gespannt.« Er stellt unser Essen vor uns ab und augenblicklich beginnt mein Magen zu knurren. Mir hat er meinen Nick Spezial Fischburger mit extra viel Remouladensoße gemacht und Callie den Wildlachs mit Couscous, Pfirsichsoße und frischem Dill.

»So wie das duftet, bekommst du gleich die volle Punktzahl von mir.«

»Guten Appetit euch beiden.« So schnell wie er gekommen ist, geht er wieder und wir beide hauen so richtig rein. Wir beide sind so ausgehungert, dass keine weitere Zeit für Gespräche bleibt. »Hmmm«, stöhnt Callie nach jedem Bissen und mein Kopf weiß, dass es nur aufs Essen bezogen ist, aber mein Penis, dieser Wicht, reagiert sofort.

»Das war wirklich das Beste, was ich jemals gegessen habe. Bill stellt alles in den Schatten und ich war auf der ganzen Welt in den besten Restaurants.« Es freut mich ehrlich, dass es ihr geschmeckt hat, auch wenn ich sie anfangs nur mit dem Besuch bei Bill ärgern wollte. Wer hätte gedacht, dass das Prinzesschen bodenständig ist. »So, um noch mal auf mein Angebot zurückzukommen …«

»Dein Angebot? Ich dachte, dein Dad ist hier die treibende Kraft?«

»Ohne mich hätte er nie von dir erfahren. Er war einige Wochen in Zürich und ist gestern Nacht erst zurückgekommen. Das Preisgeld kannst du behalten, da wird mir Dad auch zustimmen. Ich will ihm einfach beweisen, dass wir beide mit deiner Idee die IT-Welt erobern können.«

»Also ist es eine Win-win-Situation für uns beide?«

»Sozusagen«, antwortet sie und nippt an ihrem Eistee. Callie ist nervös, das merke ich daran, dass sie mit ihren Fingernägeln auf der Tischdecke herumscharrt. Doch sie drängt mich nicht, lässt mich über das Angebot nachdenken. »Das klingt gut, lass mich noch eine Nacht drüber schlafen.«

»Mach das. Aber bevor wir alles dingfest machen, möchte ich eine einzige Bedingung stellen.« Ich wusste ja, dass da ein Haken sein musste. Niemand spielt einfach so den guten Samariter.

»Und die wäre?«

»Während dieses Projekts bin ich der Boss. Kein Prinzesschen, Baby oder andere Kosenamen. Du wirst mich mit Respekt behandeln und mir Entscheidungsfreiheit gewähren, was zum Wohle der Firma geschehen soll.«

»Damit kann ich leben.«

»Ach und noch etwas.« Was will sie denn noch? Meinen Erstgeborenen?

»Kein Flirten, kein Sex und keine Dates. Das sind die Regeln.«

Ich sehe sie eindringlich an, lasse kurz den Blick über ihren Körper schweifen und auch wenn mir gefällt, was ich sehe, weiß ich, dass diese Bedingungen kein Problem für mich darstellen. Was sollte auch schon zwischen uns passieren?

# 16

## Callie

*Trey: Willst du heute Abend mit mir essen gehen?*
*Callie: Grundsätzlich ja, aber ich habe heute Nachmittag so gut gespeist, dass ich nichts mehr runterbringe.*
*Trey: Verstehe, wie wäre es dann mit Cocktails. Im* Waldorf *machen sie den besten Mojito.*
*Callie: Das klingt sehr gut.*

Erneut checke ich mein Outfit, das schulterfreie Bustierkleid, im zarten Pastellblau, das meine helle Haut unterstreicht, die dunkelblauen Samtheels und die passende Clutch lassen mich wie einen Filmstar aussehen. Auch diesmal habe ich mir die Haare locker hochgesteckt und das Make-up sieht dank YouTube-Videos perfekt aus. Jetzt fehlt nurmehr meine Begleitung.

»Wow, du siehst aber heiß aus. Pass auf, dass sich Trey nicht an dir verbrennt«, sagt Sarah.

»Keine Angst, ich werde die Flamme niedrig halten«, erwidere ich scherzhaft, ohne den Blick von meinem Spiegelbild zu nehmen.

»Da bin ich aber gespannt.«

Schnell sehe ich noch mal auf die Wanduhr, die genau zwanzig Uhr anzeigt. Pünktlich auf die Minute klopft es an der Tür, und mein Herz beginnt wild zu pochen.

»Er ist da«, säuselt meine Schwester unnötigerweise und macht Anstalten, die Tür zu öffnen, doch ich halte sie auf und verscheuche sie in ihr Zimmer, immerhin wartet Sean dort auf sie. Mit großer Wahrscheinlichkeit nackt, und das will ich beim besten Willen nicht hören oder sehen.

»Zisch ab.« Sie verpasst mir einen Klaps auf den Po und geht zwinkernd in ihr Zimmer. Ich öffne die Tür und werde von einem großen Strauß Rosen begrüßt, die mir die Sicht auf Trey versperren.

»Hey«, begrüßt er mich und drückt mir die Blumen in die Hand. Ich ignoriere den Schmerz, den die Dornen verursachen und renne fast in die Küche, um eine Vase zu suchen. Bis jetzt hat mir noch nie jemand einen Strauß Blumen mitgebracht, weshalb ich auch den Umstand ignoriere, dass ich Rosen nicht ausstehen kann.

»Bitte komm doch rein. Ich muss nur noch meine Jacke holen.« Sich umsehend betritt er unsere Zweizimmerwohnung, das Lächeln noch immer auf den Lippen. »Nett habt ihr es hier.«

»Danke schön. Die Einrichtung hat meine Schwester ausgesucht, mein Inventar sind eher die Gamekonsolen, DVDs und der Rest meines technischen Schnickschnacks.«

»Ach, du spielst?«, fragt er ohne mich anzusehen.

»Ja. Es ist mein zweites Hobby. Früher hätte ich alles dafür getan, um Gametester zu werden, doch mein Dad war dagegen.«

»Aha«, ist seine kurze Antwort darauf und das Thema scheint gegessen zu sein. Nun gilt seine Aufmerksamkeit den Fotos auf unserer Fotowand hinter der Couch. Dort haben wir unsere gesamte Kindheit, Jugend und unser jetziges Leben festgehalten.

»Du und deine Schwester steht euch ziemlich nah.« Es ist eher eine Feststellung als eine Frage. »Ja, wir sind unzertrennlich, schon von Kindesbeinen an.«

»Das klingt wunderbar. Ich bin Einzelkind, wurde von meinem Vater großgezogen.« Seine Stimme wird leise und traurig.

»Wir sind auch ohne Mutter aufgezogen worden.« Es scheint, als würde er noch etwas dazu sagen wollen, doch er macht es nicht, sondern schüttelt den Kopf, als müsste er einen negativen Gedanken vertreiben.

»Wollen wir?«, fragt er und hält mir den Unterarm hin, damit ich mich unterhaken kann.

»Sehr gerne.«

Den Abend verbringen wir in der *Waldorf Bar*, trinken Cocktails und unterhalten uns blendend. Trey ist wirklich ein Gentleman, legt hervorragende Manieren an den Tag und schafft es durch sein schiefes Lächeln, mich ganz nervös zu machen. Es ist, als wären meine Nerven und Sinne seit der Hochzeit auf ihn ausgerichtet. Trey weiß genau, was es braucht, um eine Frau zu verzaubern. Gegen Mitternacht nimmt er mich bei der Hand und führt mich zum Auto.

»Nicht zu fassen, dass du noch nie *Con Air* gesehen hast!«, sage ich, immerhin ist es einer meiner Lieblingsfilme. Den muss man einfach gesehen haben.

»Ich sehe nicht fern, dafür lese ich viel. Meist Krimis.«

»Bei mir sind es eher die Liebesromane, wenn ich die Zeit zum Lesen finde.«

»Ich habe mit Romantik nicht viel am Hut.«

»Ach nein?« Ich werde mutig, löse mich von ihm und stelle mich dicht vor Trey. Ich setze meine ganze Flirtkunst ein, denn ich brenne darauf zu erfahren, wie er küsst. Langsam wandern meine Finger seine Brust entlang und ich spüre, wie er sich anspannt. Auch ich mache ihn nervös.

»Nein«, flüstert er heiser und sieht wie gebannt auf meine Lippen, ohne den ersten Schritt zu tun.

»Was ist dann mit den Rosen und den Gesten?«

»Das war gar nichts. Warte mal, bis ich dich zum Essen ausführe, da wird dir Sehen und Hören vergehen.«

Ich lächle und stelle seine Aussage infrage, denn keiner könnte Bill's Restaurant schlagen. Noch in Gedanken spüre ich plötzlich weiche Lippen an meinen. Trey küsst mich zärtlich, streicht einfühlsam an meinem Arm auf und ab, und auch wenn ich total auf ihn stehe und auf diesen Moment gewartet habe, bekomme ich doch Nick Coleman nicht aus dem Kopf.

»Wow. Das …«, murmelt er an meinen Lippen, als er den Kuss beendet, doch ich packe ihn an seinem Kragen und ziehe ihn wieder an mich. Diesmal ist unser Kuss wilder, leidenschaftlicher, ich lege mich wirklich ins Zeug, um Nick aus meinen Gedanken zu verbannen, und als Trey stöhnend die Hände in meinem Haar vergräbt, gelingt es mir endlich. Wie lange wir uns auf dem Parkplatz küssen, weiß ich nicht mehr, doch schließlich beginnt es kühl zu werden und meine Zähne klappern wie immer automatisch.

»Jetzt hat deine Nase dieselbe Eiseskälte wie deine Finger.« Trey stupst mit seiner Nase meine an und hält mir die Autotür auf, damit ich einsteigen kann. Die Fahrt nach Hause verläuft eher ruhig, was mal eine willkommene Abwechslung ist, denn Trey ist ziemlich gesprächig.

Vor meiner Tür küsst er mich noch einmal langsam und wünscht mir eine gute Nacht. Als ich die Haustür hinter mir zumache, wäre ich vor Dankbarkeit fast auf die Knie gefallen, weil Sarah nicht aufgeblieben ist, um mich über Trey auszuquetschen. Da es mittlerweile ziemlich spät ist, schminke ich mich ab und gehe ins Bett. Doch an Schlaf ist einfach nicht zu denken. Immer wieder frage ich mich, wieso ich beim ersten Kuss mit Trey an Nick gedacht habe. War es, weil meine Schwester ihn mir unbedingt aufjubeln wollte? Oder weil ich in ihm die Chance sehe, an mein berufliches Ziel zu kommen?

Was immer es auch war, es musste weg. Denn ich bin hin und weg von Trey, er ist lieb, ruhig und ehrgeizig. Wie ich. Nun ja, ich bin weder das Erste noch das Zweite, aber ehrgeizig allemal, und ich werde es schaffen mit Nicks Hilfe den ersten Preis bei der Start-up Challenge zu erreichen.

»Hmm«, erklingt plötzlich im Zimmer nebenan ein Stöhnen und ich ahne, was jetzt kommen wird.

»Sean«, haucht meine Schwester immer wieder und ich fühle mich so, als würde Bills hervorragendes Essen wieder hochkommen. Da ich weiß, wie es nun weitergeht und wie laut meine Schwester sein kann, ziehe ich mich schnell an, schnappe mir meine Tasche und haue ab.

Immer, wenn Sarah und Sean eine Nachtschicht einlegen, wie ich es gerne ausdrücke, flüchte ich in das *24/7 Diner* am Ende unserer Straße. Dort gibt's eine leckere Auswahl an Donuts, für die ich eine Schwäche habe und die beste Gesellschaft.

»Hey, Callie. Na hat deine Schwester wieder Herrenbesuch?« Die füllige Afroamerikanerin und Inhaberin des Diners begrüßt mich mit einem Nicken und deutet mir an, mich an die Theke zu setzen. Um diese Uhrzeit ist es meist leer, weshalb Dora gerne nachts arbeitet, eigentlich kann sie nervende Kunden nicht ausstehen. Zu ihrem Glück bin ich ganz zahm.

»Ja, und diesmal gehen sie in die Vollen.«

»Oje, dann bereite ich dir mal eine heiße Schokolade und einen Schokodonut mit Vanillefüllung vor.

»Oh, Dora, du bist so gut zu mir.«

»Ach was, du bist der Grund, wegen dem ich nicht einschlafe.« Sie zwinkert mir zu, ehe sie an die Arbeit geht. Um mir die Zeit zu vertreiben, checke ich meine Mails, stöbere etwas auf sozialen Netzwerken herum und stelle fest, dass ich endlich mal wieder shoppen gehen muss. Die neuen Shooter Games haben es in sich. Eine Nachricht wird angezeigt, weshalb ich auf den Chat wechsle.

*Nick: Ich nehme dein Angebot an!!!*

Wow, drei Ausrufezeichen, da scheint sich jemand sehr sicher zu sein.

*Callie: Und die Bedingungen sind für dich okay?*

*Nick: Ja, keine Angst, dein Höschen ist vor mir sicher. Außer du würdest es dir anders überlegen;)*

*Callie: Keine Sorge. Mein Tanga ist und bleibt Sperrzone für dich.*

*Nick: Tanga? Du bringst mich um. Schade, aber ich werde es überleben.*

*Callie: Ich meinte eigentlich, ob es für dich in Ordnung ist, dass ich der Boss bin.*

*Nick: Ich bin Manns genug, um meinen Erfolg zu teilen, falls wir auch einen haben werden. Mein Ego soll meinen beruflichen Zielen nicht im Wege stehen.*

*Callie: Das freut mich. Ich meine das auch nicht böse oder um dir eins auszuwischen, aber ich habe mein Leben in einer IT-Fabrik verbracht, habe viele Kontakte und kenne mich mit der Werbung aus. Unter meiner Führung können wir deine Idee ideal umsetzen.*

»Hier Schätzchen. Lass es dir schmecken.« Dora reicht mir einen Teller mit einem riesigen Donut, den sie liebevoll mit bunten Streuseln verziert hat.

»Vielen Dank. Das sieht aber lecker aus.« Lachend geht sie wieder hinter den Tresen, denn Dora braucht keine Bestätigung. Sie weiß, dass ihr Essen herrlich schmeckt.

*Nick: Davon bin ich überzeugt. Du kannst den Vertrag morgen aufsetzen lassen, wir sollten keine Zeit verlieren. Immerhin ist der Start-up in schon in ein paar Wochen.*

*Callie: Keine Sorge, das schaffen wir.*

*Nick: Sag mal, willst du den Donut noch? Ich habe Hunger.*

»Was zum …?« So schnell kann ich gar nicht schauen, wie ein verschwitzter und ziemlich gut aussehender Nick Coleman vor mir steht.

# 17

## Nick

Zu harten Rockklängen laufe ich durch das nächtliche New York. Diese Stadt schläft tatsächlich nicht, egal zu welcher Stunde ich joggen gehe, immer ist etwas los auf den Straßen. In letzter Zeit laufe ich jeden Tag eine Runde und manchmal öfter. Ich habe das Gefühl, als würde mein Kopf platzen, die Geldsorgen, das noch nicht fertiggestellte Projekt, dann noch Callies Angebot, alles baut sich zu einem Druck in meinem Kopf auf, den ich nur durch frische Luft und viel Musik ausgleichen kann. Objektiv gesehen wäre ich dumm, wenn ich nicht auf das Angebot einginge. Die Newman Group wäre ein stiller Sponsor, will in mich investieren, was eine willkommene Abwechslung ist, denn ich habe mir in letzter Zeit zu oft anhören müssen, dass ich ein zu großes Risiko sei.

Was Callies Bedingungen anbelangt, bin ich mir nicht ganz so sicher, ob ich die akzeptieren kann. Sie mag gut in ihrem Job sein, doch es ist meine Firma, die auf dem Spiel steht. Wie ich sie kenne, wird sie mich den ganzen Tag herumkommandieren, um sich für die Sticheleien der vergangenen Jahre zu rächen. Aber das ist nur eine Vermutung. Denn eines habe ich in den letzten Wochen feststellen müssen, sie ist nicht so, wie ich anfangs dachte. Früher war sie der Feind und ich habe mir keine Mühe gemacht, sie kennenzulernen. Doch sie ist nicht eingebildet, versnobt oder langweilig. Eher das Gegenteil, was mich ziemlich überrascht. Hätte ich damals auf Marcie gehört, die immer gemeint hat, wir sollten miteinander auskommen, wäre mir viel Ärger erspart geblieben. Heute bei Bill habe ich ihre Nähe wirklich genossen. Vielleicht ist es auch nur, weil ich untervögelt bin, aber Callie sieht ungeschminkt sogar noch hübscher aus als mit Make-up. Ich laufe an ihrem Haus vorbei und sehe automatisch nach, ob noch Licht brennt, obwohl ich nicht mal weiß, in welchem Stock sie wohnt. Kopfschüttelnd laufe ich weiter. Wieso interessiert es mich überhaupt, wo sie ist oder was sie macht? Früher war es mir doch auch egal.

Ich beschleunige meine Schritte. Ich muss diese Gedanken an Callie vertreiben. Falls ich ihr Angebot annehme, sind wir nur Geschäftspartner, nicht mehr, auch wenn ich sie mir oft nackt vorstelle. Als meine Beine zu schmerzen beginnen, zwinge ich mich selbst zu einer Pause. Schwer atmend bleibe ich vor einem Diner stehen, stütze meine Hände auf den Knien ab und schnaufe wie ein Bulle. Ich bin ziemlich außer Atem und total verschwitzt. Es dauert ein wenig, bis ich wieder normal atmen kann. Als ich mich aufrichte, sehe ich durch die Glasscheibe eine Frau mit blondem Pferdeschwanz an der Theke des Diners sitzen.

Ich gehe ein paar Schritte, damit ich das Profil der Frau sehen kann, und erkenne, dass es Callie ist. Es ist nach Mitternacht und sie sitzt dort, lächelt mit der Bedienung um die Wette. Die beiden scheinen sich gut zu kennen und Callie wirkt losgelöst. Sie ist wirklich ganz anders, als ich gedacht habe. Ehrgeizig, intelligent und eine Nervensäge, trotzdem spüre ich einfach, dass sie mir nur helfen will und ihr Angebot weder Falle noch Racheakt sein kann. Wenn sie ebenfalls ihre Träume durch diese Partnerschaft verwirklichen und ich endlich weiterarbeiten kann, dann sollte ich nicht zögern. Und das tue ich auch nicht. Schwer atmend hole ich mein Smartphone aus der Tasche meines Laufshirts, schreibe ihr, dass ich das Angebot annehme. Während unseres Chats beobachte ich sie aufmerksam. Sie grinst aufgrund meiner Sticheleien, kaut an ihrem Daumennagel, während sie meine Nachrichten liest, und scheint sich darüber zu freuen, von mir zu hören. Etwas, das ich nie für möglich gehalten hätte.

Die Bedienung bringt ihr ihre Bestellung, die so lecker aussieht, dass meine Beine sich wie von selbst in Richtung Callie bewegen. Als sie mich erblickt, weiten sich ihre Augen überrascht und auch wenn sie sich dessen nicht bewusst ist, checkt sie mich ab. Mustert mich von oben bis unten, wobei ihr Blick etwas länger auf meinem Oberkörper ruht.

»Na, das ist aber eine Überraschung«, murmelt sie, löst ihre Augen von meinem Körper und folgt jedem meiner Schritte.

»Ja, nicht wahr? Ich stalke dich schon eine lange Zeit und als du den Donut bestellt hast, konnte ich mich nicht mehr zurückhalten.« Ich stelle mich vor sie, stütze meine Hände jeweils an der Theke und der Lehne des Hockers ab, keile sie mit meinem Körper ein. Obwohl ich ihr näher gekommen bin, weicht sie nicht zurück.

»Sehr witzig«, meint sie sarkastisch, greift nach ihrem Dessert und will gerade abbeißen, doch ich neige den Kopf und komme ihr zuvor. Ich nehme einen Bissen und kaue schadenfroh, aber mir ist dabei entgangen, dass sie den Donut wieder auf den Teller gelegt hat und ich nun ihr so nah bin wie noch nie. Unsere Nasen berühren sich fast und obwohl Callie im Normalfall sauer sein müsste, ist sie ruhig, sieht abwechselnd von meinen Augen zu den Lippen und Gott helfe mir, der Drang sie zu küssen ist fast übermächtig. Ein paar Millimeter trennen uns, und auch wenn ich weiß, dass ich gegen ihre Bedingungen verstoße, wenn ich sie jetzt küsse, schiebt sie mich doch nicht weg. Eher im Gegenteil. Callie hält die Luft an, und kurz bevor ich meine Lippen auf ihre legen kann, höre ich Schritte.

»Callie, Schätzchen, ich habe hier noch ein Eclair …«, meint die Bedienung und wir fahren beide auseinander wie zwei Teenager, die man beim Knutschen erwischt hat. *Fuck, was war das denn?* »Oh entschuldigt. Ich wollte euch nicht stören«, sagt sie verlegen und stellt den Teller vor mir ab.

»Tust du nicht. Dora, darf ich dir meinen Geschäftspartner Nicolas Coleman vorstellen?«

»Geschäftspartner, hm?« Ihr Blick bleibt länger auf mir hängen, ehe sie mir die Hand reicht. »Dora Lipton. Freut mich.« Sie zieht eine anerkennende Schnute und schüttelt meine Hand. Bevor sie geht, flüstert sie Callie etwas ins Ohr, was sie erröten lässt. Ich setze mich auf den Hocker neben ihr und stütze die Hände auf dem Tresen ab. »Was hat sie gesagt?«

»Ach nichts«, winkt Callie ab und verstaut das Handy in ihrer Hosentasche.

»Gib es zu, es war was Schmutziges.« Ich versuche den Beinahe-Kuss so gut es geht zu verdrängen, denn das darf nicht passieren. Es ist noch nie was Gutes dabei herausgekommen, wenn sich zwei Arbeitskollegen aufeinander eingelassen haben.

»Vielleicht«, meint sie nur, doch ich merke schnell, dass sie mir nichts verraten wird. Auch sie erwähnt den heißen Moment nicht, wofür ich ihr sehr dankbar bin. Ich weiß einfach nicht, was in mich gefahren ist.

»Also, wieso bist du mitten in der Nacht hier und stopfst dich mit Süßem voll?«, frage ich neugierig. Ich verschlinge den Rest ihres Donuts und schiebe als Friedensangebot das Eclair in ihre Richtung.

»Ich bin vorhin nach Hause gekommen und an Schlaf war nicht mehr zu denken, als meine Schwester angefangen hat zu stöhnen. Bevor ich auch noch deinem Cousin beim Sex zuhören musste, bin ich geflohen.« Callie verdreht die Augen, beißt nun selbst von ihrem Dessert ab. Ihre Lider flattern und ein

Stöhnen kommt von ihren Lippen. Ich schlucke und versuche mich mit einer weiteren Frage abzulenken. »Weshalb fahren die beiden nicht in seine Wohnung? Soweit ich weiß, besitzt er ein Loft in der Stadt.«

»Bei ihm gab es einen Rohrbruch und nun übernachtet er bis auf Weiteres bei uns. Tagsüber ist er sowieso im Büro, aber nachts geht's dann ab.«

»Du meinst, das passiert öfter?«, frage ich nun, es muss schlimm sein, wenn die Wände dünn sind und man alles mithören kann.

»Oh ja. Was glaubst du, wieso Dora meinen Geschmack in Sachen Desserts so gut trifft?«

»Ich verstehe, aber weshalb hast du ihnen nichts gesagt?« Sie tut mir tatsächlich leid, denn ich habe schon gehört, dass Sean ein wilder Kerl ist und laut sicher dazu.

»Weil es mir peinlich ist und Sarah wäre es noch peinlicher. Sie ist ziemlich prüde oder war es zumindest, aber seit sie mit Sean zusammen ist, ist sie glücklicher als jemals zuvor. Das will ich ihr nicht vermiesen.«

»Also schleichst du dich immer aus der Wohnung, damit sie rammeln können.«

»Jap. Ich bin erbärmlich. Ich weiß.«

»Nicht erbärmlich. Eher süß. Ich würde, wenn es Ethan wäre, so lange gegen die Wände hämmern, bis ich sein Gestöhne aus meinem Kopf verbannt habe.« Ich schüttle mich bei dieser ekligen Vorstellung, keiner will seiner Familie beim Sex zuhören.

»Ja, das klingt nach dir, aber Sarah und ich haben ein inniges Verhältnis, du hast deinen Bruder jahrelang nicht gesehen. Weißt du überhaupt, ob er eine Freundin hat?«

Aufgrund dieser direkten Frage runzle ich die Stirn, sie hat sich doch sonst auch nie für meine Familie interessiert. »Wieso fragst du? Hast du Interesse an ihm?« Ein komisches Gefühl breitet sich in mir aus, wenn ich mir die beiden miteinander vorstelle.

»Oh Gott, nein! Ich habe schon Trey, aber meine Freundin Elena hat ihn auf der Hochzeit gesehen und er gefällt ihr.«

»Ich muss ehrlich gestehen, dass ich es nicht weiß. Er verhält sich ziemlich merkwürdig, seit er von seiner Weltreise zurück ist. Etwas muss dort passiert sein, etwas Schlimmes, denn Ethan hat sich verändert.«

»Du hast ihn nicht gefragt?«, meint sie nun mitfühlend und trinkt von ihrer heißen Schokolade.

»Ich habe gedacht, wenn er reden wollte, würde er auf mich zugehen, doch er überspielt seinen Kummer, damit ich es nicht merke.« Nun fühle ich mich selbst mies, weil ich nicht nachgefragt habe, ich bin ein Scheißbruder.

»Also, ich weiß nicht, wie das so bei euch Männern ist, aber ich passe bei Sarah immer den richtigen Moment ab, wenn sie etwas bedrückt und dann fühle ich ihr vorsichtig auf den Zahn.«

»Bei uns Männern bestellt man sich Bier, betrinkt sich, haut sich auf die Fresse und spricht kurz das Problem an und alles ist in Butter.«

Ihr Lachen erfüllt den Raum, ihre Hand landet auf meinem Bizeps. Es ist nur eine flüchtige Berührung und doch spanne ich mich an und schlucke hart. Etwas stimmt nicht mit mir, ganz und gar nicht. Wie kann ich mit ihr arbeiten, wenn mich alles, was sie tut, anmacht? Ich beschließe, heute nicht alleine nach Hause zu gehen. Ich werde jede Bar abklappern, bis ich eine Frau gefunden habe, die mir ein paar schöne Stunden beschert.

»Ihr Jungs spinnt. Aber Gott sei Dank gibt es Ausnahmen.« Ihre Augen beginnen verträumt zu glitzern und irgendwie weiß ich, dass sie an Trey Kaswell denkt.

»Wieso bist du heute eigentlich so spät nach Hause gekommen? Normalerweise liegst du sonntags im Bett und verfolgst deine Serien?«

»Woher weißt du das?«, fragt sie erstaunt.

»Du hast es einmal in den Chats erwähnt, dass dies deine Lieblingssonntagsbeschäftigung sei, weil du eher ein fauler Typ bist.«

»Das hast du dir gemerkt? Das muss doch einige Jahre her sein?«

»Ich kann einige Dinge sehr gut im Kopf behalten. Außerdem sieht mein Tagesprogramm an Sonntagen auch so aus.«

»Wer hätte das gedacht. Ich dachte immer, dass du sonntags um die Häuser ziehst oder an Bonnie schraubst oder dir Gemeinheiten für mich überlegst.«

»So war es früher zu Collegezeiten, aber ich bin nun Geschäftsmann und setze die Prioritäten anders. Und ich kann mir auch unter der Woche Wege überlegen, dich zur Weißglut zu bringen.«

»Jaja. Das kannst du dir gleich abschminken. Vergiss unsere Bedingungen nicht. Keine Prinzesschen-Witze, kein Flirten, kein Sex.«

»Nicht mal ein kleines bisschen Sex?«, ziehe ich sie auf und wieder lächelt sie. Kein Kleid auf der Welt könnte ihr besser stehen als ihr Lachen.

»Ich muss dich enttäuschen.«

»Traurig, aber ich werde es überleben.«

# 18

## Callie

Mit einem Lächeln auf den Lippen betrete ich gegen sechs Uhr morgens meine Wohnung und erstarre. Dort in meiner Küche steht Sean Coleman mit nichts weiter als einem Handtuch um die Hüften und macht Frühstück. Er summt vor sich hin, brät Eier und Speck und backt frische Brötchen im Ofen. Wäre ich nicht so erschrocken, ihn halb nackt zu sehen, wäre ich schwer begeistert gewesen, bei dem Talent, das er beim Kochen an den Tag legt, denn der Tisch ist prall gefüllt mit den leckersten, selbst zubereiteten Speisen.

»Oh. Hey, Callie. Ich habe dich gar nicht kommen gehört.« Das ist alles, was er sagt, und es scheint ihn nicht zu stören, hier fast nackt vor mir zu stehen. Also zucke ich mit den Schultern und setze mich an die Frühstückstheke. »Wenn du erst um diese Uhrzeit nach Hause kommst, muss der Abend ein Erfolg gewesen sein«, meint er grinsend und greift nach dem Pfannenwender.

»Eigentlich war ich schon um Mitternacht zu Hause.« Ich beobachte ihn und bin gespannt, ob es bei ihm Klick macht.

Sean rührt gerade die Eier um und verharrt mitten in der Bewegung. »Du meinst …?«

»Dass ich in der ersten Reihe war, als ihr es habt krachen lassen? Jap, das war ich, zumindest die erste Minute lang, dann musste ich unbedingt an die frische Luft.«

Er hantiert auf dem Touchscreen der Herdplatte herum und

dreht sich zu mir um. »Das heißt, die Wände sind so dünn, dass du immer alles gehört hast?« Eigentlich unnötig, dass er nachfragt, aber ich nicke. »Wieso hast du nichts gesagt?«

»Weil du Sarah so unsagbar glücklich machst und ich ihr alles gönne. Selbst, dass ihr Sexleben nun heißer ist als meins.«

»Nichts für ungut.« Ich schaue an seinem sportlichen Körper auf und ab und hebe die Brauen.

»Verstehe.« Wieder legt er keine Scham an den Tag, sondern verschränkt die Arme vor der Brust. »Also war Kaswell ein Griff ins Klo?«, fragt er direkt, mustert mich kurz und widmet sich wieder dem Frühstück. Ich strecke mich ein wenig, schnappe mir eine Cocktailtomate und schiebe sie mir in den Mund.

»Ganz im Gegenteil, es war ein schönes Date. Wir wollten es einfach langsam angehen.«

»Sorry, dass ich jetzt so direkt bin, aber du bist doch eher der Typ, der sich das nimmt, was er möchte.« Im Grunde genommen hat er recht, doch Liams Hochzeit hat für meine zukünftigen Partner neue Maßstäbe gesetzt. Ich bin mir für schnelle Affären zu schade geworden. Ich bin vierundzwanzig und möchte langsam das erleben, wovon die ganze Welt so schwärmt, denn außer Lust, habe ich nie mehr für einen Mann empfunden. Habe es gar nicht so weit kommen lassen. »Das war einmal. Ich möchte diesmal jemanden wirklich kennen, bevor wir in der Kiste landen.«

Sean nickt verständnisvoll und sagt nichts weiter zu diesem Thema. Erst als er den Orangensaft in die Karaffe schüttet, wendet er sich mir wieder zu. »Wo warst du dann so lange?«, fragt er schließlich und stellt die Getränke auf dem Tisch ab. Er hat wirklich ein bombastisches Frühstück vorbereitet, das nicht mal ein Fünfsternehotel besser hinbekommen hätte. »Ich war mit Nick bei Dora um die Ecke. Wir haben über sein Projekt gesprochen und wie wir es beenden können.«

»Du warst die ganze Nacht mit meinem Cousin in einem Diner, ohne Sex zu haben?«

»Ja, ich war selbst überrascht, aber Nick war außer dem üblichen Geplänkel wirklich witzig und wollte mir nicht an die Wäsche.« Dann fällt mir wieder der Beinahe-Kuss ein. Nick war mir nah wie noch nie, und auch wenn unsere Beziehung nur geschäftlicher Natur sein sollte, wollte ich unbedingt von ihm geküsst werden, ihn schmecken und seine Haut berühren. Es ist komisch, denn diese Gefühle, dieses Verlangen habe ich nicht einmal bei Trey verspürt, nicht mal, als er mich tatsächlich geküsst hat. Vielleicht liegt es daran, dass ich länger keinen Sex hatte, doch etwas zieht mich fast magnetisch an Nick an. Um diese Empfindungen im Keim zu ersticken, beschließe ich meine Beziehung mit Trey zu vertiefen und mich voll und ganz auf ihn zu konzentrieren.

In der nächsten Woche treffe ich mich jeden Tag mit Nick, arbeite am Bauplan des Mainboards, bestelle die einzelnen Bauteile und ein paar SIM-Karten von verschiedenen Anbietern. Einige Bauteile habe ich sogar durch meine Kontakte kostenlos abstauben können. Wenn ich schon der Boss bin, dann haue ich auch auf den Putz. Es macht Spaß, mit ihm zusammenzuarbeiten, wenn er gut drauf ist. Er ist sachlich, kompetent und hat eine klare Vorstellung davon, wie das Smartphone funktionieren soll. Stets begegnet er mir mit Respekt, lässt die Sticheleien, die mich verletzen, aus und scherzt mit mir. Dann gibt es die dunklen Tage, an denen er an allem zweifelt und sich wirklich zurückhalten muss, um das Handy nicht in Stücke zu zerteilen.

Es gelingt mir meist, ihn zu beruhigen, denn ich verstehe ihn. Es hängt viel von seiner Idee ab. Die Verträge haben wir schon am Dienstag unterzeichnet und somit sind wir offiziell Geschäftspartner, wobei ich der Boss in Entscheidungsfragen bin, aber ich lasse es ihn nicht spüren. Marcie, Henry und Joey sind vorbeigekommen und haben eine Flasche Sekt mit uns gekillt. Zwar konnten sie sich nicht vorstellen, dass Nick und ich wirklich zusammenarbeiten könnten, statt wie sonst gegeneinander, doch mittlerweile kennen wir uns viel besser und schöpfen so das Beste von dem jeweils anderen aus. Wenn er wieder mal keine Lust auf Technik hat, lasse ich ihn am Layout für unsere Homepage arbeiten oder den Radiosender auswählen, obwohl ich seine Rocksongs manchmal nur schwer ertrage. *Was ist denn bitte so schlimm an Adele oder Ellie Goulding?*

Wenn ich mich bei einem Schritt unsicher fühle, nimmt er mir geschickt die Arbeit ab, ohne dass ich es sofort merke, damit meine Niederlage nicht zu offensichtlich ist. Wir harmonieren sehr gut miteinander, etwas, das ich anfangs niemals geglaubt hätte. Während ich die Tage mit Nick verbringe, gehören die Abende Trey. Meist holt er mich von Nicks Wohnung ab, dann gehen wir in den besten Restaurants essen und dann ins Theater, auf Kunstaustellungen oder Cocktails trinken. Die Locations sind meist überteuert und etwas langweilig, aber das macht seine Gesellschaft wieder wett. Er ist ein ziemlicher Workaholic, besichtigt auch sonntags Objekte, die für ihn interessant sein könnten und kennt den Begriff *freinehmen* nicht.

In dieser kurzen Zeit habe ich ihm viel von mir erzählt, dass unsere Mom uns verlassen hat, mein Verhältnis zu Dad unterkühlt und meine Schwester alles für mich ist. Er jedoch hält sich, was seine Familie angeht, etwas bedeckt. Er hat nur erwähnt, dass sich sein Vater das Leben genommen hat. Mehr konnte ich nicht aus ihm rauskitzeln, was aber auch nicht nötig ist, denn wenn er so weit ist, wird er selbst auf mich zukommen. Das hoffe ich zumindest. Jedes Mal, wenn er mich anlächelt, klopft mein Herz schneller und ich kann nicht genug von seinen zärtlichen Küssen bekommen. Ich mag es, wenn er meine Hand hält, wie respektvoll er mit mir umgeht und nicht so wie die anderen ist, die mich gleich ins Bett bekommen wollen.

Er war schon öfter bei mir in der Wohnung, hat Sarah und Sean kennengelernt und während ich Serien angesehen habe, hat er ein Buch gelesen. In seinem Apartment war ich noch nicht, ich weiß zwar, wo er wohnt, weil es gleich gegenüber von meinem antiken Lieblingskino ist, doch er hat mich nie zu sich eingeladen. Wir sind eher wie zwei Gegensätze, die sich anziehen. Heute holt mich Trey früher ab, um mit mir segeln zu gehen. Ich kann es kaum erwarten, da es für mich das erste Mal wird.

»Alles okay?«, fragt Nick plötzlich hinter mir und erschreckt mich fast zu Tode. Ich bin gerade die Finanzen durchgegangen und mit meinem Gedanken schnell abgedriftet.

»Danke, ja. Ich habe nur nachgedacht.« Ich klappe den Laptop zu, wende mich mit dem Bürostuhl in seine Richtung. Er steht da mit zwei Bechern Kaffee in der Hand und einem intensiven Blick, als ich in meinem kurzen Rock die Beine übereinanderschlage. »Du kannst auch jetzt schon gehen, wenn du möchtest. Ich weiß, heute ist etwas Großes geplant.«

»Ach ja? Was hat mich verraten?«

Nick schmunzelt, reicht mir den Becher und setzt sich auf die Tischkante, immer wieder gleitet sein Blick auf meine Beine. »Nun, zum einen nervst du mich nicht mit deinen ewigen Serien, wer mit wem geschlafen oder wer wen umgebracht hat. Ich höre ja meist nach dem zweiten Satz nicht mehr wirklich zu.« *Arsch!* »Zum anderen zappelst du normalerweise herum wie ein Pingpongball, bevor dich Kaswell abholt, doch heute bist du irgendwie ruhig. Also, willst du mir nicht zufällig verraten, was dich beschäftigt?«

»Interessiert es dich denn?«, stelle ich ihm eine Gegenfrage, die er sofort beantwortet. »Früher hätte ich mit Nein geantwortet, aber in letzter Zeit finde ich, dass wir ein gutes Team abgegeben haben, oder?« Nickend nippe ich an meinem Becher. »Also ich will nur sagen, dass ich hier bin, wenn du reden möchtest.«

*Oh mein Gott! Hat er das wirklich gesagt?* Irgendetwas läuft hier definitiv falsch. Es ist das eine, mich meiner Schwester, meinen Freundinnen oder sogar Sean zu öffnen, aber bei Nick? Der Mann von früher hätte mich eher ausgelacht, als mir seine Hilfe angeboten, doch jetzt, wenn ich ihn ansehe, sehe ich mehr als den Playboy von früher. Er ist ein ehrlicher Geschäftsmann und ein Freund geworden. Ich sollte nicht an dem Ernst seines Angebots zweifeln.

»Heute werden Trey und ich segeln gehen«, fange ich schließlich an und streiche etwas nervös über dem Tisch.

»Oh«, lautet Nicks Kommentar dazu. Er nimmt nun auch Platz, sein Blick ruht auf mir und plötzlich wünschte ich, dass ich gar nicht damit angefangen hätte.

»Oh? Was soll das heißen?« Normalerweise würde er davon reden, dass es eine typische Bonzenkids-Aktivität wäre und man das Geld lieber an ein Kinderkrankenhaus spenden sollte, als an eine schwanzverlängernde Yacht.

»Nun, ich dachte, dass du Booten eher aus dem Weg gehst, weil du ja seekrank bist.«

»Na ja, mit den richtigen Tabletten kann man das eindämmen, aber … Moment. Woher weißt du das?« Ich erinnere mich nicht daran, ihm davon erzählt zu haben.

»Ich glaube, das war im dritten Semester, als du erwähnt hast, dass du Boote nicht ausstehen kannst.«

»Und das weißt du noch?« Ich kann es nicht fassen, dass er sich das gemerkt hat.

»Ja, aber nur, weil ich mir unbedingt eine Yacht kaufen wollte, um zu sehen, wie dein Gesicht die Farben wechselt und du dir die Seele aus dem Leib kotzt.« Seine Aussage bringt mich zum Lachen. Das wäre etwas, das Nick tatsächlich tun würde, einfach weil es ihm Spaß macht. »Aber wegen des Bootes bist du nicht so nachdenklich, oder?«

»Nein.« Ich weiß nicht, wieso, aber irgendwie sprudeln die Worte nur so aus mir heraus. Sarah und Elena von meinen Zweifeln zu erzählen, ist für mich selbstverständlich, doch in diesem Fall würde ich alles für eine objektive männliche Meinung geben. Und Nick ist ein Mann und mein Freund, er würde mich nicht verurteilen, zumindest nicht mehr. »Zwischen Trey und mir läuft es gut«, fange ich an zu erzählen und nehme einen tiefen Atemzug. Warum ist das so schwer?

»Aber?«

»Aber ich habe das Gefühl, als würde er mich nicht begehren. Wir haben uns geküsst, ja. Wir halten Händchen. Aber weiter geht er nicht. Er weiß, dass Sarah und Sean ständig in unserer Wohnung sind und doch lädt er mich nicht zu sich ein. Kein einziges Mal. Ich mag ihn, mehr als ich jemanden gemocht habe, und doch habe ich Zweifel. Was ist, wenn er mich nicht will? Versteh mich nicht falsch. Ich bin keine Bitch, die sofort mit jedem in die Kiste hüpft, aber ich finde es wichtig, dass die Chemie auch sexuell stimmt, bevor ich die Sache vertiefe und mich womöglich verliebe.«

Nick hört aufmerksam zu und nickt mir aufmunternd zu, er muss selbst spüren, wie schwer es mir fällt, darüber zu reden. »Also noch mal. Du willst mit ihm schlafen, aber er nicht?«

»Ja, so ungefähr. Er meint, er wolle es langsam angehen lassen.«

»Bullshit! Hast du dich mal angesehen?« Überrascht über seinen Ausbruch hebe ich eine Braue hoch.

»Wie bitte?«

»Entschuldige, dass ich das sage, wir sind ja jetzt Freunde, aber wenn ich Kaswell wäre, würdest du niemals aus meinem Bett rauskommen. Ich würde dich auf so viele Arten verwöhnen, dass du nie wieder in den Alltag zurückkehren wollen würdest. Ich würde deine nervigen Serien ertragen, einfach weil ich dich beobachten möchte, wie du bei jeder Szene emotional wirst. Dich zu Dora schleppen, wenn es dir schlecht geht, und keinen Zweifel daran aufkommen lassen, dass es nichts Schöneres gibt, als dich lächeln zu sehen.« Nick redet ohne Punkt und Komma, führt auf, was er tun würde, wenn er mein Freund wäre, und ich weiß nicht wieso, aber plötzlich stehe ich auf und gehe auf ihn zu. Ich setze mich auf seinen Schoß und nehme ihn in den Arm.

# 19

## Nick

Ihr Duft umhüllt mich, es ist eine sonderbare Kombination aus Honig und Zitrone, die überhaupt nicht zusammenpasst und doch perfekt für Callie ist. Ihr langer Pferdeschwanz kitzelt meinen Hals und als sie ihren Kopf an meine Schulter schmiegt, könnte ich schwören, dass sie gerade an mir gerochen hat. Wie ein verliebter Vollidiot habe ich aufgezählt, was ich tun würde, wenn ich sie haben könnte, und etwas daran muss ihr gefallen haben, denn auf einmal sitzt sie auf meinem Schoß und presst ihre wundervollen Titten an meine Brust.

In den vergangenen Wochen habe ich es ständig zu leugnen versucht, dass Callie mich scharf macht, aber wenn sie mit diesen sexy Business-Outfits mit den kurzen Röcken aufkreuzt, riskiere ich an einem Dauerständer zu sterben. Anders als auf dem College, achtet sie nicht darauf, ständig Make-up zu tragen, zumindest nicht bevor sie Trey trifft, da schminkt sie sich, aber bei mir ist sie sie selbst. Seit ich sie auf diesem Junggesellinnenabschied wiedergetroffen habe, hatte ich keinen Sex mehr, aber irgendwie auch keine Lust darauf, meinen Schwanz in irgendeiner Frau zu versenken. Keiner außer ihr. Ich sollte mich zurückhalten, da wir auch Geschäftspartner sind, aber ich kann einfach nicht anders.

Alles hat sich verändert, seit sie wieder in meinem Leben aufgetaucht ist. Meine Hand drückt ihre Hüfte noch fester an meinen Körper. Die andere löst sanft ihren Pferdeschwanz.

»Was …?«, fragt sie, doch ich lege meinen Zeigefinger auf ihre Lippen, um sie zum Verstummen zu bringen. Wir haben definitiv genug geredet. Ich gleite mit dem Fingern durch ihr glattes, blondes Haar, lasse sie aber nicht aus den Augen.

»Weshalb bindest du sie immer zusammen? Du siehst wunderschön aus mit offenen Haaren. Alles an dir ist wunderschön.« Mir ist es scheißegal, wie kitschig diese Worte klingen, doch es hat sich noch nie etwas realer angefühlt, als Callie im Arm zu haben, ihr nah zu sein.

Mit einem strahlenden Lächeln drückt sie mich erneut und flüstert in mein Ohr: »Danke, Nick. Du bist wirklich ein toller Freund. Ich fühle mich viel besser.« Dann erstarre ich, verharre auf diesem Stuhl ohne mit der Wimper zu zucken. »Ich muss jetzt los. Danke noch mal.« Sie küsst mich auf die Wange, nimmt ihre Tasche und geht. Etwas in mir weigert sich zu glauben, was gerade geschehen ist. Ich, Nicolas Coleman, wurde in die Friendzone abgeschoben, nachdem ich quasi einer Frau gestanden habe, dass ich auf sie stehe. *Was ist das für eine Scheiße?* Ich stehe auf und fahre mir aufgebracht durch die Frisur.

Meint sie das ernst? Sie zieht einen Waschlappen mir vor, der nicht mal weiß, dass sie wie eine Göttin aussieht? Je länger ich im Büro auf- und abgehe, desto wütender werde ich. Nicht auf sie oder Kaswell, sondern auf mich selbst. Hat das Desaster mit Mom und ihren Lovern mich nicht gelehrt, keine Frau an mich heranzulassen, damit mir nicht dasselbe passiert wie meiner Mutter, die mit jeder Trennung immer mehr zerbrochen ist? Aber nun weiß ich es besser, das mit Callie war ein Moment geistiger Verwirrung, denn sie ist immer noch meine Geschäftspartnerin, ja sogar mein Boss, und nichts mehr. Ich bin ihr nichts schuldig und sie mir auch nicht, deshalb weiß ich genau, was ich jetzt zu tun habe.

»Ich nehme einen Whiskey Sour und zwar schnell.« Ich drücke dem Barmann einen Fünfziger in die Hand und hoffe mal, dass er den Ansturm ignoriert, um mir schnell noch einen Drink zu machen. Ich muss etwas tun, mich ablenken, denn der Gedanke, dass ich vorhin Callie dazu ermutigt habe, sich auf Trey einzulassen, mit ihm zu vögeln, lässt mich fast würgen. Die Bilder, die sich in mein Hirn schleichen, sind nicht schön, deshalb hätte ich dem Typ fast mein gesamtes Monatsgehalt gezahlt, als er gleich zwei Drinks vor mir abstellt. Dankbar proste ich ihm zu und trinke das Glas in einem Zug aus.

Für das zweite lasse ich mir Zeit, schwenke es in meiner Hand, sehe wie paralysiert in die orange Flüssigkeit und bemitleide mich selbst. War ich wirklich so dumm, mich vor dem Prinzesschen zu öffnen? Ich meine, wie ein verdammt verliebter Nerd, der der Homecoming Queen seine Gefühle gestanden hat. Ich habe früher immer Typen ausgelacht, die sich in den Bars wegen einer Frau besaufen und nicht mit einer und nun reihe ich mich in die Riege der Loser ein.

»Alles in Ordnung?«, fragt mich eine Frauenstimme neben mir und schürt meine Wut, die unter der Oberfläche in mir gebrodelt hat. Ich bin gerade dabei, sie darauf hinzuweisen, dass sie sich verpissen kann, doch als ich sehe, wer mich angesprochen hat, verwerfe ich meinen Plan, sie in die Wüste zu schicken.

Ich schätze sie auf zweiundzwanzig, leider sehr dünn, aber dafür eine beachtliche Oberweite, volle Lippen, klare blaue Augen und blonde Haare. Sie bemerkt mein Starren natürlich, immerhin halte ich mich nicht zurück, sondern ziehe sie förmlich mit den Augen aus und es scheint ihr sogar zu gefallen. Ich greife nach ihrer Hand und stelle mich vor.

»Cameron. Freut mich.« Sie schüttelt sie und grinst mich lasziv an.

»Möchtest du etwas trinken?«, frage ich und deute auf den Hocker neben mir. Sie trägt ein knallrotes Kleid, das enger nicht sein könnte, und ich versuche wirklich zu verdrängen, dass Callie fast dasselbe Kleid anhatte, als ich ihr im Klub begegnet bin.

»Eine Margarita. Danke.« Ich gebe die Bestellung auf und fasse den Entschluss für mich selbst, keinen Gedanken mehr an Callie Newman zu verschwenden. Wenn sie mich nicht will, kann es mir recht sein. Denn es gibt genug Frauen, die danach lechzen, von mir flachgelegt zu werden. Und eine Kandidatin hat gerade einen Schritt in mein Bett gemacht, ohne dass sie es weiß.

Cameron presst ihre Lippen auf meinen Hals, leckt über meine Kehle, was mich fast in den Wahnsinn treibt. Ich bin mir nicht mal sicher, ob ich die Tür zu meiner Wohnung zugemacht habe, so scharf war ich darauf, diese Frau zu ficken. Mit jedem Schritt verlieren wir mehr Kleider, bis wir nackt in der Küche stehen. Da ich weiß, dass Ethan unterwegs ist, fackele ich nicht lange und schiebe sie rücklings zum Esstisch. Sie setzt sich mit einem heißen Grinsen auf den Tisch, spreizt die Beine weit auseinander. Da ich selbst nicht länger warten wollte und sehen konnte, dass auch sie auf ein Vorspiel verzichten könnte, greife ich nach einem Kondom aus der Küchenschublade. Ich streiche einmal über mein bestes Stück die Länge auf und ab, bevor ich es überziehe und hart, sehr tief in sie eindringe.

Das Stöhnen klingt wie eine Symphonie für mich. Frauen waren für mich immer mehr als reine Körper, sie waren für mich wie Instrumente, auf denen ich die schönste Musik komponieren wollte.

»Wahnsinn. Du bist der absolute Wahnsinn«, haucht sie an mein Ohr, küsst mich erneut und genießt es, wie ich sie ausfülle. Es dauert nicht lange und sie kommt mit einem Schrei, den sicher alle Nachbarn gehört haben mussten. Erschöpft legt sie sich zurück auf den Tisch und sieht mich schwer atmend an, doch ich denke nicht daran aufzuhören. Ich beuge mich vor, die Ellbogen auf den Tisch gestützt. »Bereit für noch eine Runde?«

»Ja«, haucht sie atemlos. Ich küsse sie leidenschaftlich, bewege mich in ihr und ihre Nässe bringt mich beinahe um. Dann richte ich mich auf, meine Hände halten ihre Schultern und ich ficke sie mit langen, tiefen, treibenden Stößen. Cameron stöhnt, keucht und japst. Ihre Hüften zittern und zucken auf dem Tisch und auch ich bin kurz davor zu kommen. Ich erwarte, dass sie meinen Namen schreit, doch plötzlich höre ich jemand anderen diesen flüstern. Mein Kopf fährt herum und was ich sehe, lässt mich innehalten. Doch es war genug für Cameron, denn sie stöhnt. »Nick. Ja verdammt, ja!«

Im Türrahmen, der vom Flur zur Küche führt, steht eine tränenüberströmte Callie, die mich entsetzt anstarrt. Sie sieht schlimm aus, wirklich fertig und erst jetzt schnalle ich, dass es nicht an mir liegen kann. Dafür ist sie zu kurz hier.

»Callie? Was ist passiert?« Es muss wirklich grotesk aussehen, ich, noch immer in einer fremden Frau, frage sie, was ihr fehlt. Auch sie scheint das zu bemerken, schluchzt auf, dreht sich um und läuft aus meiner Wohnung. »Warte! Callie!« Ich gleite aus Cameron und suche meine verdammten Sachen zusammen.

»Du hast nichts von einer Freundin erwähnt«, flüstert sie nun verletzt.

»Ich habe auch keine, Callie ist meine Geschäftspartnerin.«

»Wieso rennst du ihr dann nach? Es kann ihr doch egal sein, mit wem du schläfst.«

»Eigentlich ja, aber sie sollte gerade mit ihrem Freund auf

einer Yacht schippern und nicht mich tränenüberströmt aufsuchen.«

»Oh verstehe, dann geh. Lauf ihr nach.« Schnell springt sie auf und sucht ebenfalls ihre Sachen. Ich streife meine Hose über, doch bevor ich Callie nachlaufe, stelle ich mich vor Cameron, die noch immer beschämt aussieht.

»Hör zu. Das hier war toll und ich möchte das gerne wiederholen, ohne Störungen. Callie und ich, da läuft nichts zwischen uns. Lass mir deine Nummer da und ich verspreche, ich rufe dich an.« Ihr hübsches Gesicht hellt sich auf und ich küsse sie flüchtig, ehe ich Callie nachlaufe.

# 20

## Callie

Ich habe ja geahnt, dass es schwierig würde, auf seinem Boot festzusitzen, aber es ist noch schlimmer. Alles schaukelt, der Salzgeruch ist zu intensiv und Trey telefoniert lieber mit Kunden, als hier draußen mit mir zu stehen. Ich brauche ihn jetzt, nach dem, was vorhin mit Nick gewesen ist, fühle ich mich einsamer als je zuvor. Mir ist völlig bewusst, worauf er anspielen wollte, bewusst, dass er mir quasi eine Liebeserklärung gemacht hat, die süßer nicht hätte sein können, und doch habe ich ihn weggestoßen, mich innerlich für Trey entschieden. Meine Gefühle für ihn waren von Anfang an stark, man könnte sagen, ich habe mich auf den ersten Blick verknallt und mittlerweile ist daraus mehr geworden.

Was Nick und ich bis jetzt hatten, waren ein Beinahe-Kuss und dieser Moment von vorhin. Ich weiß, dass jedes seiner Worte ernst gemeint war, habe es in seinen eisblauen Augen gesehen, aber ich sehe keine gemeinsame Zukunft für uns. Nick ist ein Playboy, eine Nervensäge und ein Witzbold in einem, hat bis jetzt noch nie eine Beziehung geführt. Trey weiß, was es heißt, eine Frau an seiner Seite zu haben. War selbst einmal verlobt, bevor sie ihn betrogen hat.

»Du denkst ziemlich laut«, flüstert er mir ins Ohr und schmiegt sich von hinten an mich. Seine Finger verhakt er mit meinen und streichelt so meinen Bauch. »Wieso bist du so still heute?«, fragt er leise und küsst meine entblößte Schulter.

»Mir schwirrt einiges im Kopf herum. In zwei Wochen ist die Gala, bei der wir unsere Idee vorstellen und sich entscheidet, ob wir auf die Shortlist kommen und somit die Chance auf das Preisgeld haben. Es ist viel zu organisieren, der Prototyp ist fast fertig und funktioniert soweit.«

»Aber?«, raunt er und sieht mit mir aufs offene Meer hinaus. Die Sonne scheint erbarmungslos auf uns und obwohl mir heiß ist, möchte ich hier draußen sein, bei ihm. Hoffe vielleicht durch das Meerestreiben mein schlechtes Gewissen Nick gegenüber besser ertragen zu können.

»Aber Nick und ich. Wir waren Erzfeinde, hatten jahrelang keinen Kontakt und nun sehen wir uns täglich. Es ist merkwürdig.« Den wahren Grund kann ich nicht aussprechen, dann wäre es zu real. Ich möchte mich noch hinter dem Glauben verstecken, dass ich das alles vielleicht geträumt habe. Dass ich nicht das Herz meines Freundes vielleicht gebrochen habe.

»Du und Nick kommt also nicht gut miteinander klar?«

»Nein, das ist es nicht. Wir sind Freunde geworden. Vertrauen einander und haben durch gute Teamarbeit unser Projekt fast beendet.«

»Also, wo liegt das Problem?« Das ist es ja. Eigentlich sollte kein Problem da sein. Nicks Worte sollten an mir abperlen, weil ich in Trey verliebt bin. Doch ich kann nicht aufhören an ihn zu denken, seit er mir gesagt hat, wie er mich behandeln würde, wenn ich die Seine wäre. Es ist meinem Freund gegenüber unfair, dass ich in seinen Armen an jemand anderen denke, also verdränge ich alles, konzentriere mich auf das Hier und Jetzt.

»Ach, nichts.« Ich versuche, das Thema zu wechseln, denn ich möchte mit ihm nicht mehr über Nick Coleman sprechen. Ich will diesen Nachmittag auf diesem gottverdammten Kutter überleben und mir einen schönen Abend mit meinem Freund machen. Er ist der Richtige, der Gute, bei ihm brauche ich keine Angst zu haben, dass er mich betrügen oder belügen würde. Ich vertraue ihm. Nick würde mir nur das Herz brechen, so wie ich es ihm gebrochen habe. *Ach verdammt!* Ich komme einfach zu keinem gemeinsamen Nenner, also drehe ich mich in Treys Umarmung um und küsse ihn. Lege all meine Gefühle in diesen Kuss, damit er weiß, dass ich meine Entscheidung nicht bereue, auch wenn er nie erfahren wird, dass eine Wahl bestanden hat.

Um zwanzig Uhr bringt mich Trey nach Hause, auch wenn ich innerlich gehofft habe, dass er mich zu sich einlädt. Wieder wurde ich enttäuscht.

»Danke für den wunderschönen Nachmittag, es war wundervoll.« Dass ich seekrank bin, habe ich so gut ich konnte verbergen wollen.

»Es war mir wie immer eine Ehre.«

Ich kralle mich an seinem Kragen fest, ziehe ihn zu mir. Mein Kuss ist hungrig, leidenschaftlich und vielleicht ein wenig verzweifelt. Ich will, dass er mich begehrt, wie Nick es vorhin gesagt hat. Ich will mit ihm schlafen. »Hey, meine Schöne. So gerne ich das jetzt weiterführen möchte, muss ich leider los. Morgen habe ich in aller Frühe einen wichtigen Termin. Ich hoffe, du verstehst das?«

Eigentlich will ich ihn anschreien, ihm sagen, dass er sich seine Termine in den Arsch schieben soll, aber ich bleibe ruhig und frage mich zum ersten Mal, ob ich mich vielleicht doch falsch entschieden habe. Dann seufzt er auf, sieht mich intensiv an, zärtlich beginnt er mein Gesicht zu streicheln. Dann küsst er mich, wie er mich noch nie geküsst hat. Inniger, liebevoller. Einfach anders. »Verdammt«, flüstert er gegen meine Lippen, was merkwürdig ist, denn Trey hat noch nie vor mir geflucht. »Ich weiß nicht, was ich mit dir machen soll. Du machst es mir so schwer.«

»Schwer?«

Kurz sucht er nach den richtigen Worten und streichelt mir über die Wange. »Ja. Du bist einfach unwiderstehlich und wenn ich ehrlich bin, bin ich kurz davor, alles abzublasen und einfach bei dir zu bleiben.«

Bevor ich etwas dazu sagen kann, beginnt mein Handy zu läuten. »Oh. Mein Dad«, murmele ich und runzle die Stirn, er ruft mich selten bis nie an. Denn früher sind wir uns sowieso ständig in der Firma begegnet. »Entschuldige, ich muss …« Ich sehe auf und merke, dass Trey längst gegangen ist. Verwirrt sehe ich nur noch seinen Kopf, als er die Treppe hinuntergeht. Was soll das? Er geht einfach, ohne sich zu verabschieden? Da das blöde Ding in meiner Hand einfach nicht aufhören will zu bimmeln, hebe ich ab.

»Hallo Dad. Was gibt's?«

»Dir auch einen schönen Abend, Tochter. Wie geht es dir heute?« Überrascht hebe ich die Brauen und sehe noch mal aufs Display, denn mein Vater würde niemals zuerst nach meinem Wohlbefinden fragen, sondern immer nach dem Geschäftlichen.

»Ähm. Danke es geht mir gut. Nick und ich haben am Smartphone gearbeitet. Soweit ist alles fertig. Wir werden morgen den ersten Anruf tätigen, um zu sehen, ob es auch funktioniert. Wir hoffen einfach, dass das Ding nicht in die Luft fliegt.«

Dad lacht am anderen Ende und erstaunt mich nun zum zweiten Mal. Es ist eine Ewigkeit her, dass ich ihn lachen gehört habe.

»Ist alles in Ordnung bei dir?«, frage ich vorsichtig, öffne die Tür und trete in meine Wohnung.

»Danke, mein Schatz, alles bestens. Ich wollte nur mal deine Stimme hören.« Plötzlich wird seine Stimme traurig und ich frage mich, wieso er sich seit Zürich so komisch verhält. Nicht dass ich mich beschwere, nach vierundzwanzig Jahren, wurde es auch langsam Zeit, dass er mehr von meinem Leben erfahren möchte. »Ich habe dich seit du wieder in den Staaten bist nicht gesehen. War auch nicht im Büro.«

Die Schuldgefühle nagen an mir. Klar, hat mich Dad verletzt, weil er Sarah alles überschreiben will, trotzdem liebe ich ihn, auch wenn er es mir nie zeigen kann, wie viel ich ihm bedeute. »Ich bin zu Hause, falls du vorbeikommen möchtest«, seine Stimme klingt voller Hoffnung und eine stumme Bitte höre ich heraus. Also gehe ich wieder hinaus in den Flur. »In zwanzig Minuten bin ich da.«

Etwas nervös klopfe ich an die Haustür meines Vaters, normalerweise treffen wir uns zu Thanksgiving und Weihnachten bei uns in der Wohnung. Es ist ein paar Jahre her, dass ich bei ihm war. »Hey Äffchen.«

»Hey Dad.« So hat er mich nicht mehr genannt, seit ich in der sechsten Klasse war. Er drückt mich zur Begrüßung und macht einen Schritt zur Seite, damit ich eintreten kann. Hier bei ihm hat sich nichts verändert. Seine Fünfzimmerwohnung sieht noch immer aus wie vor fünfzehn Jahren, dieselben Möbel, Vorhänge, selbst der Geruch ist gleich. Es riecht nach seinen Pfefferminzbonbons, Holz und einfach nach Dad. Ich gehe den Flur entlang und bleibe vor seinem Büro stehen. Im Gegensatz zur Wohnung selbst, ist das Bürozimmer voll modern ausgestattet. Es sieht fast exakt aus wie sein Arbeitsplatz in der Firma.

»Hast du so spät noch gearbeitet?«, frage ich über meine Schulter. Er schließt die Tür und kommt auf mich zu. Statt eines Anzugs trägt er ein langärmeliges Hemd und dazu eine Leinenhose im selben Beigeton. Doch er ist blass geworden.

»Ja, ich bin den Marketingplan für das Mason-Projekt durchgegangen.«

»Kennst du überhaupt das Wort Feierabend?«

Er stellt sich vor mich und tut so als würde er angestrengt überlegen. »Ja, ich habe mal davon gehört, aber ich weiß nicht ganz, was das ist.«

»Das höre ich, aber jetzt bin ich da, also wird nicht mehr gearbeitet.«

»Na schön. Na schön. Komm rein.« Ich setze mich an den Tisch, während Dad in der Küche hantiert, um uns einen Tee zu machen. »Wie läuft es bei dir? Ich meine jetzt nicht arbeitsbezogen«, fragt er ohne mich anzusehen und holt die Teebeutel aus dem Hängeschrank.

»Oh. Nun denn. Also … Ich habe einen Freund.«

»Das klingt doch toll.«

Sollte es auch, aber seit Trey mich vorhin wieder abgewiesen hat, weiß ich nicht mehr weiter. Ich begehre ihn so sehr, möchte wissen, wie gut wir auf sexueller Ebene miteinander harmonieren, aber er will mich nicht. Eine andere Erklärung fällt mir da nicht ein. Ich kann mir nicht vorstellen, dass er ein Typ für Warten bis zur Ehe ist, dafür sieht er zu gut aus. Außerdem war er vier Jahre mit seiner Exfreundin zusammen.

»Was ist los, Callie?« Leider lässt Dad alles stehen und liegen und setzt sich mir gegenüber.

»Es ist wegen meinem Freund. Wir sind zwar erst seit Kurzem zusammen, aber ich habe das Gefühl, dass ich ihn nicht kenne. Er erzählt kaum etwas von sich, arbeitet rund um die Uhr und hat mich noch nie zu sich nach Hause eingeladen.« Dass wir noch keinen Sex hatten, verschweige ich, das ist sicher kein Stoff für ein Vater-Tochter-Gespräch. »Er ist so anders als die Männer, mit denen ich bis jetzt aus war. Einer von den Guten und nicht wieder einer, der mir das Herz bricht.«

»Bist du in ihn verliebt, wegen ihm selbst oder liebst du die Vorstellung, dass er anders und somit die bessere Wahl wäre?«

»Ich weiß es nicht. Vielleicht etwas von beidem.«

Dad greift nach meiner Hand und drückt sie väterlich. Es ist lange her, dass ich ihm derart nah war. Aber nun weiß ich wenigstens, von wem ich die kalten Hände geerbt habe. »Ich will, dass du glücklich bist. Es sieht dir nicht ähnlich, dir so viele Gedanken zu machen. Du bist eher eine Frau der Tat und das lieben wir alle an dir.«

»Ich weiß, aber etwas hindert mich daran ihn zu fragen, wo wir stehen und ob er mich will. Die Angst, dass er gehen könnte ist groß, wenn er erfährt wie nervtötend, launisch, chaotisch und dramatisch ich sein kann.«

»Dann solltest du das schleunigst ändern. Du sollst dich nicht verstellen, nur damit dich ein Mann mag. Sei du selbst, denn wenn er dich nicht mit deinen Macken akzeptiert, dann hat er dich nicht verdient.«

»Aber ich habe Angst.« Es ist das erste Mal, dass ich es ausspreche. Ich habe Angst davor, mich vollständig zu öffnen, denn ich empfinde jetzt schon sehr viel für Trey. Dieser Beziehungskram ist einfach neu für mich. Deshalb bin ich mir in vielen Sachen unsicher.

»Du brauchst doch keine Angst zu haben, dieser Nick ist ein sehr freundlicher und ehrlicher junger Mann. Ich war schwer beeindruckt von ihm.«

Ich brauche eine Weile, um zu schnallen, was er genau damit meint. »Oh nein, Dad. Nicolas ist nicht mein Freund.«

»Nicht?«, er wirkt sehr überrascht.

»Nein.«

»Er war vor ein paar Tagen bei mir. Hat sich persönlich für die Hilfe bedankt und mir versichert, dass du hervorragende Arbeit leistest und eine ausgezeichnete Geschäftsführerin wirst.«

»Das hat er wirklich getan?«

»Ja, der arme Junge war total verzaubert von dir. Vor allem aber hat er deine schlechten Eigenschaften gelobt.«

Nun verstehe ich gar nichts mehr. »Er hat was?«

Bei der Erinnerung an das Gespräch muss Dad schmunzeln. »Nick hat gemeint, dass du immer summen würdest, wenn du eine gute Idee ausbrütest und er dann schon meist mit dem Tablet bereitsteht und das Notizprogramm öffnet. Oder dass du mit den Beinen zappelst, wenn du beim Programmieren nicht weiterwüsstest.« Nick scheint mich besser zu kennen als ich mich selbst, denn diese Dinge fallen mir nie auf. »Auch wenn er nicht dein Freund ist, hält er sehr viel von dir, Äffchen.«

»Ich weiß«, erwidere ich seufzend, fahre mir durchs Haar, was bei einem Pferdeschwanz fast unmöglich ist. Mein Herz wird schwer, wenn ich an Nick denke und daran, wie ich ihn vorhin abgewiesen habe. Ich möchte, dass er glücklich ist, doch ich weiß nicht, ob er mich glücklich machen kann. Meine Vorstellung von einem perfekten Partner trifft eigentlich voll und ganz auf Trey zu und dennoch würde ich lügen, wenn ich sage, dass ich nichts für Nick empfinde. Seit wir uns bei Dora fast geküsst hätten, habe ich mich nur langsam von dem Herzflattern erholen können.

»Die Liebe ist nie einfach. Ich war einmal verliebt, sie hat mich zum glücklichsten und auch traurigsten Mann gemacht und trotzdem hätte ich niemals etwas anders gemacht, auch wenn ich die Möglichkeit dazu hätte. Deine Mutter hat uns zwar verlassen, aber ich habe nie geheiratet, weil ich sie nach wie vor liebe. Ich habe nie damit aufgehört.« Es ist das erste Mal, dass wir beide über Mom reden. In all den Jahren hat er sie niemals erwähnt.

»Aber sie hat dir das Herz gebrochen. Wie kannst du sie dann noch lieben?«

»Weil sie mir euch geschenkt hat. Ihr seid das Beste, was mir je passiert ist. Auch wenn ich es euch nicht so zeigen konnte, sollst du wissen, dass ich immer stolz war. Auf euch beide.«

»Ach, Dad.« Ich stehe auf, eile zu ihm und nehme ihn in den Arm. Es war so viel, was zwischen uns gestanden hat. Ich dachte, dass ich schuld an unserem unterkühlten Verhältnis wäre, doch er liebt uns, hat es immer getan.

»Ich habe dich lieb.«

»Ich dich auch, Äffchen. Na geh schon. Fahr zu deinem Freund und zeig ihm, was für eine wundervolle Frau du bist.«

Es fällt mir schwer, nicht immer wieder auf die Klingel zu drücken, so nervös bin ich. Dad hat mir klargemacht, dass es keinen Grund dafür gibt, mich zurückzuhalten, ich will Trey mit Haut und Haaren und das soll er auch wissen. Ich bin in ihn verliebt, so einfach ist das. Ich mag ihn, weil er eine ruhige Seele ist, weil er bodenständig und ehrlich ist. Es dauert länger, als ich dachte, bis die Tür geöffnet wird.

»Hey, ich weiß du musst früh raus, aber ich muss dir etwas …« Augenblicklich verstumme ich, als mir eine halb nackte Frau, nur mit einem Bettlaken bekleidet aufmacht. Ungläubig sehe ich noch mal auf das Türschild. Nein, ich habe mich nicht in der Tür geirrt.

»Sie sehen nicht wie der Pizzabote aus«, meint sie abschätzend. Sie ist schön, keine Frage. Brünett, olivfarbene Haut und ein Körper zum Niederknien. Der Blick, mit dem sie mich mustert, ist arrogant. »Haben Sie schon wieder etwas vergessen.« Ich höre seine Stimme, weiß, was er gesagt hat, und doch ist mein Kopf leergefegt. Dann steht er vor mir, nur in Boxershorts bekleidet und der Schmerz, der sich langsam ausbreitet, nimmt kosmische Maße an, als er mich höhnisch angrinst und den Arm um die Schulter der Latina legt. »Verdammt. Ich habe ja gedacht, dass wir noch ein wenig Zeit hätten, bevor du es herausfindest.«

»Dass du eine Affäre hast?«. Meine Stimme ist fest, doch innerlich sterbe ich, schreie nach Erlösung.

»Ach, Betty hier ist nur eine von vielen.«

»Ach ja?«

»Ja.« Er klapst ihr auf den Po und sagt ihr, dass sie im Bett auf ihn warten solle. Sie grinst mich schadenfroh an, schnalzt mit der Zunge und geht.

»Was sollte das alles? War alles von Anfang an ein Spiel?« Äußerlich bin ich total ruhig, will Antworten, bevor ich zusammenbreche. Denn ihn nur zu sehen, bringt mich um.

»Ja, das war es. Es war alles geplant. Du solltest dich in mich verlieben, dann hätte ich dir das Herz gebrochen.«

»Warum?«, flüstere ich heiser, meine Augen füllen sich mit Tränen, aber ich schlucke sie runter. Trey wird mich niemals wegen ihm weinen sehen.

»Weil ich das Leben deines Vaters zerstören will. Er soll leiden. Büßen für das, was er getan hat.«

»Und was soll er getan haben?« Ich brauche Antworten, sonst würde es mich mein ganzes Leben lang verfolgen.

»Er hat meinen Vater in den Ruin getrieben. Wir haben alles verloren und mussten auf der Straße leben. Ich habe mein Leben lang versucht, Dad zu helfen, doch schlussendlich hat er sich umgebracht. Peter Newman hat uns alles genommen und nun werde ich sein Leben zerstören und bei dir habe ich angefangen.«

Kurz schließe ich die Augen, denke an den Abend, als ich ihn kennengelernt habe, im Pavillon. Nick hatte mich vor ihm gewarnt und doch habe ich es ignoriert, aber das soll mir nie wieder passieren. Meine Finger kribbeln, sehnen sich danach, ihm eine zu verpassen, doch ich lasse mich nicht auf sein Niveau herab. Dafür habe ich genug Stolz übrig. »Ich denke, wir sind hier fertig.« Ich drehe mich um und gehe, aber ich höre ihn noch etwas sagen. »Schade eigentlich. Ich hätte dich doch ficken sollen!«

Wie betäubt trete ich aus dem Wohnhaus und lehne mich kraftlos gegen die Backsteinmauer. Versuche alles in meiner Macht Stehende, um nicht weinend zusammenzubrechen, es tut so weh. Noch nie habe ich solchen Schmerz empfunden wie jetzt. Dazu noch die Scham, dass ich in seine Falle getappt bin. Es war alles gelogen. Jedes Wort, jede Geste, jeder Kuss, alles war Fake. Ich habe es nicht kommen sehen, dass er ein Arschloch ist. Habe gehofft, dass er anders ist, doch er ist wie alle anderen Männer. Er ist sogar einer von der schlimmsten Sorte. Ich hätte damals auf Nick hören müssen.

Die erste Träne rinnt über mein Gesicht und ich mache einen Schritt, lasse mein Auto stehen. Je mehr ich weine, desto schneller renne ich, versuche zu vergessen, versuche nicht zu zerbrechen. Meine Füße tragen mich wie von selbst zu dem Mann, gegen den ich mich entschieden habe. Zu Nick.

# 21

## Nick

»Callie!« Ich brülle ihren Namen durch den ganzen Wohnungskomplex. Ich höre ihre Schritte, ihr Schluchzen und die Angst um sie macht mich wahnsinnig. Was ist bloß passiert? Also beschleunige ich meine Schritte und hole sie ein, als sie durch die Eingangstür rennt. »Warte. Bitte!« Ich packe sie bei den Schultern und zwinge sie dazu mich anzusehen. Ihre Augen sind verquollen, das Make-up verronnen. Sie sieht fertig aus, am Ende. Das ist nicht die Frau, die ich kenne.

»Was hat dir dieses Schwein angetan?«, knurre ich aufgebracht, mustere ihren Körper, ob ich irgendwelche Spuren von Misshandlung finde. Falls er ihr gegenüber handgreiflich geworden ist, bringe ich ihn um!

»Er … es … alles war gelogen!«, murmelt sie kraftlos, bricht dann in meinen Armen zusammen und weint eine Ewigkeit.

Als es langsam abkühlt und sie noch immer keine Anstalten macht, sich von mir zu lösen oder aufzustehen, hebe ich sie hoch und trage sie in meine Wohnung. Ich lege sie in mein Bett, lege mich dazu und decke uns zu. Noch immer ruht ihre Faust auf meiner nackten Brust. Ihr Blick ist starr geradeaus gerichtet, sie atmet gleichmäßig, aber scheint gebrochen. Alles in mir will sie anschreien, mir endlich zu sagen, was passiert ist, aber ich kann nur ihr Haar streicheln und sie trauern lassen. Ich versuche ihr zu zeigen, dass ich da bin und dass sie über alles mit mir reden kann. Irgendwann dämmere ich weg und werde durch ein Klopfen geweckt. Ethans Kopf erscheint und er grinst, als er Callie in meinen Armen erblickt. Doch ich schüttle den Kopf und sehe nach ihr. Sie ist eingeschlafen, ihre Hand ruht noch immer auf meiner Brust und auch wenn ich am liebsten den ganzen Tag hier bei ihr liegen würde, muss ich raus. Frische Luft tanken.

Erneut streiche ich ihr das Haar aus dem Gesicht, bevor ich aufstehe und sie zudecke. Schnell greife ich nach meinem Smartphone und schicke Sean eine Nachricht, damit Callies Schwester oder beste Freundin vorbeikommt. Ich weiß einfach nicht, wie ich mich verhalten soll, ohne ihr zu nahe zu treten.

»Was ist los? Du siehst aus, als würdest du jemanden umbringen wollen und ich hoffe mal, dass ich nicht auf der Abschussliste stehe«, meint Ethan und folgt mir ins Wohnzimmer. Zuerst will ich mich setzen, aber dann entscheide ich anders und beschließe, wild im Raum hin und her zu tigern. Die Sorge um Callie macht mich fertig. Ich muss einfach wissen, was passiert ist, ob Kaswell ihr etwas angetan hat. Denn falls es so wäre, Gnade ihm Gott! Ich würde den Pisser in den Boden rammen.

»Was genau passiert ist, weiß ich nicht. Ich habe gerade auf dem Tisch gevögelt, als auf einmal Callie in der Wohnung steht, völlig durcheinander und tränenüberströmt.«

»Reife Leistung, Alter. Du bist echt ein Arschloch!«, seine Stimme trieft nur noch vor Verachtung.

»Was? Sie hat nicht wegen mir geheult, du Vollpfosten, sondern es muss etwas mit Kaswell passiert sein.«

»Oh«, meint er nur, aber auf eine Entschuldigung warte ich vergeblich. »Hat sie etwas gesagt?«

»Nur, dass alles gelogen war. Worauf sie da genau hinauswollte, weiß ich nicht. Ich hoffe mal, dass sie uns heute sagen kann, ob ich Trey killen muss oder nicht.«

»Du weißt, dass ich dir beim Beseitigen der Leiche helfen

würde, oder?« Mein Mundwinkel wandert nach oben, typisch Ethan, er würde mich nie im Stich lassen. »Klar.« Da ich gestern zu viel gesoffen habe, ist meine Kehle heute Morgen wie ausgetrocknet. Aus dem Küchenschrank schnappe ich mir zwei Aspirin und eine Flasche Wasser, die ich hinunterspüle. »Sieh mal. Ich weiß nicht, was da zwischen dir und Callie läuft, aber du musst runterkommen, Mann. Diese Wut hilft jetzt keinem von uns.« Das weiß ich selbst, aber ich kann nichts tun. Da ich Callie schon jahrelang kenne, weiß ich, dass sie eigentlich ein Lebemensch ist, doch so fertig wie gestern habe ich sie noch nie gesehen. Es tat körperlich weh, sie in diesem Zustand zu sehen.

»Du hast ihren Blick nicht gesehen.« Mich überkommt noch immer eine Gänsehaut, wenn ich daran denke.

»Egal, was passiert ist, du muss einfach abwarten, bis sie darüber reden will. Alles zu ihrer Zeit.«

»Ich weiß«, gebe ich mich geschlagen. Ich bin nur nicht für meine Geduld bekannt. Die Klingel ertönt und Ethan macht sich auf, um die Tür zu öffnen.

»Hey, ich bin Elena. Ist Callie hier?«

»Ethan. Bitte komm rein.« Aufgebracht kommt sie auf mich zu und sucht das Wohnzimmer nach ihr ab. »Was ist passiert, Nick?«

»Sie hat sich gestern Nachmittag mit Trey getroffen. Sie wollten segeln gehen und dann stand sie auf einmal um Mitternacht in meiner Wohnung völlig aufgelöst. Sie hat die ganze Nacht geweint. Ist erst in den Morgenstunden eingeschlafen.«

»Oh Gott. Es muss schon einiges geschehen, dass sie so außer sich ist.« Wenn ihre beste Freundin das sagt, wird es schon stimmen. »Darf ich zu ihr?«

»Natürlich. Sie kann so lange bleiben, wie sie möchte.«

»Danke. Du bist doch nicht so übel, Fakestripper.« Elena zwinkert mir zu und lässt sich von Ethan das Zimmer zeigen.

»Wow. Diese Elena ist echt heiß.«

»Was?« Ich bin so in Gedanken, dass ich nicht wirklich verstanden habe, was er gesagt hat.

»Nichts. Du siehst ziemlich mies aus. Geh doch in mein Zimmer und leg dich hin. Ich halte hier die Stellung. Okay?«

»Danke.« Ich drücke ihn an der Schulter und kann's kaum erwarten, etwas Schlaf abzubekommen. Es war definitiv eine kurze Nacht.

Das Nickerchen verläuft unruhig. Immer wieder wache ich auf, um dann wieder todmüde in den Schlaf zu fallen. Es scheint, als wäre mein Körper an seine Grenzen gekommen, doch der Kopf stellt sich gegen eine Ruhepause. Erst später schaffe ich es, wenigstens ein paar Stunden zu schlafen, werde aber durch ein Klopfen geweckt. In der Hoffnung, dass es vielleicht Callie ist, springe ich aus dem Bett und öffne die Tür. Doch es ist nur Elena. »Wie geht es ihr?«

»Sie will es mir nicht sagen. Ich habe stundenlang versucht, die Wahrheit zu erfahren, aber sie starrt nur an die Wand und weint stumm. Ich weiß einfach nicht weiter.«

»Ist so etwas Ähnliches schon einmal passiert?«

»Nein. Sie war noch nie in solch einem Zustand. Es ist wirklich erschreckend. Das ist nicht die Callie, die ich mein ganzes Leben lang kenne.«

Ich gehe mit ihr ins Wohnzimmer. »Möchtest du einen Kaffee?«, höre ich Ethan fragen, der gerade in der Küche steht und kocht. Es riecht so gut, dass mein Magen beginnt zu knurren. »Hat Callie etwas gegessen?«, frage ich sofort, da ich mir vorstellen kann, dass sie am Verhungern sein muss.

»Sie wollte nichts. Ich habe ihr eine Hühnersuppe gemacht, habe sie auf dem Nachtschränkchen abgestellt, falls sie später Hunger bekommt.« Mein Bruder ist einfach der Beste.

»Das riecht aber gut. Was zauberst du uns?«

»Eine Paella, wie sie im Buche steht.«

»Klingt lecker.« Ich wende mich Elena zu, die meinen Bruder beim Kochen mustert.

»Du bleibst doch noch, oder?«

»Klar, wenn es euch nichts ausmacht?«, fragt sie nun etwas unsicher und setzt sich auf den Hocker vor der Frühstückstheke.

»Natürlich nicht. Callie gehört zu meinem Freundeskreis und sie kann so lange hierbleiben, wie sie will. Sie ist ohnehin ständig hier.«

»Danke, Nick.« Elena drückt mich kurz und geht wieder zu Ethan, um ihn zu fragen, ob sie helfen kann, und auch wenn ich einen Sterbenshunger habe, will ich doch vorher nach Callie sehen. Ich klopfe an, bevor ich die Tür öffne und eintrete. Es ist dunkel im Zimmer, die Vorhänge sind zugezogen und durch das Sommergewitter draußen ist es noch dunkler. Sie liegt in derselben Position wie heute Morgen, als ich aufgestanden bin. Ihr Atem geht gleichmäßig, doch ihre Augen starren nur die Wand neben dem Fenster an. Das Essen ist unberührt, was mich beunruhigt. Denn wenn Callie etwas liebt, dann ist es Essen.

»Hey, Prinzesschen. Wieso hast du denn nichts gegessen? Du weißt doch, dass es nichts Besseres gibt, wenn man sich schlecht fühlt, als Suppe.« Keine Antwort. Ich gehe vor ihrem Gesicht in die Hocke und lächle sie an. »Du musst doch einen Kohldampf haben. Ethan kocht gerade und auch wenn er ein Nervtöter ist, kochen kann der Typ wie kein Zweiter.« Mein Lächeln verblasst schnell wieder, denn erneut verlässt kein Wort ihre Lippen. »Hör zu. Du machst mir echt eine Scheißangst, weil ich nicht weiß, was passiert ist. Hat er dir wehgetan? Ich meine körperlich?« Ich versuche wirklich nicht zu knurren, denn nur der Gedanke daran, dass Kaswell sie anfasst, macht mich rasend. »Bitte, Prinzesschen«, flehe ich, als sie keine Anstalten macht, den Mund zu öffnen.

»Nein«, krächzt sie schließlich, sieht aber noch immer an mir vorbei.

Erleichtert schließe ich die Augen und atme laut aus. Gott sei Dank, sonst hätte ich ihm alle Zähne ausgeschlagen. »Wie geht's dir? Hast du Hunger?« Langsam schüttelt sie den Kopf und sieht mich endlich an. Ihre Augen sind leer, der Glanz, der mich stets angeleuchtet hat, ist fort.

»Nein.« Wieder nur ein Wort, aber es ist mehr, als wir erwartet haben.

»Möchtest du darüber reden?« Sie schüttelt den Kopf und ihre Augen werden wieder glasig. »Okay. Bleib einfach liegen. Ich werde später noch mal nach dir sehen.« Als ich die Tür öffne, höre ich sie noch ein Danke flüstern, bevor sie wieder zu weinen anfängt. Diesmal lasse ich sie, denn nun weiß ich, dass er sie nicht verletzt hat, zumindest nicht körperlich.

# 22

## Callie

Jedes Zeitgefühl entgleitet mir, als ich in Nicks Bett liege und vor mich hinstarre. Dieser Schmerz, die Qual in meinem Herzen, lähmt mich, macht es für mich unmöglich aufzustehen oder zu sprechen. Es tut einfach zu weh. Wie konnte ich nur so dumm sein? Wie konnte ich auf sein falsches Spiel reinfallen? Nick sieht ständig nach mir, manchmal sein Bruder und sogar Elena. Auch wenn sie alles versuchen, um mich zum Reden zu bringen, kann ich es nicht. Wenn ich es jemandem erzähle, könnte ich mein Spiegelbild nicht mehr ertragen. Denn dass es so weit gekommen ist, ist mir peinlich. Ich hätte es von Anfang an wissen müssen, es war einfach zu gut, um wahr zu sein. *Welcher Mann könnte mich schon lieben?*

An diesem Abend kommt Nick ins Zimmer. Ohne etwas zu sagen legt er sich neben mich und sieht mich einfach an. Ohne jegliche Vorurteile oder Emotionen. Er ist für mich da, gibt mir etwas Halt, wenn ich das Gefühl habe zu fallen.

»Weißt du, wieso ich dich in der Collegezeit gemieden habe?«, flüstert er plötzlich und lächelt mich an. Ich antworte nicht. »Weil du so viel besser warst als ich. Die Prüfungen haben bei dir so leicht ausgesehen. Ich habe nächtelang gebüffelt und trotzdem hat es nicht dafür gereicht, Jahrgangsbester zu werden.« Kurz ist es still, ehe er weiterspricht. »Du warst immer der Star des Colleges. Die Tochter vom CEO der Newman Group und beliebt. Ich kam aus der Gosse. Meine Mutter hat drei Jobs gleichzeitig gestemmt, um uns durchzufüttern und uns die beste schulische Ausbildung zu ermöglichen.

Ich bin in ziemlich ärmlichen Verhältnissen aufgewachsen. Wir haben in einem Trailer gewohnt, bis ich zwölf war. Mein Dad ist abgehauen und Mom haben wir kaum zu Gesicht bekommen. Also habe ich eher als Rebell geglänzt, als brav zu Hause auf Mom zu warten. Mit fünfzehn wäre ich um ein Haar im Jugendknast gelandet und das war der Startschuss zu dem Mann, der ich jetzt bin. Ich bin ein Kämpfer, will meine Firma zum Erfolg führen und etwas aus mir machen. Was eigentlich nach einem tollen Plan geklungen hat, bis ich dir begegnet bin. Du hast mich mit deiner Art in den Wahnsinn getrieben. Aber du hast mich auch an meine Grenzen gebracht, ohne dass es dir bewusst war. Durch dich habe ich mich mehr angestrengt.« Die Worte sprudeln einfach so aus ihm heraus. Ich habe das Gefühl, als würde er alles, was ihn die letzten Jahre beschäftigt hat, einfach rauslassen. So liegen wir still nebeneinander und sehen uns an. Er erwartet nicht von mir, dass ich etwas zu seiner Lebensgeschichte sage, aber irgendwann habe auch ich das Bedürfnis, alles zu erzählen, damit sich die anderen keine Sorgen machen müssen.

»Für Trey war ich nur ein abgefuckter Plan.«

»Was?«, fragt Nick verwundert und runzelt die Stirn.

»Mein Dad hat die Newman Group damals mit einem Partner geleitet. Harald Kaswell. Alles lief anfangs gut, bis Treys Dad begann, Drogen zu nehmen und drauf und dran war, die Firma zu verspielen. Da hat Dad die Reißleine gezogen und ihn rausgeschmissen. Danach ging es für ihn bergab. Er ist nie wirklich von den Drogen losgekommen, was aber nicht an die Öffentlichkeit gelangt ist. Harald hat es gut verstecken und sein Gesicht wahren können. Trey aber schiebt meinem Vater die Schuld in die Schuhe, weil er seinen Vater aus dem Unternehmen geschmissen hat. Er wollte mich an der Nase herumführen. Brachte mich dazu, mich in ihn zu verlieben und hat mich zerstört. Er hatte Sex mit einer anderen und hat mir alles gestanden. Trey will, dass ich leide und es so meinem Vater heimzahlen.«

Ich brauche selbst eine Weile, um das Gesagte zu verarbeiten, denn es klingt eher nach einer Seifenoper als nach dem wahren Leben. Nicks Kiefer mahlt, nachdem ich alles erzählt habe. »Dieses Arschloch. Der soll mir mal unter die Augen kommen. Dann mach ich Kleinholz aus ihm.«

»Nicht.« Ich lege meine Hand auf seine Brust und streiche beruhigend über seinen Oberkörper. Sein Blick gleitet zu meiner Hand und dann wieder zu meinem Gesicht. »Er hat es nicht verdient, dass wir überhaupt ein Wort über ihn verlieren. Ich bin selbst schuld, es hatte immer einen guten Grund, weshalb ich mich nie verlieben wollte, und als es geschehen ist, hat es mich fast zerstört. Aber ich will nicht mehr dieses Häufchen Elend sein. Das bin ich nicht.«

»Ich weiß«, flüstert er und lächelt mich aufmunternd an, er legt seine Hand über meine und sieht mich einfach nur an. Vor ein paar Tagen hatte ich die Wahl zwischen Nick und Trey, habe mich falsch entschieden, doch Nick ist kein Spielzeug. Ich weiß, dass ich meine Chance verspielt habe. Aber es ist nicht so schlimm, denn ich habe trotz unserer Differenzen in ihm einen Freund gefunden, auf den ich mich verlassen kann.

»Nick?«

»Ja«, raunt er heiser, streicht über meinen Handrücken.

»Ich habe einen riesen Kohldampf.« Das Lachen, das aus seiner Kehle kommt, ist so ansteckend, dass ich selbst nach Tagen wieder schmunzele.

»Na endlich. Das ist die Callie, die ich kenne.«

»Wow, seht mal wer von den Toten auferstanden ist!«, kreischt Elena aufgeregt und springt von der Couch auf. Spinne ich oder hat ihr Kopf auf Ethans Schulter gelegen? Oder vielleicht bin ich einfach zu lange nicht mehr unter den Lebenden gewandelt und halluziniere. »Geht es dir besser?«, flüstert meine beste Freundin mir ins Ohr, als sie mich umarmt.

»Ich sterbe nicht mehr, wenn es das ist, was du wissen willst. Es tut noch immer weh, aber ich weiß, dass es so nicht weitergehen kann. Du kennst mich, ich bin keine, die einem Mann nachweint. Eigentlich ist es andersrum.«

»Ich weiß, mein Schatz. Also ich denke mal, du hast ziemlichen Hunger. Du hast seit Tagen nicht wirklich etwas zu dir genommen. Was schwebt dir vor?«

»Pizza, Sushi, ein Steak, indisch und etwas von KFC.«

»Frauen wie dich mag ich. Eine, die richtig essen kann«, meint Ethan ohne vom Fernseher aufzusehen, doch er reckt einen Daumen nach oben in die Höhe. Wir bestellen jeweils ein Menü bei den verschiedenen Restaurants und bei jeder Bestellung beginnt mein Magen noch lauter zu knurren.

»Das hört sich ja wie ein wilder Pitbull an«, zieht mich Nick auf und legt den Arm um mich. Er dirigiert mich zur Couch, wo wir uns hinsetzen. Ethan und Elena streiten gerade, welchen Film wir uns auf Netflix ansehen sollen. Elena ist für einen Actionstreifen mit Jackie Chan. Ethan für einen Thriller über einen Serienmörder, der sich in die Ermittlerin verliebt.

»Ich wette zehn Dollar, dass Elena Ethan einen über die Rübe haut, wenn er sie weiterhin so provoziert«, flüstert mir Nick ins Ohr. Wir sehen beide auf die zwei, die vor dem Fernseher stehen und diskutieren.

»Elena ist eigentlich nicht der handgreifliche Typ.« Kaum habe ich die Worte ausgesprochen, wirft sie ein Kissen nach ihm und trifft Ethan am Kopf.

»Wie hast du das wissen können?«, frage ich verwundert, den Blick noch immer auf die beiden gerichtet.

»Du hast ein paar Tage verpasst. Die beiden haben viel Zeit miteinander verbracht, und glaub mir, die zoffen ständig. Elena ist dir nicht von der Seite gewichen. Sie, eigentlich wir alle haben uns Sorgen um dich gemacht.«

»Es tut mir schrecklich leid. Ich wollte euch nicht solch einen Schrecken einjagen, aber ich war einfach am Ende.« Kurz löse ich den intensiven Blickkontakt und blicke auf meine Socken. »Bin es immer noch. Ich werde das sicher nicht so schnell vergessen können, aber ich verspreche, ich arbeite daran.«

»Danke, dass du es mir erzählt hast. Bevor ich ihn vielleicht kastriert hätte.«

»Und ich danke dir, dass du für mich da bist.«

Wie erwartet hat Elena den Streit gewonnen, sehr zum Missfallen von Ethan, der in der Ecke der Couch schmollt und Jackie dabei zusieht, wie er sich durch eine Gruppe Gangster kämpft. Bis vor Kurzem sahen meine Samstagabendbeschäftigungen anders aus. Ich war immer unterwegs, habe mich nicht festgelegt und geknutscht, wann immer ich konnte, und jetzt liege ich in den Armen von Nick, lehne meinen Kopf an seine Brust und sehe fern. Nichts ist merkwürdig an unserer Position, denn wir beide wissen, dass das zwischen uns rein freundschaftlich ist. Denn eines hat mich dieses Desaster mit Trey gelehrt. Liebe ist nichts für mich.

# 23

## Nick

Seit Callie mir erzählt hat, was ihr dieses Schwein angetan hat, trage ich diese Wut in mir, die mich fast auffrisst. Wir arbeiten seit einigen Tagen wieder am Projekt weiter, doch sie hat sich verändert. Callie verhält sich mir kalt gegenüber, außerdem lachen wir nicht mehr so viel wie früher. Auch ihr Kleidungsstil ist nun anders. Früher hat sie sich locker und sexy gekleidet, jetzt könnte sie einer biederen Lehrerin Konkurrenz machen. Callie ist wie besessen von der Idee, das Handy so schnell wie möglich fertig zu bekommen. In ein paar Tagen ist die Eröffnungsgala, auf der alle Projekte vorgestellt werden, danach wird die Jury fünf davon auswählen, die auf die Shortlist kommen. Zu Weihnachten beim finalen Start-up wird dann ein Gewinner gekürt.

»Also?«, fragt Callie neugierig und sieht mich abwartend an. Wir haben den letzten Handgriff bei der Produktion des Smartphones geschafft. Jetzt müssen wir es nur testen. »Wen willst du anrufen, Coleman?«

»Warum machst du nicht den ersten Anruf? Du beharrst doch immer darauf, dass du der Boss seist.« Mein Scherz erntet keinen Lacher, was mich ziemlich sauer macht. Ich will meine alte Callie zurück, mit der ich reden und lachen konnte. Die ich heimlich beobachtet und mir vorgestellt habe, wie es sich anfühlen würde, sie tatsächlich zu küssen.

»Es ist deine Firma, deine Idee. Das hier ist ein wichtiger Schritt und den sollst du machen.« Ihre Begründung ist verständlich, trotzdem wüsste ich nicht, wen ich anrufen könnte. Joey und Henry arbeiten, können also an einem Vormittag nicht abheben. Was Ethan so treibt, weiß ich nicht, möchte ich auch nicht wissen.

»Okay. Gib es schon her.« Ich wähle die Nummer, die ich seit meiner Kindheit auswendig weiß. Wie immer hebt sie nach dem zweiten Klingeln ab. »Hallo?« Ihre Stimme zu hören, lässt mein Herz immer schwer werden, weil mir dann erst bewusst wird, wie sehr ich sie vermisse.

»Hey Mom. Ich bin es, Nick. Ich rufe dich gerade von meinem ersten selbst produzierten Smartphone an. Meine Partnerin und ich haben es gerade fertiggestellt.«

»Und als Erstes rufst du deine Mama an?«, fragt sie mit belegter Stimme. Verdammt, ich will sie nicht zum Heulen bringen. Auch wenn es Freudentränen sind.

»Na klar. Ohne dich wäre ich niemals so weit gekommen. Du sollst wissen, dass deine harte Arbeit und die gefühlten dreißig Jobs sich ausgezahlt haben. Wir haben es geschafft.« Nun bin ich derjenige, dessen Augen feucht werden. Wenn ich an früher denke, als wir uns nicht mal Cornflakes leisten konnten, damit wir die Rechnungen bezahlen konnten, geschweige denn Spielzeug. Meine Kindheit war nicht einfach, aber meine Mutter hat mich immer spüren lassen, dass ich geliebt werde und sie alles für uns tun würde.

Plötzlich spüre ich eine zarte Hand auf meiner Schulter. Überrascht drehe ich den Kopf und sehe auf eine verständnisvoll dreinblickende Callie. Ihr blondes Haar ist wie immer zusammengebunden und ihr ungewohntes, hochgeschlossenes Outfit passt nicht zu ihr, aber ihre Augen, dieses Leuchten, blitzt langsam wieder auf. Sie ist hier, in dem vielleicht emotionalsten Augenblick meiner Karriere, an meiner Seite und hätte ich mir selbst nicht geschworen, sie zu vergessen, nachdem sie sich für Trey entschieden hatte, würde ich sie jetzt gegen die Wand drücken und um den Verstand küssen.

»Ich bin wahnsinnig stolz auf dich, Nick. Du lebst deinen Traum, das ist alles, was ich jemals wollte. Euch ein unbeschwertes Leben bieten. Es tut mir leid, dass ich eure Kindheit quasi verpasst habe.«

»Nicht, Mom! Du hast das getan, was du damals für das Richtige gehalten hast, und wer weiß, ich hätte es vielleicht genauso gemacht. Irgendwie mussten wir ja über die Runden kommen.« Ich schlucke diesen verdammten Kloß in meinem Hals runter, der sich gebildet hat. Callie stellt sich vor mich und legt nun auch eine Hand auf meine Brust und lächelt mich an. Ich sehe Stolz in ihren Augen und noch etwas, das ich nicht benennen kann. Sie ist hier und obwohl ich mich jetzt wie ein Muttersöhnchen aufführe, bin ich doch Manns genug, um hier vor ihr zu stehen, ohne mich für mein Verhalten zu schämen. »Ich vermisse dich, Mom.«

Sie schnieft und legt das Telefon kurz zur Seite, bevor sie weiterspricht. »Ich dich auch. Ich wünschte, du wärst hier. Es ist wieder Sommerfest und das erinnert mich ständig an euch Jungs. Ihr habt es meistens irgendwie geschafft, euch in den Mittelpunkt des ganzes Festes zu stellen. Mal mit einer Prügelei oder mal mit Live-Sex, von dem ich Gott sei Dank nichts mitgekriegt habe.«

»Hey, da trifft mich keine Schuld. Ethan hatte mitten auf dem Festplatz Sex und wäre fast dafür verhaftet worden. Ich war der Bravere von uns beiden.«

»Ja, wenn man die Prügeleien wegrechnet, könnte das schon stimmen. Ihr habt immer für Wirbel gesorgt. Aber es war genau richtig so. Ihr habt euren Weg gemacht und das ist das Wichtigste.« Ich grinse von einem Ohr zum anderen, die Erinnerungen an das Sommerfest sind mir die liebsten. Mal abgesehen von den Schlägereien, aber das ist eine andere Geschichte. Callie steht noch immer vor mir und steht mir zur Seite, ist bei diesem wichtigen Moment bei mir. Nach der langen Zeit, in der sie getrauert hat, genieße ich die seltenen Augenblicke, in denen ihr Lächeln echt ist. Wie jetzt.

»Mom. Callie und ich könnten eine Pause von New York brauchen und da denke ich, dass Oklahoma am Wochenende genau richtig ist.«

»Was?«, flüstert Callie verwirrt.

»Oh, das wäre wirklich wunderbar. Ich freue mich deine erste feste Freundin kennenzulernen.« Ich sollte sie korrigieren, meiner Mutter sagen, dass Callie nur meine Geschäftspartnerin ist, aber ich tue es nicht.

»Okay, bis dann, Mom.«

»Was sollte das denn?«, fragt Callie, sobald ich aufgelegt habe und löst sich von mir.

»Ich denke, wir haben lange genug gearbeitet. Jetzt wird es Zeit für etwas Spaß.«

»Du nennst Oklahoma einen Ort zum Spaß haben?« Diesmal kann sie sich ein Schmunzeln nicht verkneifen.

»Hey, hey. Mein Heimatstaat ist nicht für seine Exzesse und Partys berühmt, weil wir nicht damit prahlen. Halte dich an mich und der Spaß ist garantiert.«

»Ach ja?«, will sie lachend wissen. Berauscht vom Gespräch mit Mom und davon, dass unsere Erfindung funktioniert, lege ich meine Hände auf ihre Hüften, ziehe sie an mich und neige den Kopf, um ihr tief in die Augen zu sehen. »Ja. Vertrau mir.« Ihr Lächeln verblasst langsam, doch sie löst sich nicht aus dieser intimen Umarmung, sondern sieht mich nur an. Wir wissen beide, dass sie nicht mehr vertrauen kann, aber ich hoffe einfach, dass sie tief in sich spürt, dass ich nicht Kaswell bin und dass meine Gefühle für sie echt sind.

»Du meinst doch nicht wirklich, dass ich mit dir quer durchs Land auf einem Bike fahre?«

Es hat mich eine Weile gekostet, sie zu überreden mit mir zu fahren. Wir beide können einfach eine Auszeit brauchen. Und dass sie sich zwanzig Stunden an mich klammern wird, macht die Sache noch besser. »Bonnie ist das beste Fortbewegungsmittel, das es gibt. Wir werden genug Pausen machen und ich habe uns in Missouri ein Hotel gebucht, damit wir zur Ruhe kommen.«

»Aber 1440 Meilen mit dem Bike, wird dir das denn nicht zu viel?« Ihre Sorge schmeichelt mir.

»Hör zu.« Ich stelle mich vor sie und streiche ihr eine verirrte Strähne hinters Ohr, die sich aus ihrem Zopf gelöst hat. »Ich bin ein Mann, der sich selbst gut einschätzen kann. Also keine Angst. Der Wetterbericht könnte auch nicht besser sein, also keine Panik. Ich passe auf dich auf.«

»Okay«, erwidert sie sofort mit fester Stimme.

»Na dann mal los.« Unser Gepäck habe ich in die Ledersatteltaschen verstaut und bin erstaunt, dass Callies Seite leichter ist als meine. Und da sage mal einer, Frauen nähmen zu viel mit. Wir ziehen unsere Helme auf und ich setze mich als Erster auf Bonnie. Callie folgt mir und legt die Hände um meinen Bauch. »Bereit?«, frage ich und sie nickt. Mir entgeht dabei nicht, dass ihre Augen wieder zu funkeln anfangen wie früher.

# 24

## Callie

Anders, als erwartet, ist es ziemlich aufregend, die Staaten vom Motorrad aus zu entdecken. Nick fährt schnell, aber verantwortungsbewusst, sodass ich mich nach kurzer Zeit entspannen kann. Wir machen alle vier Stunden eine kurze Pause, trinken Kaffee oder essen eine Kleinigkeit in verschiedensten Restaurants. Nick ist typisch er selbst und zieht mich auf, wo er nur kann. Ich gebe ab und zu Kontra, doch in den meisten Fällen lächle ich und gehe nicht drauf ein. Nach zwei Wochen kann ich diese Sache mit Trey nicht vergessen. Der Schmerz ist noch immer da, zwar schwächer als am Anfang, aber nur deshalb, da meine Gefühle für ihn nicht zu tief gegangen sind. Ich war in ihn verknallt, aber das war es dann schon. Was für mich viel schlimmer ist, ist die Demütigung. Er hat mich verarscht, von Anfang an nur gelogen, mit meinen Gefühlen gespielt und das erfüllt mich mit so viel Wut, dass ich gerne auf etwas einschlagen würde.

Aber ich versuche, das alles hinter mir zu lassen, obwohl es mir schwerfällt. Allen, die davon wissen, tue ich leid, weil ich getäuscht wurde, weil ich zu blind war, um das Offensichtliche zu sehen. *Welcher normale Mann will es schon langsam angehen, wenn es um Sex geht?* Alle fassen mich mit Samthandschuhen an, außer Nick. An seinem Verhalten mir gegenüber hat sich nichts geändert. Er flirtet nach wie vor mit mir, zieht mich auf, und genau das ist es, was ich brauche. Jemanden, der versteht, dass ich einfach vergessen will. Deshalb habe ich Ja gesagt, als er gefragt hat, ob ich mit nach Oklahoma fahren will. Mich interessiert es, woher er kommt, wie seine Mom drauf ist und seine Heimatstadt.

Dass ich noch immer etwas für ihn empfinde, macht die Sache etwas schwieriger. Ich bin sicher an keiner Beziehung interessiert, nach dem Desaster mit Trey, aber Nick schafft es alleine durch seine Anwesenheit mein Herz zum Rasen zu bringen. Noch nie ist mir ein ehrlicherer Mann begegnet. Er sagt, was er denkt, kümmert sich um seine Freunde und versucht seine Firma zum Erfolg zu führen. Ich liebe es, wenn er konzentriert arbeitet und dabei an seiner Oberlippe knabbert oder wenn er denkt, dass ihn keiner beobachtet, und dann anfängt zu singen. Und wie er singen kann! Nick schafft es, mich durch einen einfachen Witz abzulenken und zum Lachen zu bringen.

Das *Grand Hayes Inn* liegt an der Bundesgrenze zu Missouri, wo wir die Nacht verbringen werden. Der Weg hierher war atemberaubend. Wir sind durch Bergketten gefahren, bei einigen Weingärten vorbei zu den herrlich grünen Wiesen, die durch den sich anbahnenden Herbst leicht mit Laub bedeckt sind. Unser Hotel liegt inmitten einer Idylle, die man sonst nur aus der Serie *Gilmore Girls* kennt. Umsäumt von Wäldern, einem angelegten See und einem Reitstall, entspricht es dem genauen Bild, das ich mir ausgemalt habe, als Nick davon erzählt hat.

Mein Arsch ist taub geworden und als Nick endlich auf dem Parkplatz haltmacht, erlöse ich mich vom Motorradhelm, springe vom Sitz, um mich zu strecken. Nick schüttelt schmunzelnd seinen Kopf und nimmt den Helm ab. Durch das Strecken rutscht mein Shirt hoch und entblößt etwas Haut. Es fällt mir erst gar nicht auf, doch Nicks Gesichtsausdruck verändert sich. Das Lächeln verblasst langsam und er leckt sich über die

Lippen, während sich seine Augen weiten. Früher hätte ich ebenfalls mit ihm geflirtet, ihn vielleicht aufgezogen, aber jetzt ziehe ich das Shirt schnell wieder runter.

»Dieses Plätzchen ist ja der Himmel auf Erden!«, stelle ich fest, zerstöre den Moment und gehe die knarrenden Stufen auf die weitläufige Veranda, die sich anscheinend am Rand des ganzen Hauses entlangzieht. Die Fassade ist hellgrau gestrichen, die Fensterläden und das Tondach anthrazitfarben, was ziemlich gut zusammenpasst. Durch die Blumen, die vor dem Gebäude gepflanzt wurden, riecht es wunderschön, sodass ich die Augen schließe und einen tiefen Atemzug nehme. Ich fühle mich hier richtig heimelig, obwohl ich in der Stadt aufgewachsen bin und noch nie in einem Haus gelebt habe, aber sollte ich jemals ein Haus kaufen, soll es diesem ähneln.

»Da habe ich wohl, was die Location angeht, ins Schwarze getroffen.« Nick stellt sich neben mich und sieht sich um, saugt wie ich alles in sich auf, als wäre er zum ersten Mal hier.

»Und wie! Ich bin begeistert. Es ist genau das, was man nach einem langen Tag auf dem Bike braucht.«

»Ich weiß. Ich mache hier jedes Mal halt, wenn ich zu meiner Mutter fahre.« Das wiederum erstaunt mich nicht mehr. Obwohl Nick sich unseren Freunden und mir früher immer als harten Kerl präsentiert hat, weiß ich es nun besser. Selbst er sehnt sich nach Ruhe und Beständigkeit, denn obwohl wir New York lieben, wirkliche Entspannung findet man dort selten.

»Nikolaus!«, ruft eine ältere, füllige Frau und eilt zu uns auf die Veranda.

»LeAnn!« Beide breiten die Arme aus und umarmen den anderen fest.

»Nikolaus?«, forme ich mit den Lippen, als er in meine Richtung sieht, doch er zuckt nur mit den Schultern, zwinkert mir zu und schenkt mir ein schiefes Lächeln, das mein Herz zum Flattern bringt. Überrascht über diese Reaktion meines Körpers senke ich den Blick und wende mich von ihm ab. Verdammter Körper! Wieso kannst du nicht einmal das machen, was mein Kopf verlangt?

»Ich freue mich, dich wiederzusehen, es ist einfach zu lange her.« Um nicht unhöflich zu wirken, nehme ich einen tiefen Atemzug und wende mich den beiden wieder zu. Sie sieht ihn liebevoll an und streicht ihm mütterlich über die Wange. Dann entdeckt sie mich und ihr Strahlen wird noch heller. »Wen haben wir da?« Neugierig geht sie auf mich zu und mustert mich kurz, was mich etwas verlegen macht. Ich reiche ihr die ausgestreckte Hand und räuspere mich. »Ich bin Callie.« Doch sie ignoriert meine Geste und drückt mich ebenfalls herzlich. Von Frauen umarmt zu werden, fühlt sich für mich noch immer unangenehm an, doch ich lasse es mir nicht anmerken. Ich weiß, dass es LeAnn nicht wissen kann. »Hier in Missouri werden keine Hände geschüttelt«, meint sie, als wäre es offensichtlich. Ich zähle die Sekunden, bis sie mich loslässt und lächle etwas gezwungen.

»Das sage ich ihr auch immer, aber sie will wie immer nicht hören«, sagt Nick scherzhaft und es juckt mich im Mittelfinger, doch aus Rücksicht auf LeAnn halte ich mich zurück.

»Kommt rein. Eure Taschen bringe ich euch ins Zimmer.«

Neugierig folge ich ihr und sehe mich um. Überall ist Holz. Holzvertäfelungen vom Boden bis zur Mitte der Wand, die dann von einer schönen Landschaftstapete abgelöst wird. In diesem Haus dominieren Erdtöne, die Vorhänge haben einen dunkleren Orangeton, die Rezeption aus Mahagoniholz wird durch grüne Deko aufgepeppt und die Möbel sind in Creme- oder Brauntönen gehalten. Alles in allem lädt das Ambiente zum Entspannen ein und ist herbstlich dekoriert.

»Mund zu. Es zieht«, flüstert Nick mir ins Ohr, als LeAnn plappernd in der Küche verschwindet. Wieder ist er mir so nah, dass ich seinen Atem auf meiner Haut spüre, eine Gänsehaut überzieht meinen Körper.

»Es ist wunderschön hier«, wispere ich, um irgendetwas zu sagen und einen Schritt von ihm wegzugehen. Ich tue so, als würde ich alles neugierig beäugen, doch ich will nur mein wild pochendes Herz beruhigen. Nick lässt selbst den Blick umherschweifen, bleibt an der Fensterfront hängen und sieht nachdenklich hinaus. Von hier sieht man zum Essbereich und dem dahinterliegenden See.

»Dabei hast du nur den Empfang gesehen.«

Das stimmt, aber es ist mein erster Roadtrip und dass ich in einem Inn haltmache. Bis jetzt war ich nur in Hotels, die modern ausgestattet waren, von Seen oder Pferden fehlte jede Spur. »Komm.« Er greift nach meiner Hand und zerrt mich durch einen Flur über eine Treppe zu unserem Zimmer.

Es ist eher klein gehalten, die Wände sind mit einer dezenten Blumentapete tapeziert, der Teppich burgunderfarben und das Bett … Moment!

»Ein King-Size-Bett?«, frage ich skeptisch. Nick steht mit vor der Brust verschränkten Armen an die Wand gelehnt hinter mir, sieht mich mit dunklen Augen an, was mir bis unter die Haut geht. Seine Blicke gleiten vom Bett zu mir und bei Gott, ich weiß, was dieser zu bedeuten hat. Er stellt sich mich darauf vor, mit nichts an und ihm über mir, der die schönsten Sachen mit mir anstellt. Ich habe selbst in schwachen Momenten darüber nachgedacht, ob Nick und ich im Bett genauso harmonieren würden wie im Arbeitsleben, aber dafür ist es zu spät. Es ist zu viel passiert. Oder?

»Wir brauchen kein Bett.« Mit gerunzelter Stirn folge ich ihm zum Balkon und komme aus dem Staunen nicht heraus.

Nick und ich haben einen perfekten Blick auf den See, der in der bald untergehenden Sonne glitzert. Um ihn herum befindet sich ein Waldstück, das nicht zu dicht bewachsen ist. Ein hölzerner Steg ragt vom Ufer über das Gewässer. Nur schwer kann ich mich von diesem wunderschönen Anblick lösen. Doch ein Pfeifen von Nick erklingt und ich drehe mich in seine Richtung. *Oh man!* Jetzt weiß ich, wieso die Veranda so groß ist, denn darüber befindet sich der Balkon unseres Zimmers. Mit einer Essgruppe, einem riesigen Rattansofa, mit Millionen Kissen darauf, einer Hängematte und, was der Wahnsinn ist, mit einem Jacuzzi.

»Willkommen in der Honeymoon Suite, Schatz.« Nick macht eine ausladende Geste, gepaart mit seinem sexy Grinsen kann ich ihm einfach nicht böse sein, dass er uns kein Zweibettzimmer gebucht hat. Denn dieses Zimmer ist wirklich atemberaubend.

»Du weißt aber schon«, ich gehe auf ihn zu, bis ich vor ihm stehe und ihm tief in die Augen blicke, »dass du und ich in diesem Zimmer die Nacht unseres Lebens verbringen werden, oder?« Ich wandere mit meinem Finger von seiner Schulter langsam über seinen Oberkörper zu seinem Bauchnabel. Ohne die Augen von seinen zu nehmen. Nick schluckt und von der Coolness ist nichts mehr zu sehen. Ich weiß nicht, wann es passiert ist, doch diesmal habe ich mich selbst in dem Moment verloren. In seinen blauen Augen, die mich mit solcher Wärme ansehen, seinen Händen, die sich im Laufe des Augenblicks wie von selbst auf meine Hüften gelegt haben und die freie Stelle unter meinem Shirt streicheln. Zum ersten Mal berührt er meine Haut und alles wird klarer. Das Desaster mit Trey, meine Unsicherheit, die Demütigung, all das rückt in den Hintergrund. Bis nur mehr Nick und ich da sind, in einer Blase, die nur für uns bestimmt ist. Zwei Menschen, die aus Feinden,

Freunde wurden und nun kurz davor sind, sich ineinander zu verlieben. Ich kenne ihn nun so lange und erst jetzt erkenne ich, wie sehr ich ihn brauche, um mich wie ich selbst zu fühlen.

Nick neigt den Kopf, sodass sich unsere Augen auf gleicher Höhe befinden, und schenkt mir ein liebevolles Lächeln und ich vergesse zu atmen. Eine Hand wandert zu meinem Gesicht, umspielt meine Wange, streichelt zärtlich über meine Haut und kommt näher. Ich atme schneller, möchte endlich wissen, wie es sich anfühlt seine Lippen zu spüren, ihn zu schmecken. Obwohl mein Kopf schreit, dass ich jetzt aufhören soll, wenn ich nicht unsere Freundschaft aufs Spiel setzen will, wissen wir beide, dass wir mehr als das sind, seit er mir gestanden hat, was er tun würde, wenn ich die Seine wäre. Der Drang ihn zu küssen, grenzt fast an körperliche Schmerzen. Kurz bevor wir endlich unsere Beziehung vertiefen können, geht die Tür auf und LeAnn erscheint mit unseren Taschen in der Hand, ohne uns anzusehen. »Oh, entschuldigt. Lass dich von mir nicht stören, Nicki.«

Wie nach einer Hypnose, die langsam nachlässt, blinzle ich und löse mich von ihm. Er will mich nicht loslassen, doch ich entziehe mich ihm, habe das Gefühl, keine Luft mehr zu bekommen. Ich war so gefangen in seinem Blick, dass ich ganz weiche Knie habe und taumle. Nick ist sofort da, um mir zu helfen, doch ich schüttle den Kopf. Ihn so liebevoll und fürsorglich zu erleben trifft mich härter als alles andere. Ich hätte beinahe Nick geküsst, meinen Geschäftspartner und Freund, der für mich da war, als mich Trey wie den letzten Dreck behandelt hat.

Nick zu küssen wäre ein großer Fehler. Ich kann nicht einfach von Trey zu ihm springen wie irgendeine Schlampe, die nichts Besseres zu tun hat, als sich Männern an den Hals zu werfen. Ich mag etwas für ihn empfinden, aber es wäre nicht fair Nick gegenüber. Ich weiß, dass er Gefühle für mich hat, und diese will ich respektieren, auch wenn es mich umbringt, mich von ihm fernzuhalten.

# 25

Nick

So viele Schimpfwörter schwirren mir im Kopf herum, weil wir wieder gestört wurden und sich Callie erneut vor mir verschließt. Ich schlucke sie aber runter, da LeAnn sonst an einem Herzinfarkt sterben würde, sollte ich sie aussprechen. Mit jeder Sekunde baut Callie diese undurchdringlichen Mauern auf, die es mir unmöglich machen, ihr zu zeigen, dass ich ihr niemals wehtun würde. Am liebsten würde ich sie an den Schultern packen und so lange küssen, bis es zu ihr durchdringt, dass ich nicht Trey bin und dass ich es ihr nicht übelnehme, dass sie sich damals nicht für mich entschieden hat.

Bevor Callie und ich angefangen haben gemeinsam zu arbeiten, war ich nicht wirklich eine treue Seele oder gar ein Typ, der sich nur mit einer Frau zufriedengab, doch mit der Zeit habe ich mich verändert. Bis vor Kurzem habe ich meine Wochenenden damit verbracht, mich volllaufen zu lassen und Mädels abzuschleppen, aber nun kann ich mir nichts Besseres vorstellen, als mit Callie um die Fernbedienung zu streiten, bis der Lieferservice unser Essen bringt. Oder ihr einfach beim Arbeiten zuzusehen und selbst zu erkennen, dass sie im Programmieren besser ist als ich. Ihre Intelligenz macht sie sexy. Schönheitsköniginnen hatte ich zur Genüge, aber eine wunderschöne Frau, die klug und geistreich ist, finde ich einfach unwiderstehlich. Ich will sie. Möchte derjenige sein, der neben ihr aufwacht, ihr die richtigen Gerichte bestellt. Ihre Serien erträgt und sich selbst dabei erwischt, der Handlung zu folgen und festzustellen, dass sie gar nicht so übel sind. Will alle ihre Haargummis verbrennen, damit sie die Haare immer offen trägt. Ich möchte mit Callie zusammen sein, wenn sie so weit ist. Ich weiß, dass Trey ihr das Herz gebrochen hat, aber ich kann warten.

»Habt ihr Hunger?«

»Nein«, sage ich, während Callie fast panisch »Ja«, ruft. Sie will mir und dieser Situation aus dem Weg gehen, das merke ich an ihrer verkrampften Haltung.

»Dann folgt mir. Es gibt einen Braten zum Abendessen.«

Das Essen verläuft still, Callie antwortet nur auf LeAnns Fragen, starrt aber sonst lediglich auf ihren Teller, den sie kaum anrührt. Ich kenne Callie mittlerweile sehr gut, weiß, dass sie sich abkapselt, wenn sie verletzt wird. So war es bei ihrem Dad, als er ihrer Schwester die Firma überschreiben wollte. Sie hat gekündigt und die Reißleine gezogen. So ist es auch jetzt, nachdem dieser Saftsack ihr Herz gebrochen hat.

»LeAnn, danke für das leckere Essen. Ich werde gleich schlafen gehen, die Fahrt war anstrengend.« Beide erheben sich und nicken sich freundlich zu.

»Geh nur, Kind. Ruh dich aus. Wir sehen uns morgen zum Frühstück.«

Ohne mich anzusehen, rennt sie fast die Stufen hinauf. Ich balle die Hände zu Fäusten und mahle mit dem Kiefer. Es bringt mich um, ihr nicht den Schmerz oder die Unsicherheit nehmen zu können. Ich habe sie als starke, selbstbewusste Frau kennengelernt, die jedem Typ ohne Mühe die Leviten lesen kann, doch dieses Mäuschen, das sie nun geworden ist, ist mir fremd.

»Was hast du angestellt, Nicki? Sie wirkte heute Nachmittag so fröhlich.«

»Ich weiß es nicht.« Das meine ich ernst. Ich weiß nicht mehr, was ich tun kann, um ihr zu beweisen, dass ich anders bin. Die Frustration hat meinen Appetit in Nichts aufgelöst. Ich schiebe den Teller von mir und fahre mir mit beiden Händen durchs Haar. »Sie ist sonst nicht so. Eigentlich plappert sie so lange, bis dir die Ohren vom Zuhören wehtun. Isst Chips so laut, dass es ganz Missouri hören könnte und heult bei jeder Schnulze wie ein Wasserfall.«

»Du bist in sie verliebt, oder?«

»Ja.« Eine andere Antwort wäre eine Lüge. Ich liebe sie, seit ich sie heimlich beim Lesen beobachtet habe und sie vor Rührung geweint hat. »Früher war ich voller Vorurteile ihr gegenüber, wollte nicht wahrhaben, dass sie ein herzensguter Mensch ist und nicht das reiche Miststück, das ich sehen wollte.«

»Keine Schimpfwörter an diesem Tisch!«, mahnt LeAnn mich und verschränkt die Arme vor der Brust.

»Entschuldige«, murmele ich und lege den Kopf in den Nacken. Wie konnte das alles nur so kompliziert werden? Ich dachte immer, wenn ich die Richtige mal treffen sollte, wird sie den Boden, auf dem ich gehe, anbeten, doch irgendwie ist es andersrum.

»Hör zu.« Sie legt ihre Hand auf meine Faust, die ich geballt habe. »Ich kenne sie nicht, merke aber, dass sie verletzt und unsicher ist. Egal, was du getan hast, bring es in Ordnung. Ich habe so lange auf diesen Tag gewartet, an dem du ein Mädchen mitbringst und so glücklich wirst wie deine Mom.«

»Mom?« Wie kommt sie auf meine Mutter? Sie ist seit Jahren Single.

»Ach …« Sie sieht hektisch überallhin, nur nicht in meine Augen. »Ich meine nur, dass sie früher glücklich vergeben war.«

Auch wenn sie sich Mühe gibt, ich glaube ihr nicht, aber ich bin einfach zu müde und niedergeschlagen, um darauf einzugehen.

»Ich sehe mal nach ihr. Ich werde eventuell draußen schlafen. Sind die Decken noch in der Truhe unter dem Tisch?«

»Ja, frisch gewaschen. Ich weiß doch, dass du am liebsten unter freiem Himmel schläfst.«

Ich drücke ihr einen Kuss auf die Schläfe, bedanke mich und gehe hinauf zu Callie. Im Schlafzimmer, das im Gegensatz zum Balkon eher kleiner gehalten ist, finde ich sie nicht, also ziehe ich die Schiebertür auf und betrete den Außenbereich. Callie lehnt an der Holzbalustrade, telefoniert mit jemandem und sieht in die Ferne. »Es ist nicht so schlimm auf dem Bike. Bonnie ist ganz zahm. Mein Arsch wurde mit der Zeit taub, aber sonst ging es.«

»Was? Ach, sein Bike heißt Bonnie.« Sie lauscht, ehe sie wieder antwortet. »Ich finde es süß.« Aufgrund ihrer Aussage muss ich schmunzeln, dafür dass sie sich anfangs so gesträubt hat, auf Bonnie zu reisen, scheint sie nun ganz anders zu denken. Da ich kein Typ bin, der ein privates Gespräch belauscht, greife ich nach dem Griff, um die Tür wieder zu öffnen und hineinzugehen, als mein Name genannt wird, halte ich jedoch inne.

»Nein, Elena, wir hatten keinen Sex. Wir haben uns nicht mal geküsst. Und hör endlich auf, ihn Fakestripper zu nennen. Er hat einen Namen.« Sie hört ihrer besten Freundin zu und seufzt auf. »Ich kann nicht. Auch wenn mein Kopf weiß, dass Nick mir niemals wehtun würde, hat mein Herz Angst und möchte nie wieder aus seinem Schneckenhaus raus. Es ist einfach zu viel geschehen.« Das ist mein Stichwort, ich gehe ins Zimmer, ziehe die Tür etwas zu. Ziehe die Schuhe aus und lege mich aufs Bett. Ich verschränke die Hände hinter dem Kopf und starre lange die Decke an. Warum muss diese Liebesscheiße so kompliziert sein? Es hatte einen Grund, wieso ich nie eine Freundin wollte. Weil es kräftezehrend und nervig ist. Vielleicht sollte ich mir Callie einfach aus dem Kopf schlagen, das wäre für uns beide möglicherweise das Beste.

Irgendwann muss ich eingeschlafen sein, denn ich werde durch das Zuschieben der Tür geweckt. Obwohl Callie nicht wirklich laut ist, hat es gereicht, um mich wach zu kriegen. Ohne auf mich zu achten, geht sie ins gegenüberliegende Bad und kramt in ihrer Tasche nach Klamotten. Hier vom Bett aus habe ich durch den riesigen Spiegel einen herrlichen Ausblick auf sie. Sie zieht sich bis auf die Spitzenunterwäsche aus und sieht auf ihr Spiegelbild. *Heilige Scheiße*! Was ich sehe, lässt mich den Mund aufklappen. Sie streicht über ihre Wange und sieht ziemlich bestürzt aus.

Nun scheint auch sie zu merken, dass sie zu viel abgenommen hat. Ich mochte ihre Kurven. Ohne den verdammten Pyjama anzuziehen putzt sie sich die Zähne und wäscht ihr Gesicht. Ich liebe es, wenn ihre Brüste bei jeder Bewegung mitwippen, es hat fast eine hypnotische Wirkung auf mich. Mein Schwanz wird härter als je zuvor und auch wenn ich kein Spanner bin, kann ich meinen Blick nicht von ihrem knackigen Arsch nehmen. Als Callie dann auch noch ihren Pferdeschwanz löst und mit offenen Haaren dasteht, kann ich nicht anders, als in meine Hose zu greifen und meinen Schwanz zu umfassen. Ich reibe ihn auf und ab und muss mich echt zurückhalten, nicht aufzuspringen und sie gegen den Waschtisch gelehnt zu nehmen.

Erst als sie sich das lange blonde Haar gekämmt hat, zieht sie ein XXL-Schlafshirt an und verwehrt mir den herrlichen Anblick auf ihren Traumkörper. Bevor sie mich erwischen kann, ziehe ich die Hand aus meiner Hose und lege mich auf die Seite, damit sie meinen Ständer nicht sehen kann. Sie macht das Licht aus und legt sich neben mich ins Bett. Wir liegen uns gegenüber und ich tue so, als würde ich schlafen, auch wenn jetzt daran nicht zu denken wäre, dafür bin ich viel zu geil.

»Du weißt aber schon, dass man nicht spannen darf, oder?«, flüstert sie mit ihrer rauen Stimme.

»Ich weiß gar nicht, wovon du redest«, antworte ich ohne die Augen zu öffnen. *Scheiße! Wie hat sie mich sehen können?*

»Ich denke, dein erigierter Penis spricht eine andere Sprache.«

»Ach was, der kann nicht mal Englisch.« Ich öffne die Augen und verkneife mir einen Lacher. Sie liegt neben mir, vielleicht eine Handbreit entfernt und lächelt mich an. »Bist du nicht sauer, weil ich gespannt habe?« Die alte Callie würde mich mit bloßen Händen kastrieren.

»Ich wäre es gerne, aber es fühlt sich gut an, begehrt zu werden. Ich weiß gar nicht, wann ich mich das letzte Mal so gut gefühlt habe.«

Ihre Ehrlichkeit erstaunt mich. Noch vor ein paar Stunden war sie abweisend und nun vertraut sie mir intime Geständnisse an. »Wieso trägst du die Haare nie offen?« Wenn sie schon redselig ist, will ich die wichtigste Frage stellen, die mich schon lange beschäftigt. Ihr Lächeln verschwindet so schnell, wie es gekommen ist. Sie öffnet den Mund, will antworten, doch sie klappt ihn wieder zu, kuschelt sich tiefer ins Kissen und rutscht etwas näher an mich heran. Nicht, weil sie mich berühren will, sondern damit sie flüstern kann.

»Weil ich mit offenen Haaren wie meine Mutter aussehe.« Diese Aussage überrascht mich etwas, denn sie redet nie über ihre Mom. Ich weiß nicht, was ich darauf antworten soll, aber das muss ich nicht, denn ihr Blick wird distanziert und sie redet weiter. »Meine Mutter wurde depressiv, nachdem ich zur Welt gekommen bin. Hat aufgehört, sich um uns zu kümmern und begann zu trinken. Ich war nicht mal einen Monat, als sie sich aus dem Staub gemacht hat. Ich kenne sie nur von Fotos und wenn ich jetzt welche sehe, dann ist es, als würde ich in den Spiegel blicken. Ich sehe genauso aus wie sie, was vielleicht auch der Grund ist, wieso Dad Sarah immer lieber mochte als mich. Sie hat ihm das Herz gebrochen und nun, wenn er mich sieht, wird er ständig an sie erinnert. Als ich acht war, war seine Distanziertheit mir gegenüber so unerträglich, dass ich mir in meiner Verzweiflung die Haare selbst mit dem Küchenmesser geschnitten habe. Er hat es nie mit Absicht getan, das weiß ich. Es war schon schlimm genug für Dad, uns alleine großzuziehen, aber die Erinnerung, die mein Gesicht mit sich bringt, hat ihm immer zu schaffen gemacht.«

»Ich kenne deinen Dad nicht, aber ich kann mir denken, dass er deine Mutter sehr geliebt hat, immerhin hat er in all der Zeit nicht wieder geheiratet. Manchmal wird man verletzt und denkt, dass man nie wieder lieben kann, aber das Leben ist zu kurz, um Vergangenem nachzutrauern. Du siehst mit offenen Haaren wunderschön aus, die Betonung liegt hier auf *du*. Vielleicht ist da eine Ähnlichkeit mit deiner Mutter, aber *du* bist immer noch die nervige Callie, die Kaugummi kaut wie ein nerviger Teenie aus den Manga-Verfilmungen und heimlich beim Lesen weint und …«

Dann küsst sie mich, legt ihre Lippen sanft auf meine und stöhnt auf, als ich mich aufrichte und über sie beuge. Es fühlt sich unglaublich an, sie endlich zu spüren, zu wissen, dass die Wirklichkeit besser ist als der Traum, denn das hier übertrifft alles, was ich je gekannt habe. *Scheiße, ich bin so was von verschossen in diese Frau!*

# 26

## Callie

Es ist wie ein Stromstoß, dieser erste Augenblick, in dem sich unsere Lippen berühren. Ich kann einfach nicht anders, als Nick zu küssen, nachdem er die süßesten Dinge gesagt hat. Er kennt mich fast besser als Sarah und scheint jede meiner Macken zu mögen. *Wie kann ich solch einen Mann abweisen ohne zu wissen, ob wir vielleicht doch füreinander geschaffen sind?* Zwar bin ich kein romantischer Typ, aber ich möchte uns eine Chance geben. Das mit Trey war anders. Ich habe mich so nach Liebe gesehnt, dass ich alle Warnzeichen ignoriert habe, doch nun, wo die Liebe mitten im Raum steht, habe ich eine Heidenangst sie zu ergreifen, damit ich nicht wieder verletzt werde. Aber damit ist Schluss, ich werde nicht mehr gegen meine Gefühle für Nick ankämpfen, denn ich würde es mein Leben lang bereuen, wenn ich ihn gehen ließe.

Nick beugt sich über mich und küsst mich lange und innig. Ihm entfährt ein Stöhnen und der tiefe, maskuline Laut pulsiert durch meine Adern, sodass ich mich nach mehr sehne. Er ist sanft, zärtlich, doch ich habe es satt, es langsam angehen zu lassen. Also lecke ich ihm über die Lippen und intensiviere den Kuss, was ihn zum Schmunzeln bringt.

»Das bist eher du«, flüstert er an meinen Lippen und die Schmetterlinge in meinem Bauch flattern wild umher. Diesmal bin ich mutiger und küsse ihn noch leidenschaftlicher, lasse alles Aufgestaute endlich raus. Zeige ihm, wie sehr ich mich nach diesem Moment gesehnt habe. Seine Lippen legen sich an meinen Hals und er küsst sich eine Bahn zu meinem Ohr, an meinem Kiefer entlang, und ich glaube zu schmelzen.

»Nimm mich«, flüstere ich unbeabsichtigt und schließe den Mund abrupt. Ich wollte das nicht laut sagen, es ist mir einfach rausgerutscht.

»Verdammt! Glaub mir, dass ich dich genauso will. Aber ich will das hier mit uns nicht versauen. Es hat lange gedauert, an diesem Punkt zu sein. Lass es uns langsam angehen.«

Da ist er wieder, dieser Satz, der bei Trey immer einen bitteren Beigeschmack hatte, aber bei Nick fühlt es sich nicht falsch an, eher ehrlich. In seinen Augen sehe ich nichts, was mich an seinen Worten zweifeln lassen würde. Er meint es ernst mit mir. Ich lasse meine Hände an seinem Hals hinaufgleiten und ziehe ihn zu mir herab, küsse ihn sanft, umschmeichle ihn mit meinem Mund.

»Egal was passiert, nichts wird sich an meinen Gefühlen für dich ändern«, flüstere ich. Ich bin doch schon längst in ihn verliebt.

Nick sieht mich lange an, so intensiv, dass es mir direkt unter die Haut geht. »Du bist wirklich wunderschön. Warst du schon immer«, flüstert er heiser und streicht mir übers offene Haar.

»Wer hätte gedacht, dass du und ich jemals hier landen würden?«, sage ich schmunzelnd und lege meine Handfläche über sein wild hämmerndes Herz.

»Ich habe es gehofft, nicht nur weil ich dich vögeln wollte, sondern weil ich wissen wollte, wie du dich anfühlst.«

»Und? Wie fühle ich mich an?«

»Hmm …«, meint er gespielt nachdenklich. »Ich denke, das kann ich noch nicht sagen, da muss ich noch einmal kosten.« Nick neigt seinen Kopf zu mir hinunter und legt seine Lippen auf meine Halsschlagader, leckt, knabbert und küsst jeden

Winkel meiner Haut. Mein Herzschlag nimmt eine ungeahnte Geschwindigkeit an und ich glaube zu vergehen. So küssen wir uns sehr lange, bleiben aber vollständig bekleidet, und obwohl es mich etwas frustriert, bin ich froh, dass wir warten. Es ist alles sehr schnell gegangen, dass wir beide etwas Zeit brauchen, um unsere Gefühle zu ordnen. Irgendwann schlafe ich in seinen Armen ein und fühle mich zum ersten Mal in meinem Leben angekommen.

»Morgen, Prinzesschen«, raunt Nick mir ins Ohr und küsst die Stelle darunter, was mir einen heißen Schauer über den Rücken jagt. Mittlerweile gefällt es mir, wenn er mich so nennt. Es fühlt sich wunderbar an, derart geweckt zu werden, denn sein Mund verharrt nicht, wandert über meinen Hals zu meiner Schulter. Er streift mir das Shirt über die Schulter, sodass das ganze Schulterblatt freiliegt und leckt über meine erhitzte Haut. »Fuck. Ich könnte das den ganzen Tag lang machen«, murmelt er an meinem Hals und entlockt mir ein Kichern.

»Also, ich würde dich da nicht aufhalten.«

Zärtlich fährt er mit den Fingern meinen Arm hoch bis zu meinem Hals und legt dann seine Hand an mein Gesicht. »Könntest du auch nicht.«

Nach diesen Worten folgen Taten, seine Lippen bedecken meinen Hals und gleichzeitig gleitet seine Hand unter mein Schlafshirt. Er streift meinen Oberschenkel, doch sein Ziel ist mein Bauch. Nick streichelt zärtlich über meine Haut und wandert langsam hinauf zu meinen Brüsten. Ich halte den Atem an, als Nick mit seinem Finger den Rand meines Ausschnitts entlangfährt und eine brennende Spur hinterlässt. »So schön«, höre ich ihn raunen. Seine Hand legt sich ganz behutsam auf meine Brust, ich spüre wie sich mein Unterleib zusammenzieht und viel mehr will als das.

Plötzlich beginnt mein Smartphone zu läuten, was ich völlig ignoriere, doch das Bimmeln will einfach nicht aufhören. »Entschuldige, ich muss nachsehen.«

Ich greife nach dem Handy und erstarre. Trey. Nick spürt meine Anspannung sofort, löst sich von mir und setzt sich auf.

»Was will dieser Wichser denn?«, knurrt er und macht Anstalten, mir das Handy zu entreißen, doch ich lasse ihn nicht. Zu sehr haben sich meine Finger darum gekrallt.

»Er ist unsere Wut nicht wert.« Der Schreck seinen Namen zu lesen flaut ab und ich drücke ihn weg, lege das Handy wieder zurück.

»Lässt du ihn so leicht davonkommen?«, meint Nick anklagend und rückt ein Stück von mir ab. Anscheinend ist es vorbei mit der Küsserei. Schade.

»Was sollte ich schon tun?«, frage ich frustriert.

»Also, mir fallen da einige Sachen ein. Sie umfassen eine Machete, Benzin und eine Axt. Du würdest es lieben.«

»Nick, er hasst meine ganze Familie, will uns systematisch vernichten. Sollte ich oder jemand anderer Hand an ihn legen, würde er sich den besten Anwalt nehmen und uns fertigmachen. Das, was er mit mir abgezogen hat, zeigt doch, wie durchgeknallt er ist. Mir das Herz brechen, um es Dad heimzuzahlen? Ich meine, wer macht das schon?« Meine Stimme zittert und ich sehe wieder diesen gleichgültigen Blick in seinen Augen, die halb nackte Frau und spüre erneut, wie die Demütigung mich fast in die Knie zwingt. Mein gerade noch gefasster Entschluss, Nick eine Chance zu geben, gerät erneut ins Wanken. Zwar könnte es ein Fehler sein, es nicht zu versuchen, aber er könnte mich auch verletzen. Und das würde ich nicht überstehen, immerhin gingen meine Gefühle für Nick schon jetzt viel tiefer als für Trey.

»Hey!«, meint Nick, umfasst mit seiner Hand mein Kinn und

zwingt mich, ihn anzusehen. »Tu das nicht. Schließ mich nicht aus. Stell uns nicht infrage. Das, was dieser Arsch getan hat, hat dich verletzt, aber ich bin nicht er.« Ich senke den Blick, kann der Intensität seines Blickes nicht standhalten. »Sieh mich an. Bitte«, flüstert er flehend und ich tue es. »Ich werde dir niemals wehtun, Callie. Ich werde alles in meiner Macht Stehende tun, damit du nie wieder diese Mauern um dich herum aufbauen musst.« Seine Worte sind voller Hoffnung, und auch wenn mein Herz brüchig geworden ist, spüre ich, wie es langsam heilt, für Nick.

Die Strecke bis nach Oklahoma City kommt mir extrem lange vor. Ich sitze hier hinter dem Mann, der mir die schönsten Stunden im Bett versprochen hat und kann ihn nur von hinten umklammern. Es ist total frustrierend, da mein letzter Sex lange zurückliegt. Während der Fahrt legt er öfter seine behandschuhte Hand über meine und drückt sie sanft. Es sind diese kleinen Gesten, die mich so überraschen. Ich habe gehört, dass Nick eine Wucht im Bett sein soll. Immerhin hatte er mit einigen Frauen am College Sex und Gerüchte verbreiten sich schnell. Doch Nick zeigt mir eine komplett neue Seite von sich und ich liebe alles daran. Selbst die schlechten Momente.

Wir fahren an einem sorgsam gepflanzten Park vorbei, passieren einige kleine Vororte und kommen schließlich nach Edmond, Nicks Heimat. Es ist eine wunderschöne, ländliche Gegend, was erstaunlich ist, da es nah bei der Stadt liegt. Auf den Gehwegen fahren Kinder mit Rollerskates, die Nachbarn sitzen auf der Veranda oder kümmern sich um die Vorgärten. Es ist so, wie ich mir das Landleben stets vorgestellt habe. Wir kommen vor einem eher klein wirkenden, aber hübschen Haus zum Stehen. Nick drückt einen Knopf auf seinem Schüsselbund und das Eisentor, das zur Auffahrt führt, schwingt auf.

Das Haus ist in einem warmen Gelb gestrichen, mit Zierleisten in einem dunkleren Grün. Es gibt eine umlaufende Veranda mit Korbmöbeln und sogar einer Hollywoodschaukel. Der gepflasterte Weg von der Garage zur Eingangstür ist seitlich mit Blumen in den schönsten Farben bepflanzt, deren Name mir nicht einfallen will. Auf den letzten Schritten wird mir etwas mulmig zumute, immerhin lerne ich jetzt die Mutter von Nick kennen und ich hoffe mal stark, dass sie mich mag. Ich ziehe noch mal an meinem Pferdeschwanz und halte kurz inne. Nick steht noch bei Bonnie und streckt sich. Er sieht unwiderstehlich aus, selbst mit der plattgedrückten Frisur, Lederjacke und Boots.

Er hat erwähnt, dass er mich am schönsten mit offenen Haaren findet, also ziehe ich am Haarband und schüttle meine Haare aus. Als ich wieder in seine Richtung sehe, geht er gerade mit einem sexy Lächeln auf mich zu. Je näher er mir kommt, desto schneller wird er, bis er mich an den Hüften packt, hochhebt und stürmisch küsst. Es passiert so schnell, dass ich es gerade noch schaffe, die Beine um ihn zu schlingen und mich an seiner Schulter festzukrallen. Dieser Kuss ist reines Feuer, setzt Lava in meinem Körper frei, die sich in meinem Unterleib sammelt. Nick dreht sich, presst meinen Rücken gegen die Hauswand. Ich spüre, wie sehr er mich will, und ich kann mich ebenfalls kaum zurückhalten. Seine Zunge stellt unglaubliche Dinge mit meinem Mund an und ich hätte fast gewimmert, als er die Lippen von meinen löst.

»Wofür war das denn?«, frage ich atemlos und genieße den Druck seiner Hände, die meine Hüften streicheln.

Nick grinst nur und lehnt seine Stirn gegen meine, er ringt selbst noch nach Atem. Dann nimmt er eine Haarsträhne zwischen seine Finger, mit der anderen Hand hält er mich. »Du hast ja keine Ahnung, wie sexy du mit offenen Haaren bist. Wie ein wilder, heißer Engel, der hoffentlich unanständige Sachen im Sinn hat.«

»Wenn du nur wüsstest.« Alleine mein Zittern sollte doch Beweis genug sein. Lächelnd neigt er den Kopf und haucht einen Kuss auf meine geschwollenen Lippen.

»Lass uns reingehen.« Er nimmt mich bei der Hand und öffnet die Tür. Ein herrlicher Duft von gebratenem Fleisch dringt in meine Nase und wie auf Kommando beginnt mein Magen zu knurren.

»Mom?«, ruft Nick und hängt seine Lederjacke auf. Ich entledige mich auch meiner Jacke und sehe mich neugierig um. Wie man schon draußen erkennen konnte, ist das Haus eher klein. Die Garderobe ist eng, sodass Nick und ich schon beengt nebeneinanderstehen.

»Komm.« Er führt mich in die Küche, wo eine Frau Mitte fünfzig zu der Musik von Abba tanzt und in der Küche hantiert. Es sieht fast aus, als würde sie schweben, so elegant bewegt sie sich. Ihr Haar ist ergraut, was aber zu ihr passt. Sie ist sportlich schlank und sieht aus wie Nick. Die Ähnlichkeit ist nicht zu leugnen.

»Du willst wohl Paula Abdul Konkurrenz machen oder wie?«, sagt Nick scherzend und erschreckt seine Mom fast zu Tode.

»Du fieser, kleiner, gemeiner Wicht!«, knurrt sie und löst ihre Schürze. Dann rennt sie Nick beinahe um, drückt ihn derart fest an sich, dass ich schon Angst habe, dass er erstickt.

»Also, an deinen Schimpfwörtern müssen wir noch arbeiten, Mom.«

»Ach. Auf dein Repertoire an Flüchen kann ich gerne verzichten«, lacht sie und streicht ihm übers Haar. In ihren Augen sehe ich grenzenlose Liebe für ihren Sohn, was bei mir einen bitteren Beigeschmack hervorruft, sodass ich den Blick abwenden muss. Es ist einfach zu viel. Meine Mutter hat mich nie auf diese Weise angesehen, hat aufgrund meiner Geburt ihr Leben hingeschmissen und ist schließlich abgehauen.

»Du musst Callie sein. Ich bin Olive«, sie macht schon Anstalten, auf mich zuzugehen und die Arme um mich zu schließen, doch Nick legt seine Hände auf ihre Schultern und hält sie auf.

»Callie mag Umarmungen nicht so. Außer natürlich, wenn sie von mir sind.«

Erleichtert atme ich aus, Nick hat wohl bemerkt, dass ich körperliche Nähe zu älteren Frauen eher scheue. Er zwinkert mir zu und mein Herz droht erneut zu stolpern.

»Oh, selbstverständlich. Entschuldige« Sie reicht mir die Hand und ich schüttle sie etwas verlegen. »In den Südstaaten umarmt man sich eher, als dass man Hände schüttelt.«

»Das habe ich schon gemerkt.«

»Es freut mich sehr, dich kennenzulernen. Nick hat schon viel von dir erzählt.«

»Ach ja? Ich hoffe nur Gutes?«, frage ich neugierig und hebe die Braue.

»Na ja, anfangs nicht so. Aber da habt ihr erst mit dem College angefangen, dann wurde es besser, und jetzt … Na ja, es sieht selbst ein Blinder, dass er verrückt nach dir ist.«

Meine Wangen färben sich rosa und ich senke den Blick. Nick jedoch sieht mich nur lächelnd an und genießt meine Verlegenheit. *Dieser Arsch!* »Nun ja. Wie ihr seht, koche ich gerade unser Abendessen, eine Kleinigkeit, weil es später auf dem Fest auch leckere Snacks gibt.«

»Wir gehen auf ein Fest?«, frage ich überrascht. Ich wusste gar nichts davon.

»Ja, jedes Jahr zum Ende des Sommers gibt es ein riesiges Festival mit Rummelplatz und allem Drum und Dran. Wenn du Lust hast und nicht allzu müde bist, könnten wir gemeinsam mit Mom hingehen.«

»Sehr gerne.« Ich war noch nie auf einem Sommerfest und stelle mir das sehr gemütlich und interessant vor und außerdem könnte ich auch auf einen Rave gehen, denn ich weiß, dass alles erträglich wäre, wenn Nick bei mir ist.

Das Abendessen bei Olive ist ein Gedicht. Ein Zwiebelrostbraten, der fast auf der Zunge zergeht, dazu Kartoffelpüree und grüne Bohnen. Die Geräusche, die ich beim Essen gemacht habe, grenzen schon an einen Softporno, so oft, wie ich vor Verzückung gestöhnt habe. Nicks Mutter hat es mit Humor genommen, doch Nick hatte Mühe, sich zurückzuhalten, denn seine Augen waren so dunkel, dass ich kurz gedacht habe, dass er hier und jetzt über mich herfallen würde. Nick und ich schlafen in seinem alten Zimmer, wo ein Doppelbett steht und die Wände mit Postern von Rockstars aus den Siebzigern bedeckt sind. Dass er ein Musikliebhaber ist, sieht man überall. In seinem Apartment in New York hat er unzählige CDs und Vinylplatten, ebenso wie in diesem Zimmer. Ich habe auch Gitarren entdeckt und bin gespannt, ob Nick spielen kann.

Ich betrete gerade das Zimmer, um mich umzuziehen, aber ich bin nur kurz alleine. Hinter mir höre ich die Tür zuknallen. Dann legen sich Nicks Hände von hinten auf meine Hüften und er presst meinen Hintern gegen seine Härte. Er streicht mit dem Kinn mein Haar zur Seite. »Jetzt spürst du genau, wie es mir die ganze Zeit gegangen ist. Du bist so unanständig!«, raunt er, dabei gleitet eine Hand unter mein Shirt, streichelt zärtlich meinen Bauch. Ich erschaudere.

»Das war wirklich nicht beabsichtigt, das Essen deiner Mutter ist einfach zu lecker.«

»Beabsichtigt oder nicht. Ich brauche dich. Jetzt.«

Mit einem Ruck dreht er mich um und presst seine Lippen hungrig auf meine, dirigiert mich zum Bett. Behutsam legt er mich darauf und beugt sich über mich. Sein Mund lässt mir keine Zeit, Luft zu holen, aber das stört mich nicht. Sollte ich jetzt hier in seinen Armen sterben, wäre es ein guter Abgang. Unsere Hände krallen sich an den Körper des anderen und wir können einfach nicht aufhören, uns zu küssen. Nick ist wie eine Tafel Schokolade, kaum hat man von ihm gekostet, kann man nicht genug bekommen.

»Fuck, so sehr ich dich auch will, müssen wir runter. Mom will die Eröffnung nicht verpassen.«

»Ist schon okay«, flüstere ich heiser und streiche ihm über die Wange. Nick Coleman ist ein wunderbarer Küsser, er kann wild, aber auch zärtlich und liebevoll sein.

»Du scheinst meiner Mom zu gefallen.«

»Ich finde sie auch toll. Sie ist eine starke Persönlichkeit, man merkt ihr an, dass sie willensstark und eine Powerfrau ist. Und sie liebt dich.« Für mich ist es schwer, mir vorzustellen, wie sich die Liebe einer Mutter anfühlt. Ich habe mich mein Leben lang nach einer Mutterfigur gesehnt, die mir damals hätte zeigen können, wie man sich richtig schminkt, oder mir zur Seite stehen können, als Billy Smith mir das Herz gebrochen hatte. Aber das alles ist lange her und ich dachte, dass ich es überwunden hätte, aber leider kommt gerade alles wieder hoch.

»Du weißt, dass sie eine dumme Ziege ist, oder?«, holt mich Nick aus den Gedanken. Er liegt noch immer auf mir und streichelt mir übers Haar. Er muss wohl ein Haarfetischist sein.

»Wer?«, frage ich perplex, er kann wohl unmöglich seine eigene Mutter meinen.

»Deine Mom. Sie hat keine Ahnung, was sie verpasst hat. Du bist eine wunderschöne, kluge und herzensgute Frau und mit besserem Charakter, als sie ihn jemals haben wird. Du würdest dein Kind niemals im Stich lassen, das weiß ich, dafür kenn ich dich zu gut. Auch wenn du Angst hättest, du würdest in dieser Rolle aufgehen und die beste Mutter aller Zeiten werden.« Nicks Worte lassen mein Herz überquellen und treiben mir die Tränen in die Augen. Wäre ich nicht schon längst verliebt in ihn, würde es genau jetzt und hier passieren.

»Danke, Nick. Das bedeutet mir mehr, als du ahnst.«

»Du bedeutest alles für mich, Callie.«

Diese Worte ergreifen mich, sodass ich meine Hände um sein Gesicht schmiege, ihn runterziehe und so zärtlich küsse, dass er wissen muss, dass auch er meine ganze Welt geworden ist.

Zum Fest gehen wir zu Fuß, es dauert nicht mal zwei Minuten, bis wir beim Rathaus ankommen, das den Anfang des Festes bildet. Von Weitem höre ich aus einem Zelt Countrymusik, dann das Gekreische von Kids vom Rummelplatz gleich weiter hinten. Hier jedoch befinden sich verschiedene Stände. Selbst gemachter Honig, Bio-Obst und Gemüse, Frozen Yoghurt, geröstete Maroni und noch vieles mehr. Dafür, dass Edmond anfangs eher klein ausgesehen hat, bin ich überrascht, wie viele Einwohner es hat.

»Gefällt es dir?«, fragt mich Olive schmunzelnd, da sie wohl meinen offenstehenden Mund bemerkt hat.

»Ich finde es zauberhaft. Man merkt in der Stadt gar nicht, was einem hier auf dem Land entgeht. Mein Dad ist mit uns nie durch die Staaten gefahren. Wir haben meist Urlaub in der Karibik, Europa oder Skandinavien gemacht. Viel von den Staaten habe ich nicht gesehen, weil meine Schwester immer auf den Geschäftsreisen mitgefahren ist.«

Nick greift nach meiner Hand, verflechtet seine Finger mit meinen und drückt sie sanft. »Jetzt hast du die Gelegenheit alles aufzuholen«, meint Nick schließlich, hebt unsere Hände und küsst meinen Handrücken. Die Eröffnungsrede ist eher einschläfernd, weil ich die Geschichten und Anekdoten der Stadt nicht kenne. Gott sei Dank redet der Bürgermeister nicht allzu viel und heißt alle zum Fest willkommen.

Das ist mein Startschuss, denn ich habe vor, hier nicht ohne Zuckerwatte, Schießstandbesuche oder eher zu fahren, bis mir nicht von der Achterbahn und anderen Attraktionen schlecht wird. Am dritten Schießstand verliere ich ebenfalls haushoch und kann das Einhorn, das mir so gefällt, nicht gewinnen.

»Du willst dieses bunte Vieh, oder?«, meint Nick schmunzelnd, lehnt an dem Stand und hat die Arme vor der Brust verschränkt. Er beobachtet mich und das frustriert mich noch mehr, ich will nicht, dass er mir beim Verlieren zusieht.

»Ja«, meine ich nur und will gerade weitergehen, als Nick den Kerl fragt, wie viele Punkte man braucht, um das Einhorn zu bekommen. Es klingt ziemlich schwierig, doch Nick wartet geduldig, bis der Typ nachlädt, ihm das Gewehr reicht und zur Seite tritt. Nick wirkt sehr konzentriert, als er es anlegt und in Ruhe zielt. Ohne Mühe trifft er alle Zielscheiben und gewinnt schließlich. Ich kreische vor lauter Freude und werfe mich ihm an den Hals. Er wirbelt mich herum, bis uns beiden schwindelig wird und mein Schreien abnimmt.

»Ich glaube, ich bin taub«, sagt Nick lachend und schüttelt seinen Kopf.

»Entschuldige.« Als Wiedergutmachung küsse ich ihn sanft, löse mich aber sofort, als mir der Typ vom Stand das Stofftier hinhält. Wie eine Fünfjährige drücke ich es an meine Brust, fühle mich einfach wunderbar.

»Glücklich?«, flüstert Nick in mein Ohr. Ich wende mich ihm wieder zu und sehe ihn lange an. Ich kenne diesen Mann eine ganze Weile und erst jetzt merke ich, wie herzensgut er ist.

Selbstlos und ehrlich, er sieht mit seiner Lederjacke, der wilden Frisur und den blauen Augen wie ein Bad Boy aus, aber er ist weit mehr als nur ein Klischee aus Filmen und Büchern. Er ist der Mann, dem ich vollends vertraue, auch wenn ich gedacht habe, dass ich durch Trey diese Fähigkeit verloren hätte.

# 27

## Nick

Es ist schon erstaunlich, wie verrückt ich nach dieser Frau bin. Seit unserem ersten heißen Kuss laufe ich zwar mit blauen Eiern rum, aber ihr Lächeln und ihr Vertrauen sind mehr wert als ein schneller Fick. Callie ist niemand, den man einfach benutzt, sie ist eher eine, die man heiratet, weil sie zu gut ist, um wahr zu sein. Würde mich der alte Nick sehen, der ich noch vor ein paar Wochen war, würde er eher glauben, dass ich kastriert worden sei, aufgrund meiner Einstellung. Aber ich kann mich in all den Jahren an keine Zeit erinnern, in der ich glücklicher war als jetzt.

Wie ein Kleinkind presst sie dieses komische Einhornvieh an ihre Brust und seufzt wohlig auf. Sie hat noch nie süßer ausgesehen als in diesem Moment. Sie sieht so wunderschön in diesem türkisfarbenen Kleid aus, dazu die knöchelhohen Boots und ihr offenes Haar. Ich liebe ihre Haare so, wie sie jetzt fallen.

»Danke schön für Nikolaus.«

»Nikolaus?«, frage ich erstaunt.

»Ja, so hat dich doch LeAnn genannt und ich finde, es passt einfach.«

»Du willst mir allen Ernstes einreden, dass dieses fette Pferd dich an mich erinnert?«

»Na ja. Sieh mal, da wachsen schon Speckröllchen, also bist du doch nah dran.« Sie greift unter mein Shirt und kneift auf meinen festen Bauch.

»Wie du fühlen kannst, ist hier alles fettfrei.«

»Wie dem auch sei. Er heißt Nikolaus und Ende.« Ihr scheinen wohl die Argumente auszugehen.

»Na schön. Dann lass dich von mir und dem Vieh da zu einem Punsch einladen.«

Wir brauchen eine Weile, um alle Stände abzuklappern, weil Callie an allem interessiert ist und eine Ewigkeit braucht, um weiterzugehen. Als es sich langsam abkühlt, gehen wir in das Festzelt, wo gerade eine Countryband spielt. Auf der einen Seite befindet sich die Bar, daneben die Essensausgabe. In der Mitte die Sitzbänke und Tische und ganz vorne die Bühne. Ich entdecke meine Mutter in der ersten Reihe. Wie immer, denn sie ist eine leidenschaftliche Tänzerin. Doch als ich mich unserem Tisch nähere, entdecke ich noch jemanden.

»Mike?«, frage ich ungläubig, ich habe ihn schon jahrelang nicht gesehen, er besitzt eine Farm am Ende der Stadt und gilt als produktivster Farmer in der Gegend.

»Nicolas. Wie geht's dir?« Er erhebt sich, reicht mir die Hand, die ich schüttle.

»Danke, ganz gut. Ich habe Mom besucht, da ich eine Auszeit mit meiner Freundin gebraucht habe.« Bei dem Wort Freundin schleicht sich ein breites Lächeln auf Callies Gesicht.

»Ja, sie hat erzählt, dass du deinen Prototyp endlich fertig hast. Ich bin stolz auf dich, ich wusste ja immer schon, dass aus dir ein Businessman wird. Diese Stadt war immer schon zu klein für dich und Ethan.«

»Das war sie.« Hätte meine Mom nicht alles für uns aufgegeben und nur gearbeitet, hätte ich mir das College nie leisten können.

»Sie ist stolz auf euch beide.« Ich sehe zu Mom, die sich gerade mit Callie unterhält und viel gelöster und glücklicher wirkt. Dann zähle ich eins und eins zusammen.

»Seit wann seid ihr zusammen?«, frage ich den etwas fülligen Mann im Flanellhemd und dem Vollbart.

»Hat Olive dir es endlich gesagt? Da bin ich erleichtert, ich wollte nicht noch ein Jahr ihr Geheimnis sein, aber du kennst ja deine Mom, ihr seid ihr Mittelpunkt.«

»Ein Jahr?«, frage ich verwirrt meine Mutter.

»Was?« Da sie unserem Gespräch nicht gefolgt ist, sieht sie zwischen uns hin und her. »Oh. Ja, ich wollte es euch persönlich sagen, dir und Ethan. Das ist zu wichtig, um es per Telefon zu machen.« Eigentlich müsste ich sauer sein, weil sie es mir so spät gesagt hat, aber wer bin ich schon, ihre Ängste verurteilen zu dürfen. Sie wollte warten, also geht es mich nichts weiter an.

»Und bist du glücklich?«, frage ich nun direkt, als Sohn habe ich das Recht, das zu fragen. Meine Mom sieht Mike mit einem verträumten Blick an und das ist mir schon Antwort genug. Ich schnappe mir Callie und führe sie zur Tanzfläche. Wenn Mom den Richtigen gefunden hat, dann werde ich mich nicht dagegenstellen.

Eigentlich mag ich das Tanzen nicht. Ich war immer derjenige, der eher die Musik gespielt hat, als mich zu ihr zu bewegen. Callie aber hat einen Hüftschwung drauf, der nicht von dieser Welt ist. Selbst einem langweiligen Country-Klassiker schafft sie es, eine sexy Note zu geben.

»Nick?« Jemand klopft mir auf die Schulter, dessen Stimme mir sehr bekannt vorkommt.

»Joseph!« Ich kann es nicht fassen, denn mein bester Freund von der Highschool steht vor mir. Wir sind zusammen aufgewachsen und haben unser ganzes Leben an der Seite des anderen bestritten, bis ich nach New York gegangen bin und er Coach des Highschool-Footballteams wurde. Er trägt sein schwarzes Haar noch immer schulterlang, und obwohl es etwas ungepflegt wirkt, hat es an seiner Ausstrahlung nichts vermindert.

»Ich fasse es nicht! Coleman ist wieder in Edmond. Das müssen wir feiern. Bart, Jamie und Foley sitzen weiter hinten. Komm mit.«

Da ich mich wirklich freue, ihn und die anderen zu sehen, frage ich Callie mit einem Blick, ob es okay ist, doch sie verdreht nur die Augen und geht Joseph nach. Ich folge ihr und habe den besten Ausblick überhaupt auf ihren knackigen Po. Die Augen meiner Freunde werden riesig, als sie mich erblicken. Bart hat sich total verändert, die fettigen Haare und Pickel sind verschwunden, dafür sieht er nun richtig gut aus. Kantiges Gesicht, freundliche Augen und gebräunte Haut. Jamie und Foley, die Zwillinge, sind ihrem Stil treu geblieben, tragen abgeschnittene Jeans, dazu zerrissene Hemden und Baseballcaps. Sie sehen exakt aus wie vor zehn Jahren.

»Coleman ist wieder da! Unsere Band ist fast komplett!«, brüllt Foley und drückt mich freundschaftlich. Ich begrüße auch die anderen, wobei Bart gleich wieder weitergeht. »Wow, wen haben wir denn da? Unsere neue Leadsängerin?«

»Oh Gott nein! Ich kann nicht singen, sollte ich es wagen, würde hier alle schreiend davonlaufen«, erwidert sie scherzend und reicht jedem einzeln die Hand.

»Dafür kann es dein Süßer hier.« Bart steht plötzlich wieder hinter mir und kneift mir in den Hintern. Ich schlage seine Hand weg und kann mir ein Lachen nicht verkneifen. Die sind noch immer so durchgeknallt wie früher.

»Und du kannst es gleich unter Beweis stellen. *Capsize 8* sind zurück, Baby!«

»Was?« Ich kann ihm nicht ganz folgen.

»Ich habe gerade mit der Band gesprochen und die wollen eine Pause machen, wir können aber ihre Geräte benutzen.«

»Echt jetzt?«, frage ich ungläubig, es ist Jahre her, dass ich vor Publikum gesungen habe.

»Aber Ethan fehlt uns als Gitarrist«, meint Joseph nachdenklich.

»Ach, das kann ich übernehmen«, meldet sich Foley zu Wort, der eigentlich nur Keyboarder ist, aber verschiedene Instrumente spielen kann.

»Dann wäre das ja geklärt. Kommt, die Band hat schon das Feld geräumt. Also, was sagt ihr, rocken wir die Bude ein letztes Mal?« Das Brüllen kommt fast gleichzeitig von allen und es ist offiziell. *Capsize 8* ist wieder da.

Nach einem kurzen Soundcheck einigen wir uns, dass wir einen unserer beliebtesten Songs spielen werden. Etwas, das ich geschrieben habe, als ich eine einsame Zeit durchlebt habe. Damals, nachdem ich fast verhaftet worden war, wegen unsittlichen Benehmens, habe ich Zuflucht in der Musik gesucht und gefunden. Die Band hat mich davor bewahrt, in den Jugendknast zu kommen. Bevor unser Drummer Bart den Startschuss gibt, suche ich die sich ansammelnde Menge nach meinem Mädchen ab und entdecke sie etwas abseits von der Bühne. »Dieser Song ist für jemanden, der mir total auf die Nerven geht und doch mein Leben bereichert. Das ist für dich, Prinzesschen.«

*Wake up! I've been looking for you*
*Searching for a way to reach to your heart*
*Don't know what to do*
*If you keep tearing me apart*
*This path isn't easy for me*
*But with you I can handle everything*
*You know that your smile is all I see*
*Even when the darkness is holding me in*

Ich singe über einen Mann, der einen Weg aus der Dunkelheit sucht, um die Eine zu finden und ihr Herz zu stehlen. Über Liebe, Enttäuschung, Angst und Glück, und sehe nur Callie an, die wieder heult wie ein Wasserfall. Der letzte Akkord verklingt und ich brauche eine Weile, um mich von Callies wunderschönem Gesicht zu lösen und den Beifall wahrzunehmen.

»Danke. Vielen Dank«, murmele ich ins Mikrofon, schüttle jedem der Jungs die Hand und gehe eilig die Stufen hinab. Callie kommt mir schon auf halbem Weg entgegen und wirft sich in meine Arme. Ich packe sie bei den Oberschenkeln und hebe sie hoch. Diese sexy Göttin schlingt die Beine um meine Hüften und küsst mich, lang, heiß und leidenschaftlich. Dass wir uns auf einem Fest befinden und uns alle sehen können, stört uns nicht, denn was zählt, sind doch nur wir zwei. Als ich die Augen öffne, funkeln mich ihre an, noch immer glasig, doch die Tränen sind versiegt.

»Das war der Wahnsinn«, haucht sie und strahlt mich an. »Du warst unglaublich. Ich wusste ja, dass du singen kannst, immerhin tust du das manchmal im Büro und unter der Dusche, aber dass du so gut bist, hätte ich nicht gedacht und dann dieser Song. Er ist mir unter die Haut gegangen. Er ist rockig, gefühlvoll und einfach perfekt. Ein anderes Wort fällt mir nicht ein. Sarah und Elena werden mir nicht glauben, dass mein Freund ein angehender Rockstar ist …« Sie hört einfach nicht auf zu plappern, sagt mir ständig, wie toll ich gesungen habe und wie sehr es ihr gefallen hat und dann weiß ich es. Mein Herz schlägt schon wie ein Presslufthammer, wenn sie mich nur ansieht. Sie ist die Eine.

»Ich liebe dich.« Diese drei Worte genügen, um sie zum Verstummen zu bringen. Callie sieht mich lange an, ohne ein Wort zu sagen, aber ich lasse ihr Zeit. Ich erwarte nicht, dass sie es auch sagt, aber sie muss es wissen. Ich habe diese Worte noch nie zu einer Frau gesagt, einfach weil ich sie nicht gefühlt habe, aber jetzt fühle ich so viel, dass ich es nicht mal benennen kann. Ich bin einfach glücklich.

»Du bist ein Idiot!« Wieder bricht sie in Tränen aus und es werden immer mehr.

»Hey. Was ist denn?«, frage ich vorsichtig.

»Du kannst doch nicht so wunderschöne Dinge sagen, nachdem du sie auch schon gesungen hast.« Diese Frau ist einfach verrückt, perfekt verrückt.

»Ich liebe dich auch, Nicolas«, flüstert sie, sieht mir so tief in die Augen, dass ich weiß, sie muss auf meine sich für sie öffnende Seele sehen und dann wird es still. Die Musik, das Stimmengewirr werden angehalten, wie in einer Zeitlupe, die man aus Filmen kennt. Es dauert einen Moment, bis ich verarbeiten kann, was sie eben gesagt hat. Kann es sein, dass sie schon so weit ist und mich lieben kann, obwohl Kaswell ihr Herz gebrochen hat? Wie sie es gemerkt hat, dass mir diese Frage im Kopf herumschwirrt, weiß ich nicht. Doch sie nimmt mein Gesicht in ihre Hände und sieht mich eindringlich an. »Du bist nicht Trey. Du bist der Mann, der mich glücklicher macht, als ich es je war.«

Dann küsse ich sie erneut und weiß, dass mich jetzt nie wieder jemand von ihr trennen kann.

# 28

## Callie

Küssend stoßen wir die Eingangstür von Nicks Haus auf und stolpern einander verschlingend hinein. Ich kichere an seinen Lippen, als er sich beim Zuknallen der Tür an der Kommode stößt.

»Es wäre alles leichter, wenn du aufhören würdest mich zu küssen.«

»Dann würde sich die Gefahr, dass wir das Haus deiner Mutter demolieren, vermindern.«

»Keine Chance«, raunt er und beginnt meinen Hals mit heißen Küssen zu bedecken.

»Oh Gott«, hauche ich, als er mich gegen die Wand drückt und mir den Atem raubt. Seine Lippen legen sich an meine, liebkosen mit der Zunge meinen Mund, Hals und Dekolleté. Er ist überall und genau das soll er sein. Nichts hat sich je richtiger angefühlt.

Irgendwie landen wir knutschend in seinem Zimmer. Unsere Lippen haben sich nicht mehr voneinander gelöst, seit ich ihn vor der Bühne geküsst habe. Unsere Kleidung fällt mit jedem Schritt, den wir uns dem Bett nähern, bis wir nackt darauf liegen. Ich liege auf ihm und reibe mich an seiner Härte, lecke ihm über den Hals, sauge seinen Duft in mir auf, lausche seinem Stöhnen und fühle mich wie eine Göttin. Meine Lippen wandern tiefer, über seine feste Brust zu seinem Bauchnabel, den ich mit meiner Zunge umspiele, bevor ich zu seiner vollen Härte komme. Nick schnappt sich ein Kissen, bettet seinen Kopf darauf und sieht mir ganz genau dabei zu, was ich mit seinem Körper anstelle. Meine Augen sind fest auf ihn gerichtet, als ich einen Lusttropfen weglecke und ihn dann tief in meinen Mund nehme.

Nick zischt Flüche und schließt die Augen, ballt die Hände zu Fäusten und ich liebe es, welche Macht ich nun über ihn habe. Ich kann ihn lenken, wie ich es möchte. Gemächlich verwöhne ich ihn, küsse, lecke und sauge so lange, bis er fast kommt, doch er packt mich bei den Hüften und zieht mich zu sich hoch. Er küsst mich fiebrig und sein ganzer Körper zittert, als er mich in den Arm nimmt, wir uns drehen und er nun über mir thront.

»Du bist unglaublich«, raunt er heiser, findet kaum seine Stimme. Das habe ich schon öfter gehört, dass ich eine Koryphäe in Sachen Blowjobs sei, doch ich möchte, dass er alle meine Talente kennenlernt. Er und ich hatten viele Sexpartner, deshalb will ich das hier auskosten, möchte, dass er alle Frauen infrage stellt und sie mit mir misst. Ich will ihm unter die Haut gehen und die Erinnerung an diese Nacht für uns beide unvergesslich machen.

Also ziehe ich ihn zu mir runter und küsse ihn wieder, verschlucke sein tiefes Stöhnen, das eine direkte Verbindung zu meiner Mitte aufbaut. Meine Hände vergraben sich in seinem Haar, ziehen leicht daran, was Nick nur mehr anspornt, mich wilder zu küssen. Ich bin so verloren in seinen Berührungen, dass ich erst bemerke, dass er bei meinem Oberschenkel angekommen ist, als er sanft hineinbeißt. Vor lauter Vorfreude auf das, was nun kommt, spanne ich mich an und sehe ihm nun zu, während er sich grinsend zu meiner empfindlichsten Stelle neigt, die Augen fest auf mich gerichtet und über mein Geschlecht leckt. Die Gefühle und Lust, die er damit auslöst, treffen mich unvermittelt, katapultieren mich in Sphären, die ich fast vergessen habe. Mein letzter Sex ist Wochen her und mit Nick fühlt sich alles intensiver an.

Er verwöhnt mich, genießt mein Stöhnen und wird immer wilder, je fester ich mich in sein Haar kralle. Seine Arme sind unter meinem Po, halten mich an Ort und Stelle, da ich mich immer heftiger winde und kurz davor bin, loszulassen und so heftig zu kommen, wie noch nie in meinem Leben. Er löst den Mund von mir, sucht meinen Blick, den ich mit halb geschlossenen Lidern kaum erwidern kann. Mit zwei Fingern gleitet er in mich und bringt mich zum Aufschreien. Meine Nerven sind überspannt, mein Herz rast unkontrolliert und ich weiß nicht, was ich mit meinen Händen anstellen soll. Ich habe schon jetzt Kratzspuren auf seinen Schultern hinterlassen, so fest an seinem Haar gezogen, dass ich schon Angst habe, dass ich es ihm ausreiße.

»Du fühlst dich genauso an, wie ich es mir vorgestellt habe. In all den Wochen«, flüstert er und küsst meinen Bauch, seine Finger tief in mir vergraben. Er weiß genau, wo er mich berühren muss, um mich fast über den Rand der Klippe zu bringen. Ich bin kurz davor zu zerbersten, doch kurz bevor ich Erlösung finde, gleitet er aus mir heraus und leckt wieder über meine Mitte. Er brummt etwas und das Vibrieren seiner Zunge reicht aus, um zu explodieren.

Mein Schrei ist schon fast animalischer Natur, so laut, dass ich froh bin, dass Olive bei Mike übernachtet. Ich hätte ihn niemals unterdrücken können. Ich pulsiere um seine Zunge und er macht noch immer keine Anstalten, sich von mir zu lösen, sondern dehnt meinen Orgasmus aus, bis ich glaube, ohnmächtig zu werden.

»Großer Gott!«, flüstere ich, zittere am ganzen Leib, mein Körper ist von einem leichten Schweißfilm bedeckt und ich habe mich noch nie befriedigter gefühlt. Nick weiß definitiv, wie er mit Frauen umgehen muss.

»Du kannst mich aber auch Nick nennen«, erwidert er an meinem Schoß, streichelt meine Oberschenkel und sieht mich selbstzufrieden an.

»Echt lahmer Spruch, Nick. Selbst für deine Verhältnisse.« Ich will ihn necken, aber ich stöhne jedes dieser Worte, brauche eine Weile, um wieder auf die Erde zu kommen.

»Ach was, Prinzesschen. Sei ehrlich, das eben war schon eine göttliche Erfahrung, oder?« Er beugt sich wieder über mich, die Ellbogen neben meinem Kopf abgestützt, streicht er mir die schweißnassen Strähnen aus dem Gesicht. Es ist so heiß hier drinnen.

»Ich würde sagen, eine solide sieben«, antworte ich heiser und kann mich an seinem Grinsen einfach nicht sattsehen.

»Sieben? Jetzt triffst du mich aber. Das war meine Meisterleistung. Ich musste mich ja für den besten Blowjob meines Lebens bedanken. Wie machst du das mit dem Druck deiner Zähne? Es war unglaublich.«

»Altes Familiengeheimnis. Moment. Igitt, das klingt doch nicht gut.« Wir lachen beide über meinen fehlgeschlagenen Witz. Dann wird er still, streichelt über meine Wange und sieht mich einfach nur an, davon werde ich nie genug bekommen. Von seinen mal liebevollen, mal wilden Blicken. Er schafft es wie kein anderer, seine Gefühle durch die Augen zu vermitteln. »So viele Jahre haben wir damit verschwendet, uns anzufeinden, dabei hätten wir schon damals so gut sein können«, flüstert er nachdenklich und wickelt eine Strähne um seine Finger.

»Ich denke nicht. Damals habe ich von Beziehungen und der Liebe nicht viel gehalten. Niemand hätte es geschafft, mich damals vom Gegenteil zu überzeugen. Es hatte schon alles seinen

Grund. Wäre ich nicht von Trey verarscht worden, hättest du dich vielleicht nicht so ins Zeug gelegt, mich abzulenken und mir zu zeigen, dass nicht alle Männer so sind wie er.«

»Vielleicht hast du recht«, erwidert er und malt Kreise auf meiner Haut.

»Vielleicht? Ich bin dein Boss, natürlich habe ich recht.«

»Ja, schon gut. Es stimmt. Ohne dich hätte ich den Prototyp nicht fertigbekommen. Du bist wunderschön und talentiert.«

»Scheiß auf wunderschön, ich bin brillant.«

»Das auch, Chefin. Du bist alles für mich.« Dann küsst er mich zärtlich, sanfter als je zuvor. Entlockt mir ein zufriedenes Seufzen und gibt mir das Gefühl, komplett zu sein.

»Nick«, hauche ich ihm zärtlich ins Ohr, als er beginnt meinen Nacken zu liebkosen. Er leckt über meinen Puls und schürt das Feuer in mir. Ich werde immer gieriger, will ihn endlich spüren. Seine Lippen lösen sich nicht von meiner Haut, als er meine Brust in die Hand nimmt, sie sanft knetet und mit den Fingern mit meinem Nippel spielt. Er spielt mich wie eine Gitarre, zupft, zieht und macht mich immer wilder.

»Bitte. Nick. Nimm mich.« Ich habe noch nie dafür gebettelt, aber er macht mich einfach wahnsinnig. Mein Körper ist so aufgeladen, dass ich mich kaum bewegen kann. »Und wenn du jetzt sagst, dass wir es langsam angehen sollen, tue ich dir weh, Coleman.«

»Ist klar, Boss.« Mit amüsiertem Funkeln in den Augen, sieht er mich an, positioniert sich über meinem Eingang und gleitet in mich. Er weiß, dass ich die Pille nehme, er hat mir oft dabei zugesehen, wie mein Handywecker läutet und ich sie genommen habe. Seine Größe erlaubt es ihm nicht gleich ganz in mich einzudringen, also wagt er sich langsam vor und ich schließe zufrieden die Augen, das Gefühl von ihm in mir ist überwältigend.

»Callie«, flüstert er meinen Namen und ich öffne nur schwer meine Lider. Ich schlinge meine Beine um ihn und öffne mich weiter, während seine Lippen meine bedecken. Uns beiden bricht der Schweiß aus, je intensiver die Bewegungen werden, mit denen er immer tiefer in mich kommt.

Dann ist es vorbei mit der Romantik, er gleitet aus mir, nur um dann fest in mich zu stoßen. Ich schreie auf, weil ich nicht damit gerechnet habe und es sich einfach wunderbar anfühlt. »Du hast den Körper einer Göttin«, murmelt er, als er sich vorbeugt und in mein Ohr flüstert, was mich zum Lächeln bringt. Endlich hat er es kapiert.

Er bewegt sich mit schnellem Tempo, küsst mich und hebt mein linkes Bein an, drückt meine Schenkel gegen seine Seite, um noch tiefer in mich einzudringen. »Ah«, keuche ich und bin kurz davor zu kommen.

»Gleich, Baby.« Seine Hand greift in meinen Nacken, hebt mich etwas an, um noch tiefer in mir zu sein. Er weiß genau, was ich brauche. Ich pulsiere um seine Härte, presse mich an seinen schweißnassen Körper, liebe seinen Geruch, wie er sich anfühlt. Ich liebe Nick Coleman. »Lass los, Prinzesschen.« Und dann tue ich es. Ich komme erneut, nur heftiger, doch es reicht bei Weitem nicht. »Komm her.« Noch immer in mir setzt er sich auf und zieht mich an seinen Schoß. Etwas benommen von dem Orgasmus reite ich ihn, sehe ihm tief in die Augen und seine Hände krallen sich tief in meine weichen Hüften.

»Ich liebe es, dass du unersättlich bist«, schmunzelt er, krallt sich in mein Haar und küsst mich kurz.

»Wir ergänzen uns, würde ich sagen«, stöhne ich, sammle neue Kraft und hebe das Becken auf und ab. Spüre ihn tiefer in mir als zuvor. Seine Hüften schnellen auf und ab und er gibt mir alles, was er hat, aber es reicht mir noch nicht. Ich entziehe mich ihm, sehe ihn herausfordernd an und knie mich hin, strecke ihm meinen Po entgegen. Er versteht und stellt sich hinter mich, er streichelt mir über den Hintern, verpasst mir plötzlich einen Klaps darauf und dringt sofort hart in mich ein. Das reicht aus, um mich erneut kommen zu lassen. Ich keuche seinen Namen und kann mich kaum auf den Knien halten. Er umfasst meine Hüften und fickt mich, wie ich es liebe. Das war immer schon meine Lieblingsstellung. Ich bin kein Mäuschen, liebe harten und wilden Sex mehr als das Sanfte. Das bin einfach ich.

»Fuck. Du machst mich wahnsinnig«, raunt er, als ich mich um seinen Schwanz anspanne und ihn an seine Grenzen bringe. Es dauert nicht lange und er steht kurz davor. Er wickelt sich mein Haar um seine große Hand, zieht daran und presst mich noch enger an ihn. Es ist nicht zu fest, reicht aber aus, um auch mich noch mal heiß zu machen, dabei bin ich schon erschöpft und kann kaum noch die Augen offenhalten. Er flüstert meinen Namen, bevor er mit einem Grollen kommt und über meinem schweißnassen Rücken zusammenbricht. Wir schnaufen beide und kommen kaum zu Atem. Es dauert ein paar Atemzüge, bis er aus mir gleitet, in die Nachttischschublade greift und ein Taschentuch herausholt, um mich zu säubern.

»Allzeit bereit. Hmm, Coleman?« Ich möchte gar nicht wissen, wie oft er Taschentücher in diesem Bett gebraucht hat.

Ich kuschle mich in die Kissen und er steht auf, um es wegzuschmeißen und legt sich zu mir, zieht mich an seinen muskulösen Körper. Er ist mir die Antwort auf meine Frage schuldig geblieben, was mich aber nicht stört, denn ich weiß, dass er ebenfalls eine wilde Vergangenheit hat wie ich.

»Ich habe noch nie eine Frau meiner Mutter vorgestellt und auch keinen Sex in diesem Bett gehabt. Du bist die einzige, Callie. Nur du.« Mein Herz wird schwer aufgrund seiner Aussage, ich weiß gar nicht, wie ich diesen Mann verdient habe. Er ist zu gut für mich. Nicht nur gut im Bett, er liebt mich, wie es bis jetzt noch keiner getan hat. »Ich liebe dich«, flüstere ich an seine Brust gekuschelt und schlafe augenblicklich ein.

# 29

## Nick

Dieses Wochenende ist das beste meines Lebens. Callie und ich sind an einem Punkt angekommen, an dem wir keine Geheimnisse voreinander haben könnten, weil wir schon alles voneinander wissen. Und auch wenn sie wirklich, ich meine wirklich anstrengend sein kann, will ich sie nie wieder gehen lassen. Wir verbringen noch einen Tag in meiner Heimatstadt, doch von der Gegend habe ich ihr nicht viel gezeigt, da wir die ganze Zeit im Bett geblieben sind und nicht voneinander loskommen konnten. Ich danke Gott auf Knien, dass Callie damals Cheerleaderin geworden ist, denn sie kann sich bewegen wie keine Frau vor ihr. Mit ihr könnte ich jede Stellung des Kamasutras ohne Probleme ausprobieren.

Mom liebt sie, wie erwartet, und hatte Tränen in den Augen, als wir heute Morgen aufgebrochen sind. Die Fahrt kommt mir diesmal sehr lange vor, weil ich sie unbedingt berühren will, aber ich konzentriere mich auf die Straße. Wieder übernachten wir bei LeAnn, doch diesmal lieben wir uns langsam im Jacuzzi und schlafen erschöpft vom langen Wochenende ein. Am Dienstagabend kommen wir schließlich vor ihrem Apartmenthaus an. Wie bei jeder Pause, ziehen wir die Helme von unseren Köpfen und küssen uns augenblicklich. Eigentlich könnte man meinen, dass wir langsam genug voneinander bekommen sollten, doch es ist eher das Gegenteil der Fall. »Kommst du noch mit hoch? Oder hast du schon die Nase voll von mir?«

Ich drücke sie gegen Bonnie und presse meinen Schwanz gegen ihre Hüfte. »Klar. Lass uns gehen, sonst erleben deine Nachbarn eine Show der Superlative.«

»Du Spinner«, sagt sie kichernd, nimmt mich bei der Hand und zieht mich zu ihrer Wohnung. Es ist fast zweiundzwanzig Uhr, also versuchen wir leise zu sein, falls Sarah schon schlafen sollte. Callie ist gerade dabei, den Schüssel ins Schloss zu stecken, doch ich presse sie gegen die Tür und küsse ihren Nacken, knabbere daran und umfasse ihre Brust. Knete sie und spüre wie sie erzittert. »Nick, bitte. Warte wenigstens, bis wir in meinem Zimmer sind. Sarah weiß noch nichts von uns.«

»Willst du mich etwa verleugnen, Boss?«

»Quatsch, aber Sarah erfährt normalerweise alles immer als Erste und du bist Big News, Coleman.«

»Ich liebe es, wenn du mich beim Nachnamen nennst«, knurre ich und küsse die Stelle unter ihrem Ohr. »Das klingt so, als wäre ich nur dein Sklave und du meine Chefin.«

»Was ja auch stimmt. Kann dein Ego damit umgehen?«, fragt sie schmunzelnd und ich nicke wie ein kleiner Schuljunge.

»Ma'am, Ihr könnt mit meinem Körper tun und lassen, was Ihr wollt.« Sie dreht sich in meiner Umarmung um und küsst mich, leckt mir über die Zunge und beißt hinein. »Miss Newman. Sie bringen mich noch um.« Sie schüttelt lachend den Kopf und öffnet die Tür. Es ist dunkel im Raum, was ich als meinen Startschuss sehe. Ich greife ihn ihr Haar und küsse sie hemmungslos, hebe sie wieder an, um sie an meinem Schwanz zu spüren. »Wo ist dein Zimmer«, flüstere ich heiser und sehne mich nach einem Bett, damit wir das hier vertiefen können.

»Hinten links«, keucht sie und legt wieder die Lippen auf meine. Dann hören wir ein Flüstern und erschrecken, als plötzlich das Licht angeht. »Oh mein Gott, bitte nicht.« Ich stehe mit dem Rücken zum Wohnzimmer und wundere mich über diese Aussage. Beim Umdrehen sehe ich noch einen Männerarsch aufblitzen, ehe sich mein Cousin ein Polster vor seinen Schwanz hält. Sarah hat die Decke hochgezogen und kreischt erschrocken auf

»Na, ihr beiden?«, höre ich Callie fast gelangweilt sagen.

»Hey, Callie. Wir dachten, du kommst erst morgen früh«, meint Sean und geht rückwärts in Richtung Sarahs Zimmer.

»Wie ihr seht, bin ich früher gekommen.«

»Hey, Nick. Wusste gar nicht, dass du dir meine zukünftige Schwägerin geangelt hast.«

»Tja, bei den Newman-Frauen kann man einfach nicht widerstehen, oder?« Er grinst wissend und verschwindet im Zimmer, auch Sarah hat sich erhoben, die wichtigsten Stellen bedeckt. »Wir werden dann mal ins Zimmer gehen und morgen reden wir, ja?«

»Worüber?«, fragt Callie verblüfft und dann scheint sie zu merken, dass ich sie noch immer halte und ihre Beine um mich gewunden sind. »Ach so. Ja. Morgen.«

Kichernd verschwindet ihre Schwester und ich lasse Callie runter. »Na, das war merkwürdig.«

»Ach was. Würde ich einen Dollar dafür bekommen, wenn ich die beiden erwische, müsste ich mir um Geld keine Sorgen machen.«

»Na ja, aber nun kannst du es ihnen heimzahlen für all die Nächte, die du bei Dora verbringen musstest.«

Sie zieht ihre Jacke aus und hängt sie auf, die Stirn in Falten gelegt. »Wie meinst du das?« Mein Grinsen ist dreckig, soll sie erahnen lassen, was ich noch im Schlafzimmer mit ihr vorhabe. Dann macht es endlich Klick bei ihr und sie versteht meinen Wink.

»Oh. Verstehe. Na dann, lass uns ihnen mal zeigen, wie sich wahre Ekstase anhört.«

Die Woche vergeht im Nu und ich bin froh, dass wir die Produktion des Smartphones schon beendet haben, bevor wir zueinander gefunden haben. Denn an Arbeiten ist kaum mehr zu denken. Wir verbringen jede freie Minute miteinander und wollen all die Jahre, die wir uns kennen, aufholen. So kommt es mir zumindest vor. Ethan verschwindet sofort, sobald er uns entdeckt und hängt meist mit Callies Freundin Elena ab. Vielleicht schafft sie es ja, ihn von dem abzulenken, was ihn in den vergangenen Wochen beschäftigt hat. Übermorgen ist die Gala für den Start-up, wo entschieden wird, wer auf die Shortlist kommt. Auch wenn wir nervös sein sollten, sind wir es nicht. Der ständige Hunger aufeinander lenkt uns gut ab.

In dieser Nacht fallen wir erschöpft ins Bett und schlafen augenblicklich ein. Ich denke, ich habe noch nie in meinem Leben so viel Sex gehabt wie mit Callie in der letzten Woche. Meine Chefin ist einfach unersättlich, eine Einstellung, die ich nicht missen will. Es ist nicht mal hell, als mich ein Vibrieren aufweckt. Callies Telefon brummt vor sich hin und sie merkt es nicht mal. Ich greife danach und sehe nach. Wer soll sie schon um diese Zeit anrufen? Kaum habe ich das Handy in die Hand genommen, hört das Bimmeln auf. Sie hatte fünf verpasste Anrufe von Trey und einige Nachrichten. *Was will dieser Arsch denn?* Kaum an ihn gedacht, beginnt es wieder zu klingeln.

»Was willst du, du verdammtes Stück Scheiße«, knurre ich bedrohlich leise, da ich Callie nicht aufwecken will. Sie hat genug von diesem Arsch hören müssen.

»Ah, Coleman. Wusste ich doch, dass du sie fickst, sobald ich sie abblitzen lasse.«

»Halt die Fresse, du Wichser. Lass Callie in Ruhe oder du wirst mich kennenlernen.«

»So besitzergreifend. Ihr Colemans habt doch alle ein Rad ab, aber egal, ich wollte morgen sowieso auch mit dir sprechen.« Dieser Typ hat echt Nerven, hier einfach anzurufen und Forderungen zu stellen.

»Ich habe dir nichts zu sagen«, flüstere ich mit geballten Fäusten. Die Wut in mir brodelt und ich zittere, so sehr will ich ihm die Fresse polieren.

»Musst du auch nicht, also ich rede und du hörst zu. Ich bin beim Start-up in der Jury. Ich habe einige Kontakte spielen und einiges springen lassen, damit ich dabei sein kann und ich biete dir folgendes Angebot. Wirf Callie aus dem Projekt und du gewinnst die Million Dollar. Falls nicht, werde ich auch dich in meine Rache hineinziehen und dich zerstören. So wie die Newmans mein Leben zerstört haben.«

# 30

## Callie

Etwas hat sich verändert in den letzten Tagen. Nick ist distanziert geworden, zieht sich immer mehr zurück. Er küsst mich nicht mehr und auch Sex hatten wir keinen, was für unsere Verhältnisse wirklich ein Zeichen ist, dass etwas nicht stimmt. Seine Anspannung kann ich selbst spüren, als wäre es meine eigene. Etwas beschäftigt ihn, doch er will es mir nicht sagen, meint einfach nur, dass er nervös und erschöpft sei und die Vorbereitung für das Event ihm alles abverlangt. Aber ich glaube ihm nicht. Da ist etwas im Busch. Heute Abend ist der Start-up und er hat gemeint, dass er alleine noch alles überprüfen möchte und mich am Abend abholt. Also sehe ich auf mein ungeschminktes Selbst und frage mich seit einer halben Stunde, was passiert ist, dass er sich um 180 Grad gedreht hat.

»Süße, du hast dein Make-up noch nicht aufgelegt? Das Event beginnt in nicht mal zwei Stunden.« Sarah stellt sich hinter mich und blickt in den Spiegel, doch ich suche noch immer nach Anzeichen an mir, die mir einen Hinweis darauf geben, was sich zwischen Nick und mir verändert haben könnte. Habe ich ab- oder zugenommen? Ich weiß es nicht mehr. »Callie, was ist los mit dir?« Meine Schwester dreht den Hocker, auf dem ich sitze und somit mich in ihre Richtung.

»Ich weiß es nicht«, flüstere ich ratlos.

»Wie meinst du das?« Ihre Miene ist besorgt, sie geht vor mir in die Hocke und will, dass ich sie ansehe. Nach einem tiefen

Atemzug blicke ich auf und kann die Tränen kaum zurückhalten. »Verdammt, Süße. Du machst mir Angst.« Sie drückt mich an ihre Brust und streichelt mir übers Haar. Hält mich, damit ich nicht zusammenbreche, denn ich vermisse Nick so sehr, dass es schon fast wehtut. »Bitte rede mit mir«, flüstert sie, als sie sich von mir löst und mich eindringlich ansieht.

»Ich weiß doch selbst nicht, was genau vorgefallen ist, aber Nick ist seit Tagen wie ausgewechselt. Er ruft mich nicht an, küsst mich nicht und übernachtet auch nicht mehr bei mir. Es ist, als wären die letzten Wochen nie passiert. Ich habe Angst, Sarah.«

»Wovor denn?«, fragt sie mitfühlend, versucht meine Panik zu mildern, indem sie mir über die Arme streicht, doch das macht mich nur noch zappeliger. Ich kann Berührungen jetzt nicht ertragen, also springe ich fast auf und tigere in meinem Zimmer auf und ab.

»Davor, dass Nick mich auch satthat, wie Trey. Dass alles für ihn nur ein Spiel war.«

»Süße.« Sie steht ebenfalls auf und stellt sich vor mich. »Wenn Nick mit dir spielen wollte, hätte er dich nicht quer durch die Staaten zu seiner Mutter gebracht, nur um dich abzulenken von deiner Traurigkeit. Er hätte diesen Song nicht für dich gesungen oder dir die beste Nacht deines Lebens geschenkt. Nick mag vieles sein, aber er ist auch ein ehrlicher Kerl.«

»Aber wieso schließt er mich aus? Er geht nicht mal ans Telefon, wenn ich anrufe.«

»Das weiß ich nicht, aber du solltest ihn einfach später fragen. Er kommt in zwei Stunden, also lass mich dich schminken und dir die Haare machen.«

»Okay. Versuch dein Bestes, um aus dem nervlichen Wrack, das ich darstelle, etwas Hübsches zu zaubern.«

Meine Schwester gibt sich in der nächsten Stunde wirklich

Mühe, mich auf andere Gedanken zu bringen, aber egal wie sehr sie sich ins Zeug legt, ich vermisse Nicolas Coleman. Vermisse es, wie er mich Prinzesschen nennt. Die wilde Art, wie er mich küsst und sein Lachen und die feinen Lachfältchen dazu. »Ich kann das so nicht, Sarah. Ich muss ihn sprechen oder das Start-up wird die reinste Katastrophe.«

»Dann geh. Dad und ich kommen später nach.«

»Danke dir.« Ich küsse ihre Stirn und drücke sie an mich, ehe ich gehe, um endlich Klarheit zu bekommen.

Mit rasendem Puls und klopfendem Herzen öffne ich mit meinem Zweitschlüssel die Tür und gehe hinein. Da wir zusammen arbeiten, hat er mir von Anfang an den Schlüssel übergeben. Zuerst ist es völlig ruhig, bis ich Stimmen höre, die anscheinend aus dem Büro kommen. Sie sind dumpf aufgrund der Entfernung, aber ich hoffe mal für Nick, dass es sich um keine Frau handelt. Langsam nähere ich mich dem Raum und stelle erleichtert fest, dass die Tür offen steht. Falls er mich jetzt betrügen würde, würde ich diese Schlampe bei den Haaren rausziehen und Nick einen Einlauf verpassen. Endlich höre ich die Stimmen und erkenne jede davon ganz genau. Ich presse mir die Hand vor den Mund, um den Schrei zu unterdrücken, denn dort in dem Büro von meinem Freund steht Trey, der auf Lautsprecher telefoniert.

»Ist gut, Juri. Coleman hat alles mit angehört. Ich melde mich später bei dir.«

»Und was sollte das jetzt? Du hast mit einem Russen telefoniert, um deine Finanzen zu checken?«

»Genau. Du konntest hören, dass ich ein sehr wohlhabender Mann bin und sogar die russische Mafia auf meiner Seite habe, sollte etwas bei unserem Deal schiefgehen.« Treys Stimme ist bedrohlich leise und ich wage es, einen Blick ins Büro zu erhaschen. Mein Ex oder was auch immer er gewesen ist, sieht nach wie vor gut aus, wofür ich ihn hasse. Er trägt einen schwarzen Anzug ohne Krawatte und hat diesen überlegenen Blick drauf, den er schon hatte, als ich die Wahrheit erfahren habe. Nick lehnt an seinem Bürotisch, hat die Arme vor der Brust verschränkt, seine Haltung ist abweisend, was mich erleichtert ausatmen lässt. Er kann Trey nicht ausstehen, also was macht der dann hier?

»Wie sieht noch mal dein Deal aus?«, fragt Nick.

Trey schnaubt verärgert. »Müssen wir das wirklich noch mal durchkauen? Ich habe doch am Telefon gesagt, was ich von dir erwarte.«

»Ja, aber ich habe geschlafen, war nicht mal sicher, ob ich wirklich mit dir gesprochen habe oder es nur ein schrecklicher Albtraum war.«

»Ich will, dass du Callie aus dem Team schmeißt, ihr das Geld zurückgibst und die Verträge für nichtig erklärst. Dann und nur dann werde ich deine Idee prämieren und du bekommst die Million Dollar.«

Mein Herz bleibt augenblicklich stehen. Ich halte den Atem an, als ich Nicks Antwort lausche und bete, dass er sofort ablehnt.

»Was springt da für dich raus?«, will Nick wissen. *Was fragt er so viel?* Er sollte den Arsch so schnell wie möglich verprügeln und ihm einen Arschtritt de luxe verpassen.

»Wie du gehört hast, habe ich Geld. Mehr, als ich ausgeben kann, aber alles Geld der Welt bringt mir meinen Dad nicht zurück. Peter Newman hat ihn zerstört und ihn in den Selbstmord getrieben und ich werde nicht eher ruhen, bis ich jedes Mitglied seiner Familie ruiniert habe, seelisch und finanziell.«

»Dein Motiv ist also Rache. Wirklich? Deshalb das ganze Theater mit Callie? Sie hat dir nie etwas bedeutet?«

»Nein, hat sie nicht. Sie war eine liebeskranke Klette, die zu allem Ja und Amen gesagt hat. Es war ein Leichtes, sie zu täuschen. Ich bedauere es allerdings, sie nicht gefickt zu haben, du siehst wirklich sehr befriedigt aus, sie muss eine Granate im Bett sein.«

»Du mieses Schwein! Ich …« Nick will sich auf ihn stürzen, hält sich aber gerade noch zurück. Sein Körper bebt, ebenso wie meiner, was fällt diesem Typen eigentlich ein!

»Ich wäre vorsichtig an deiner Stelle, Coleman. Ich bin kein sehr geduldiger Mann, also reiß dich zusammen und gib mir eine Antwort. Wirst du Callie verraten und somit dein Unternehmen retten?« Ich erwarte, dass Nick ihm sagt, dass er sich diese Sache in den Arsch schieben kann, oder ihn anspuckt und rausschmeißt. Doch es ist still und diese Stille zwingt mich fast in die Knie. Kreischt in meinem Herzen wie eine Sirene. Nick denkt allen Ernstes darüber nach, uns zu verraten, all die Arbeit und meinen Ruf. Mit jeder Sekunde laufen mir die Tränen über die Wange, denn ich ahne, was jetzt kommt, auch wenn ich es noch nicht fassen kann.

»Na gut. Ich tue, was du willst. Callie ist raus.« Dann laufe ich davon, renne ohne wirklich ein Ziel zu haben und breche auf offener Straße zusammen.

# 31

## Callie

Heute Abend hatte ich mir wirklich Mühe gegeben mit meinem Outfit. Ein knielanges Kleid von Bloomingdales in einem Meerblau, das perfekt mit meinem offenen Haar harmoniert. Es ist schulterfrei und hat einen sexy Herzausschnitt. So wollte ich Nick zeigen, was er an mir hat und immer gerne auspacken könne. Aber nun ist es mit Dreck von der Straße übersät, da ich schon seit einer Stunde auf dem Bordstein sitze und einfach ins Nichts starre. Eine Jacke habe ich nicht, spüre aber auch keine Kälte. Ich fühle gar nichts.

Nick hat mich also verraten, hat sich mit dem Mann verbündet, der mich verletzt hat wie kein anderer. Ihm ist seine Firma wichtiger als ich, obwohl ich ihm versichert habe, dass unsere Arbeit sich auszahlen würde. So viele Stunden vergeudet. So viele Wochen umsonst, denn außer wahnsinnig guten Sex haben sie mir nun nur Schmerz gebracht. Das Event hat sicherlich schon begonnen, ich kann die Zeit einfach nicht einschätzen. Aber ich weiß, dass über zehntausend Autos an mir vorbeigerauscht sind. Der Lärm um mich herum beruhigt mich, sodass meine Gedanken übertönt werden.

»Entschuldigen Sie, Miss?« Ich zucke zusammen, als ich eine Hand auf meiner kalten Schulter spüre.

»Ja?«, krächze ich und höre mich schrecklich an, heiser und kratzig. Hinter mir steht eine ältere Dame, mit einem altmodischen Hut und bodenlangem Mantel.

»Ich warte schon eine Weile auf den Bus und Ihr Handy läutet die ganze Zeit. Ich wollte Sie nur darauf aufmerksam machen, falls Sie schlecht hören.«

»Oh. Danke.« Ich habe tatsächlich nichts gehört, als wäre ich in Watte verpackt gewesen.

»Kein Problem, ich höre auch ziemlich schlecht, manchmal.« Mit einem freundlichen Nicken geht sie wieder und ich greife nach meiner Clutch. Ich habe zwanzig verpasste Anrufe von Nick und zehn Nachrichten.

*Prinzesschen, lass dein Haar herunter. Ich bin da und habe Neuigkeiten.*

*Ne, war nur ein Scherz, ich komme gleich hoch, um dir den Hof zu machen.*

*Wieso macht mir keiner auf? Bist du zu Hause?*

*Vielleicht bist du ja bei mir und wir haben uns einfach falsch abgesprochen.*

*Verdammt! Wo bist du? Du machst mir Angst.*

*Selbst Elena weiß nicht, wo du steckst. Ich fahre zum Start-up und hoffe mal, du bist dort.*

*Callie! Bitte rede mit mir!*

*Was ist nur los? Zum Teufel noch mal!*

*Fuck, ich habe keine Zeit für diesen Scheiß, bald steht etwas Großes an und es hat mit Kaswell zu tun. Bitte komm.*

*Ich werde ganz New York abklappern. um dich zu finden. Ich liebe dich.*

Die letzten drei Worte bringen das Schlimmste in mir zum Vorschein. *Wie kann er es wagen, das nur zu denken?* Nach allem, was er mir angetan hat! Ich bin dabei das Handy vor ein an mir vorbeifahrendes Auto zu pfeffern, als es erneut klingelt. Na warte, Coleman, jetzt kannst du dein blaues Wunder erleben!

»Was willst du? Reicht er dir denn nicht, dass …« Doch anstatt seiner tiefe Stimme höre ich Sarah schluchzen, sie weint. Mein Herz bleibt augenblicklich stehen und die Wut ist fort. »Sarah? Was ist denn los?« Eine Antwort bekomme ich nicht, denn sie hört einfach nicht auf zu heulen. »Verdammt noch mal?! Wo bist du und wo ist Dad?«

Plötzlich raschelt es, ich höre Seans Stimme, die beruhigend auf Sarah einredet, dann wieder ein Rauschen. Ohne es zu merken, bin ich aufgestanden, wäre einmal fast gestolpert und bleibe erst stehen, als ich etwas abseits vom Lärm stehe. »Callie? Hallo, bist du noch dran?«, fragt Sean und atmet schwer aus.

»Ja«, keuche ich und japse nach Luft. »Bitte, Sean. Sag mir, was los ist.«

Er atmet tief ein und ich ahne das Schlimmste. »Peter ist heute im Büro zusammengebrochen. Ich war zufällig da, um Sarah abzuholen. Zuerst dachten wir, es wäre ein Schwächeanfall. Er hatte sich gerade von einer Grippe erholt, dann kam sein behandelnder Arzt auf uns zu und meinte, dass sein Zustand wieder stabil sei, aber das Thema nach wie vor ernst. Er hat es geheim gehalten.«

»Was fehlt ihm?«, wispere ich kraftlos.

»Callie, er hat Krebs.« Meine Hände zittern derart, dass das Handy aus meiner Hand gleitet und zu Boden fällt. Ich höre das Klirren des gesprungenen Displays kaum, sondern beginne zu laufen.

Ich renne durch New York, kann durch meine Tränen nicht mal erkennen, wohin, aber es ist auch egal, denn mein Dad ist krank und ich habe es nicht einmal gewusst. Ich war so mit meinem eigenen unwichtigen Kram beschäftigt, dass ich ihn nicht einmal angerufen habe, und er hat es nicht für nötig gehalten, seinen Töchtern mitzuteilen, wie es um ihn steht. Wut mischt sich unter meine Angst. Wut auf mich selbst. Wäre ich eine bessere Tochter, wäre ich an seiner Seite geblieben, anstatt mich von ihm abzuwenden und jedem Typen nachzusabbern. Ich hätte für ihn da sein können und hätte selbst gemerkt, dass er nicht gesund ist. Erst als mich mein Körper dazu zwingt, bleibe ich stehen. In meinem Kopf herrscht pures Chaos, das ich unbedingt ordnen muss. Langsam komme ich wieder zu Atem und bemerke zu meinem Entsetzen, dass ich nicht einmal weiß, in welchem Krankenhaus Dad liegt.

Ich zwinge mich selbst dazu, gleichmäßiger zu atmen, und überlege, was ich tun soll. Erst mal sehe ich mich um, da ich nicht weiß, wohin ich gelaufen bin. Ich bin in der Nähe von Elenas Wohnung, also laufe ich zu ihr.

»Callie? Was ist denn los? Solltest du nicht auf dem Event sein? Und Himmel, wie siehst du überhaupt aus?«, fragt sie mich entsetzt, nachdem sie die Tür geöffnet hat.

»Dad ist im Krankenhaus.«

Sie greift nach meiner Hand, zieht mich hinein und setzt mich auf die Couch. Sie holt mir ein Glas Wasser und ich beginne zu erzählen. Elena geht vor mir in die Hocke und drückt mich fest an sich. »Das tut mir so leid«, flüstert sie mir ins Ohr und ich unterdrücke ein Schluchzen. Dann steht sie auf und ruft Sarah an, bringt in Erfahrung, wohin wir fahren müssen.

Eine halbe Stunde später sind wir im Lower Manhattan Hospital, wo wir vom Infoschalter die Zimmernummer bekommen. Seit ich bei Elena war, bin ich wie unter Strom, habe keine ruhige Minute mehr, möchte einfach zu meinem Dad. Vor dem Zimmer treffe ich auf Sarah und Sean, auch Liam und Emma sind hier. Ich begrüße alle mit einem Nicken und gehe auf meine Schwester zu.

»Wie geht es ihm?«, frage ich sie ruhig.

»Der Arzt hat gemeint, dass sie ihn für die Operation fertig machen, weil sich der Tumor vergrößert hat.«

»Was für Risiken bringt diese OP mit sich?«

»Dad war immer dagegen, sich unters Messer zu legen, du kennst ihn doch. Aber es ist eine Chance. Wenn sie das Gewebe entfernen können, was ein ziemlicher Aufwand ist, dann hat er eine Chance, gesund zu werden.«

»Und was ist, wenn nicht?«, flüstere ich leise, doch Sarah versteht mich laut und deutlich. Sie drückt meine Hand und sieht mich eindringlich an.

»Daran werden wir jetzt nicht denken, okay? Er hat eine Chance, alles hängt nun von den Ärzten hier ab und ich habe ihn ins beste Krankenhaus von Manhattan gebracht. Alles wird gut.«

Ich habe panische Angst, will Dad nicht verlieren ohne ihm gesagt zu haben, wie sehr ich ihn liebe und brauche. Wir mögen nicht das beste Verhältnis zueinander haben, aber er ist neben Sarah meine einzige Familie. Er hat uns alleine großgezogen und uns zu den Frauen geformt, die wir jetzt sind. Ich sehe auf meine schmutzigen Füße, wobei mir einfach nicht einfallen will, wann und wie ich meine Schuhe verloren habe. Dann blicke ich auf und entdecke das Schild, auf dem Operationssäle steht, und erzittere. Mein Vater ist dahinter, kämpft ums Überleben und es fühlt sich schrecklich an, ihm nicht beistehen zu können.

Mit zittrigen Händen fahre ich mir durchs offene Haar und erstarre, als ich Nick auf mich zukommen sehe. Als wäre das Ganze nicht schon dramatisch genug, sieht er im Anzug einfach perfekt aus. Er bleibt kurz stehen, als er meine Aufmachung sieht. Ich muss schrecklich aussehen, mit meiner verwischten Wimperntusche, den schmutzigen Füßen und dem verdreckten Kleid. Sarah erkennt die Panik in meinem Blick, dreht sich um und sieht zwischen ihm und mir hin und her.

»Was ist passiert?«, flüstert sie schnell, sodass nur ich es hören kann.

»Viel zu viel.« Mein Fokus liegt alleine auf diesem einen Mann, der mir das Herz gebrochen hat. Als er endlich vor mir steht und Anstalten macht, mich berühren zu wollen, verpasse ich ihm eine schallende Ohrfeige, die all unsere Freunde und selbst das Krankenhauspersonal die Luft anhalten lässt.

# 32

## Nick

»Noch immer nichts?« Ethan hat das ganze Event durchforstet, doch keine Spur von Callie, selbst ihre Schwester und ihre beste Freundin sind nicht zu erreichen.

»Nein, es ist, als wäre sie vom Erdboden verschluckt worden«, sage ich aufgebracht. Mit aller Kraft versuche ich rational zu handeln und zu denken, aber die Angst, ihr könnte etwas passiert sein, macht es mir schwer. Wieder versuche ich es auf ihrem Handy, doch da kommt seit einer halben Stunde nur mehr die Mailboxansage. »Fuck!«, knurre ich und ernte einen bösen Blick von einem alten Ehepaar in meiner Nähe.

»Bleib ruhig, Nick, es bringt jetzt nichts, wenn du ausrastest. Vielleicht gibt es eine logische Erklärung, wieso alle nicht zu erreichen sind.«

Leichter gesagt als getan. Ich bin kurz vor dem Ausflippen. »Womöglich war diese Geheimniskrämerei doch nicht so gut.« Ich wende mich zum ersten Mal meinem Bruder mit angespannten Schultern zu.

»Ich habe es dir doch gleich gesagt. Callie wäre mit deinem Plan schon zurechtgekommen.«

Das mag schon stimmen, meine Chefin wird mit allem fertig, immerhin erträgt sie mich, und bei Gott, ich bin sicher nicht einfach. Doch diesmal wollte ich ihr einfach die Angst und Demütigung nehmen und sie vor diesem Irren Kaswell beschützen. Ich drehe den Kopf in Richtung Jury, wo der Wichser sitzt und sich mit dem andern Preisrichter unterhält. Am liebsten würde ich ihm dieses verdammte Grinsen aus dem Gesicht schlagen, aber ich atme tief durch. Er bekommt noch sein Fett weg, jetzt ist nur wichtig, dass ich Callie finde. Die letzten Tage ohne sie, in denen ich mit den richtigen Kontakten gesprochen und meine Rache geplant habe, habe ich sie schrecklich vermisst.

Es grenzte fast an körperlichen Schmerz, aber ich bin stark geblieben und habe alles getan, um das, was später ins Rollen kommen wird, richtig zu machen und da konnte ich keine Ablenkung gebrauchen, also habe ich sie auf Abstand gehalten, zumindest nur, bis ich das Okay für meinen Plan bekommen habe. Ich wollte ihr heute Abend alles erzählen, sobald ich sie abgeholt hätte, doch so weit ist es nicht gekommen und es macht mich wahnsinnig, nicht zu wissen, wieso!

»Ich geh noch mal zum Eingangsbereich und sehe nach, ob sie sich nicht einfach nur verspätet«, meint Ethan und macht sich augenblicklich auf den Weg.

»Habt ihr schon das mit Newman gehört?«, fragt ein Mann in meiner Hörweite und erregt meine Aufmerksamkeit.

»Was denn?«, will ein anderer wissen und hängt geradezu an seinen Lippen. Dann senkt der Erzähler seine Stimme, sodass ich ihn fast nicht verstehen kann, aber ich höre nur Krankenhaus, schlimm und sieht nicht gut aus und stehe so schnell vor ihm, dass er erschrickt.

»Welches Krankenhaus?«, flüstere ich heiser. Ich bin irgendwie gefangen im Schock und meiner Wut.

»Wie bitte?«, fragt er mich, kann mir anscheinend nicht folgen.

Frustriert darüber, dass mir niemand helfen will, packe ich ihn am Kragen und ziehe ihn zu mir, bis wir Nase an Nase stehen. »In welchem Krankenhaus liegt …«

»Newman?«, flüstert er mit zittriger Stimme. Der macht sich gleich in die Hose vor Angst. Ich nicke nur knapp.

»Im Manhattan Lower Hospital.«

Ich denke, ich habe auf dem Weg von der Innenstadt zum Krankenhaus gegen alle Verkehrsregeln, die es gibt, verstoßen. Bin neunmal geblitzt worden und hätte um ein Haar einen Hund überfahren. Doch ich bin wie blind für anderes, sehe nur Callie verletzt oder gar tot vor mir. Mein ganzer Körper steht unter Strom und ich parke quer über drei Besucherparkplätze und riskiere somit, dass Ethans neues Auto, eine schicke, graue Limousine, abgeschleppt wird. Ich steige aus und laufe zum Infoschalter, ob jemand namens Newman eingeliefert wurde.

»Der Patient wird gerade operiert, aber sie können oben mit den Verwandten auf Näheres warten.«

Ich habe sie gar nicht ausreden lassen, sondern bin einfach gerannt, so schnell, wie mich meine Füße tragen können. Vor dem Aufzug bringe ich noch in Erfahrung, wohin ich gehen muss, und steige erschöpft in den Lift. Mein Anzug klebt vor lauter Angstschweiß an mir und ich möchte gar nicht wissen, wie ich sonst aussehe. Der Weg nach oben ist mir vorgekommen wie eine Ewigkeit, ich wollte unbedingt in den siebten Stock, wo sich der Warteraum für die OP-Patienten befindet, aber auf der anderen Seite habe ich panische Angst davor. Was ist, wenn ich sie für immer verloren habe? Was ist, wenn es längst zu spät ist, ihr zu sagen, wie glücklich sie mich macht?

Das leise Ping, als ich die Etage erreiche, schrillt in meinem Kopf wie eine laute Sirene. Ich mache einen Schritt nach vorne und der Geruch, der mich umhüllt, lässt mein Herz schwer werden. Das letzte Mal war ich in einem Krankenhaus, als meine Mom einen gutartigen Tumor hatte und operiert werden musste. Ich erinnere mich an die Sorgen von damals, daran, wie erleichtert ich war, als sie endlich aufgewacht ist. Da wird mir klar, dass ich bei Callie sein muss, an ihrer Seite stehen will. Ich laufe die rote Linie am Boden entlang, die zum Warteraum führt, und sehe im Flur schon einen blonden Haarschopf, den ich nur zu gut kenne.

Sie unterhält sich gerade mit ihrer Schwester und sieht ziemlich fertig aus. Das Gesicht verschmiert, das Haar zerzaust, keine Schuhe, dafür schmutzige Füße, aber sonst sieht sie unverletzt aus. Als sie mich erblickt, verändert sich ihre Miene zusehends. Anstatt mich anzulächeln, wie sie es sonst immer tut, sehe ich blanken Hass in ihren Augen. Ich bleibe kurz stehen, so gewaltig trifft mich dieser kalte Blick. Da ich endlich Klarheit möchte, laufe ich auf sie zu, doch ehe ich ein Wort sagen kann, verpasst sie mir eine Ohrfeige, die wie die Hölle brennt. Überrascht greife ich an meine pochende Wange und sehe sie fassungslos an.

»Was zur Hölle?«, murmele ich, doch Callie sieht nicht so aus, als würde sie es bereuen, handgreiflich geworden zu sein.

»Weißt du, das habe ich mich auch gefragt, als ich so dumm war, deine Lügen zu glauben. Ich meine, du warst sehr überzeugend, ich Idiotin habe dir alles abgekauft. Habe dir mein verdammtes Herz zu Füßen gelegt und ich hätte wissen müssen, dass du nicht der Mann bist, für den ich dich gehalten habe.«

»Wovon zum Teufel redest du?«, knurre ich und will endlich wissen, von welchem Scheiß sie überhaupt quatscht.

»Willst du etwa behaupten, du hast dich nicht von Trey erpressen lassen und mich aus dem Projekt schmeißen wollen?«

*Fuck! Sie weiß es! Aber woher?* »Es ist nicht so, wie du denkst«, setze ich gleich an, doch das scheint Callie nur wütender zu machen.

»Echt jetzt? Eine lahmere Ausrede fällt dir nicht ein, Coleman? Willst du mir allen Ernstes weismachen, dass Trey zufällig in deine Wohnung gestolpert ist?«

»Woher …?«

»Woher ich das weiß? Na ja, ich liebeskranker Trottel wollte dich sehen, bin zu dir gefahren und habe alles gehört und wage es ja nicht zu behaupten, dass ich da was falsch verstanden habe. Ich kann das einfach nicht ertragen. Das, was du gesagt hast, war schon genug für mich.«

All ihre Worte dringen zu mir durch, doch ich verstehe sie nicht gleich. Es ist, als würde sie weit weg stehen. Mit jedem Atemzug entgleitet sie mir mehr und ich kenne sie gut genug, um zu wissen, dass ich jetzt nichts sagen könnte, was sie vom Gegenteil überzeugt. Selbst die Wahrheit nicht.

Ich gehe einen Schritt auf sie zu, doch sie weicht zurück, sieht mich panisch an, scheint doch nicht so tough zu sein, wie sie tut.

»Nicht«, zischt sie verletzt und ihre wütende Fassade bröckelt, dann sehe ich etwas, was mich mehr verletzt als sie. Ihre Tränen, die ihr über die Wange perlen.

»Bitte, Prinzesschen. Ich brauche nur fünf Minuten und dann wirst du wissen, dass ich nichts falsch gemacht habe.«

»Ich gebe dir nicht mal mehr eine Sekunde. Mir ist egal, welche Hintergründe für dich eine Rolle gespielt haben, für mich ist das nichts wert. Ich möchte, dass du verschwindest. Wir zwei sind fertig miteinander.«

Der Stich in meiner Brust ist so gewaltig, dass ich mich kaum auf den Beinen halten kann. Wie kann sie das nur sagen? Sind die vergangenen Wochen für sie einfach spurlos vorbeigegangen? Mir haben sie nur vor Augen geführt, wie sehr ich sie liebe.

»Bitte. Callie!«

»Hau ab!«, brüllt sie so laut, dass ich zusammenzucke. Das kann nicht wahr sein! Sie kann uns nicht einfach so wegschmeißen!

»Aber …«, plötzlich spüre ich eine Hand auf der Schulter und wende mich Sean zu, der mich mit ausdrucksloser Miene ansieht.

»Nick, ich denke, du solltest gehen. Peter wird gerade operiert und wir können dieses Drama jetzt echt nicht gebrauchen.«

Ich mahle mit dem Kiefer und sehe mich zum ersten Mal um. Alle. Ich meine wirklich alle Augen sind auf mich gerichtet. Ich begegne Sarahs bösem Blick und auch die anderen sind mir nicht gerade wohlgesinnt. Das ist sicher weder der richtige Ort noch die richtige Zeit, Callie die Wahrheit zu sagen. Ich wende mich wieder ihr zu, doch sie sieht mich nicht an. War ja klar.

»Das mit deinem Dad tut mir leid und dass ich dir wehgetan habe, aber ich werde nicht aufgeben. Das solltest du wissen.«

Dann mache ich kehrt und gehe. Jeder Schritt, mit dem ich mich von ihr entferne, zerfetzt mein Herz in kleine Stücke. Der Drang, einfach umzukehren, ist übermächtig, aber Callie reagiert panisch, wenn man sie in die Ecke drängt. Also gehe ich schneller und bleibe erst stehen, als ich durch die Schiebetür hinausgehe und frische Luft in meine Lungen sauge. Müde und kraftlos lehne ich mich gegen Ethans Auto, gleite mit dem Rücken zu Boden und lege meinen Kopf auf meine angewinkelten Knie. Zum ersten Mal in meinem Leben fühle ich mich hilflos und verzweifelt, wünschte, ich könnte die Zeit zurückdrehen und vieles anders machen. Aber das geht nicht, was geschehen ist, ist geschehen, aber ich werde alles in meiner Macht Stehende tun, um Callie zurückzubekommen.

# 33

## Callie

»Es will einfach nicht aufhören«, wimmere ich und sehe auf meine zitternden Finger. Meine Schwester sitzt neben mir, nimmt meine Hände in ihre und umschließt sie fest.

»Süße. Was ist passiert?« Sie hat bis jetzt nicht einmal nachgefragt und es sind drei Stunden vergangen, seit ich Nick aus dem Krankenhaus geschickt habe. Keiner hat es gewagt, mich auch nur anzusprechen, worüber ich sehr erleichtert bin. Es ist schon schwer genug für mich gewesen, ihm in die Augen zu sehen. Denn auch wenn ich wünschte, ich würde nicht so empfinden, liebe ich ihn noch immer.

Dieses Gefühl werde ich aber bald auch noch loswerden. Das verspreche ich mir selbst. Ich kann nicht mit einem Mann zusammen sein, der mich belügt und hintergeht. Also nehme ich all meinen Mut zusammen und erzähle Sarah alles. Sie hört mir geduldig zu und unterbricht mich nicht. Auch ihre Miene lässt keine Regung zu, sie streicht mir nur über den Handrücken.

»Dieses verdammte Arschloch«, brummt sie dann endlich, als ich zum Ende komme.

»Ja, nicht wahr? Ich kann es einfach nicht fassen, wie dumm ich war. Die Sache mit Trey hätte mir eine Lehre sein sollen.«

»Mach dich nicht selbst fertig. Dich trifft keine Schuld. Nur, weil du dich nach Liebe sehnst, hast du das alles doch nicht heraufbeschworen.«

»Ich weiß.«

Seit Liams und Emmas Hochzeit habe ich mich aufgeführt wie eine Liebeskranke, aber damit ist jetzt Schluss. Meine Familie ist das Wichtigste und ich scheiße auf das Smartphone oder Geld. Jetzt ist nur wichtig, dass Dad wieder gesund wird. Sarah und ich sitzen auf einem der Wartestühle und geben einander Trost. Liam und Emma sind vor einer Stunde nach Hause gefahren und Sean holt uns einen Kaffee. Wir sind alleine und ich bin dankbar für diese Ruhe. Es war ein anstrengender und langer Tag. Um etwas zu entspannen, lehne ich den Kopf nach hinten gegen die Wand, schließe die Augen und schlafe augenblicklich ein.

»Hey, Maus. Wach auf.« Sarah rüttelt mich sanft an der Schulter und weckt mich aus einem Albtraum, in dem Nick die Hauptrolle gespielt hat. Ich blinzle, verfluche innerlich das zu helle Neonlicht und sehe mich um. Sean ist ebenfalls eingeschlafen, in einer noch unbequemeren Position als ich. »Der Arzt wird gleich da sein, ich dachte, du möchtest ihm vielleicht auch Fragen stellen.«

»Ja, das möchte ich. Danke.« Ich fahre mir müde übers Gesicht und versuche mit meinen Fingern meine Haare zu kämmen. Dann sehe ich an mir hinunter. Ich sehe noch immer wie ein Landstreicher aus.

Sarah folgt meinem Blick. »Elena ist schon zu uns nach Hause gefahren, um dir Klamotten zu holen.«

»Danke«, flüstere ich und stehe auf. Mein Rücken schmerzt unglaublich, da diese Stühle alles andere als bequem sind. Ich strecke mich, bis die Schiebetür geöffnet wird und ein Arzt auf uns zukommt. Mein Puls rast augenblicklich und mir wird etwas schlecht.

»Sind Sie die Töchter von Mr Newman?«

»Ja«, antworten wir wie aus einem Mund.

»Ihr Vater hat die OP gut überstanden. Es sind währenddessen ein paar Komplikationen aufgetreten, die aber auf sein schwaches Immunsystem zurückzuführen sind und diese Operation war auch für ihn sehr kräftezehrend.«

»Wird er wieder gesund?«, frage ich und sterbe tausend Tode, bis er endlich seinen Mund aufmacht und antwortet.

»Wir haben das Gewebe vollständig entfernen können, was ein gutes Zeichen ist, alles andere wird sich in der nächsten Woche zeigen.«

Erleichtert atme ich aus, das klingt auf jeden Fall besser, als noch vor ein paar Stunden. »Wann können wir zu ihm?«, will Sarah mit bleichem Gesicht wissen.

»Er lag bis vorhin noch im Aufwachraum und ist nun in seinem Zimmer, die Schwestern werden Sie gerne zu ihm führen. Er fragt ständig nach jemandem namens Callie.«

»Das bin ich.«

»Dann sollten Sie wohl als Erste hineingehen. Wir dürfen ihn jetzt nicht überfordern. Lassen Sie es ruhig angehen. Er braucht jetzt Ruhe.«

»Ist gut. Danke, Doktor.« Er verabschiedet sich von uns und geht wieder. Mittlerweile ist auch Sean aufgewacht und sieht verwirrt zwischen uns hin und her. Er bemerkt, dass Sarah weint.

»Was ist passiert?«, fragt er und stellt sich vor meine Schwester, die mit den Händen ihr Gesicht bedeckt. Sanft greift er nach ihnen, damit er seine Freundin ansehen kann.

»Es ist alles gut verlaufen und es besteht die Hoffnung, dass er wieder gesund wird«, schluchzt sie.

»Aber das ist doch gut, oder? Wieso weinst du dann?« Doch anstatt zu antworten fällt sie ihm um den Hals und weint an seiner Schulter. Er nimmt sie fest in den Arm und streicht ihr liebevoll über den Rücken, flüstert ihr etwas ins Ohr. Dieser Moment ist so intim, dass ich den Blick von ihnen abwenden muss. Nick schleicht sich wieder in meine Gedanken, was ungeheuren Schmerz mit sich bringt. Ich laufe fast aus dem Raum und begebe mich auf die Suche nach einer Krankenschwester, die mich zu Dad bringen kann.

»Hier entlang«, sagt die hübsche, ältere Frau und dirigiert mich bis ans Ende der Etage. Dort befinden sich die Zimmer für Privatversicherte, wo mein Vater untergebracht ist. Ich bleibe eine Weile vor der Tür stehen, habe einfach Angst hineinzugehen. Nach unserem letzten Treffen, was schon etwas länger her ist, habe ich ihn nie angerufen oder besucht. Ich war so sehr mit mir beschäftigt, dass das Wichtigste, meine Familie, einfach hintenangestanden hat.

»Nur Mut, alles wird gut«, höre ich die Schwester flüstern und spüre ihre Hand auf meiner Schulter. Ich nicke und öffne die Tür. Ich muss durch einen etwas dunkleren Gang gehen, wo links und rechts jeweils die Toilette und ein Waschraum sind, bis ich ins helle Zimmer komme. Dad liegt in dem großen Krankenhausbett, ist an verschiedene Geräte angeschlossen und sieht einfach nur aus dem Fenster. Selbst wenn ich sein Profil ansehe, erkenne ich die Ähnlichkeit mit Sarah. Er hat abgenommen, geht fast unter in diesem Bett. Als er mich hört, dreht er den Kopf in meine Richtung und lächelt mich an. Mein Herz geht auf, ich hatte schon mit dem Schlimmsten gerechnet.

»Da bist du ja«, flüstert er heiser, kratzig und verzieht das Gesicht.

»Durst?«, frage ich vorsichtig. Ich habe keine Ahnung, was man nach einer großen Operation sonst brauchen könnte.

»Und wie.«

Ich greife nach dem Glas auf dem Tisch neben ihm, wo ein Strohhalm herausragt und lasse ihn ein paar Schlucke trinken.

»Viel besser«, seufzt er und lehnt sich wieder in die Kissen. »Komm, setz dich zu mir«, fordert er mich auf, was ich auch sofort mache.

»Wie geht's dir, Dad?«, frage ich augenblicklich, ich muss es einfach wissen. »Die Wahrheit, bitte.«

»Ach, es geht mir echt beschissen. Ich habe das Gefühl, überall Schmerzen zu haben, und fühle mich noch etwas benommen von der Narkose. Aber ich lass mich später mit Medikamenten volldröhnen. High war ich seit dem College nicht mehr.«

Ich kann mir in der ernsten Situation gerade noch ein Kichern verkneifen. »Das klingt doch nach einem guten Plan.«

»Finde ich auch, Äffchen.« Wieder der Kosename meiner Kindheit, den ich immer schon gemocht habe, doch jetzt kann ich mit Kosenamen nicht gut umgehen, nicht nachdem Nick mich immer Prinzesschen genannt hat. Früher habe ich es gehasst, doch jetzt sehne ich mich sogar danach, es aus seinem Mund zu hören. Ich muss wirklich einen an der Waffel haben. »Was ist denn, Callie?« Er merkt, dass ich nicht mehr zum Scherzen aufgelegt bin.

»Wieso hast du es uns nicht gesagt?«, flüstere ich mit erstickter Stimme, kann die Tränen kaum zurückhalten.

Er seufzt lange auf, hält mir seine Hand hin, die ich sofort umschließe. »Ich weiß es schon eine Weile und war in Zürich in einem speziellen Krankenhaus, das den Krebs mit homöopathischen Methoden besiegen sollte, deshalb war ich auch lange dort.«

»Und wir dachten alle, du seist auf Geschäftsreise.«

»Es ist mir schwergefallen, euch zu belügen, aber ich habe eben gedacht, dass ich die Krankheit besiege und euch dann erst davon erzähle.«

»Das ist echt die blödeste Idee, die ich je gehört habe.«

Er lacht und verzieht vor Schmerz das Gesicht. »Jetzt im Nachhinein betrachtet, hast du recht.« Ich zwinge mich zu einem Lächeln, dabei ist mir zum Weinen zumute. »Es tut mir leid, Callie.«

»Ist schon gut, du wolltest uns nur den Schmerz ersparen.«

»Das meine ich nicht. Ich möchte mich für mein Verhalten von früher entschuldigen. Dass ich dich ausgegrenzt habe, Sarah bevorzugt und dich verletzt habe. Ich dachte, dass dir nicht viel an der Firma liegt, weil du immer unterwegs warst und eher Party gemacht hast, als bei den Meetings dabei zu sein. Dann ist mir bewusst geworden, dass ich durch mein Verhalten in der Vergangenheit genau das heraufbeschworen habe.« Seine Stimme zittert und nun beginnt auch er zu weinen. Nach vierundzwanzig Jahren hat er es geschafft, zum ersten Mal ehrlich mit mir zu sein.

»Dann ist heute Nachmittag Trey Kaswell in meinem Büro aufgetaucht und hat mich für den Tod seines Vaters verantwortlich gemacht. Hat ewige Rache geschworen und gemeint, dass er dich schon gebrochen habe und bei Sarah und mir weitermachen wolle. Ich habe ihn aus meinem Büro geschmissen und war danach so aufgewühlt, dass ich einen Schwächeanfall hatte.«

»Er hat was?«, frage ich entsetzt. Ich kann es einfach nicht fassen, wegen diesem Arsch wäre mein Vater beinahe gestorben! Unbändige Wut erfasst mich und ich kann mich kaum noch zurückhalten. »Na warte. Diesen Kerl werde ich mir vorknöpfen! Dass er mich verletzt hat, ist eine Sache, aber dass er ernsthaft unsere ganze Familie terrorisiert, ist die Höhe!«

»Beruhige dich. Das hat Nicolas schon erledigt«, meint er stolz und ich kann ihm beim besten Willen nicht folgen.

»Wie meinst du das?«, frage ich fassungslos. Was soll Nick schon getan haben?

»Er hat mir einen Brief geschrieben, vor ein paar Tagen, dann ist er gestern Vormittag zu mir gekommen und hat mir seinen Plan noch mal geschildert.«

»Welchen Plan?«

»Solltest du nicht davon wissen?«

»Nein, ich weiß gar nichts. Nick und ich haben uns getrennt.«

»Aber wieso?«, fragt er nun fassungslos.

»Dad. Er ist nicht der Mann, für den wir ihn alle halten. Er hat uns nicht minder getäuscht als Trey.«

»Wie meinst du das?« Dann beginne ich zu erzählen. Vom College, unserer Rivalität, der Zusammenarbeit, unserer Liebesgeschichte und wie bitter sie geendet hat.

# 34

## Nick

»Komm schon Alter, das bringt doch nichts!« Mein Bruder zerrt an meinem Arm, will mich von meiner Flasche Whiskey losreißen, doch ich klammere mich an der Bartheke fest. Möchte den Umstand vergessen, dass sie weder auf meine Nachrichten, Anrufe oder Geschenke reagiert.

»Lass mich in Ruhe Ethan! Ich brauche das jetzt.«

Er schnaubt nur, knallt ein paar Dollarscheine auf den Tisch und packt mich dann bei den Schultern, um mich nach draußen zu zerren. Ich wehre mich so gut ich kann, aber da ich voll bin, kann ich mich gerade noch auf den Beinen halten. Der Lufthauch vor der Bar ist wie eine Ohrfeige für mich, alles beginnt sich zu drehen und ich sehe meinen Bruder sogar doppelt.

»Hey, Augen zu mir. Wehe dir, du kotzt mich an, dafür kastriere ich dich.«

»Ach Quatsch. Lass mich einfach.«

»Einen Scheiß werde ich tun! Seit drei Tagen lässt du dich volllaufen, bist kaum mehr wiederzuerkennen. Damit muss Schluss sein. Ich will dich nicht auch noch verlieren!«

»Auch?«, frage ich verwirrt und runzle die Stirn.

»Ach, vergiss es. Das tut jetzt nichts zur Sache. Elena wird gleich da sein und uns nach Hause bringen.«

»Wieso fährst du nicht selbst?«

»Weil ich selbst etwas getrunken habe. Ich bin zu Fuß hergekommen.«

»Aber du trinkst doch nie.«

»In letzter Zeit schon. Viel zu viel, wenn du mich fragst.«

Wir überqueren die Straße und setzen uns auf die Fensterbank von einem Schaufenster. »Was ist in Ecuador passiert, Ethan?«

Durch die frische Luft fühle ich mich etwas besser, habe das Gefühl, wieder klarer zu sehen.

»Nichts, was dich etwas angeht. Lass uns einfach nach Hause gehen, okay?«

»Was zur Hölle soll der Scheiß!?« Ich erhebe mich, um ihn wütend anzufunkeln und ihm ins Gesicht sehen zu können. »Du tauchst einfach so aus dem Nichts wieder auf, bist wie ausgewechselt und machst sofort dicht, wenn ich dich auf das letzte Jahr anspreche! Hast du eine Bank überfallen und versteckst dich hier oder hast du vielleicht wen gekillt?«

Ich weiche einen Schritt zurück, als Ethan aufsteht und mich am Kragen packt. Sein Griff ist fest, und kurz weiß ich nicht, was ich tun oder sagen soll. Mein Bruder war noch nie ein handgreiflicher Mensch. Doch diesmal sieht er mich mit vor Wut glühenden Augen an, als wäre er Luzifer persönlich. »Du hast keine Ahnung, wovon du sprichst, du Vollidiot! Callie ist da draußen, verletzt, weil sie nicht die ganze Wahrheit kennt, und du lässt dich einschüchtern, weil sie sich nicht meldet? Manche würden ihr Leben dafür geben, wenn sie die Frau ihres Lebens wiedersehen könnten, aber du säufst dich durch Manhattan und hast nicht mal die Eier, ihr gegenüberzustehen.«

Er hat recht, jedes Wort ist wahr. Ich habe zwar zu ihr gesagt, dass ich nicht aufgeben werde, doch ich bin auf dem Weg, mich selbst aufzugeben, und nur einen Schritt davon entfernt, ein Alkoholiker zu werden. Zwischen den Zeilen sehe ich auch ein, dass er von sich selbst spricht. Jemand muss gestorben sein, den er geliebt hat.

»Wen hast du verloren?«, frage ich direkt und seine Augen werden groß. Er lässt von mir ab, schüttelt entsetzt den Kopf und eilt davon. Ich rufe ihm nach, wollte ihn nicht verletzen, doch es ist längst zu spät.

Ich sehe ihm lange nach, bin so in Gedanken versunken, dass ich nicht mal bemerkt habe, dass es angefangen hat zu regnen. Ein schwarzer Audi hält neben mir und lässt die Fensterscheibe runtergleiten.

»Nick?«, höre ich Elena fragen, doch ich schaffe es einfach nicht auf die Beine zu kommen. Ein Türknallen und plötzlich steht sie vor mir. »Ach du meine Fresse. Du siehst ja scheiße aus.«

»Danke, du siehst auch wunderschön aus.«

»Das war kein Kompliment, Coleman. Wo ist Ethan?«, will sie wissen und sieht sich um. Ihr scheint der Regen nichts auszumachen.

»Er ist abgehauen, als ich in seiner Vergangenheit rumgebohrt habe. Weißt du, ich habe ein Talent dafür, die Leute, die ich liebe, zu vergraulen.«

»Au ja. Das hast du definitiv, aber nun komm. Ich fahre dich nach Hause.«

Irgendwie schafft es Elena, mich in ihr Auto zu bringen und wir fahren schließlich schweigend zu meinem Apartment. Als die Stille unerträglich wird, frage ich das, was ich schon von Anfang an wissen wollte. »Wie geht es ihr?«

»Scheiße, würde ich sagen. Du hast es wirklich drauf, Mist zu bauen, und eigentlich wollte ich dich für immer hassen, aber nun weiß ich, was du für sie getan hast und sie muss es auch wissen.«

»Hä?« Ich kann ihr nicht mehr folgen, vielleicht liegt es am Alkohol oder an meiner Blödheit, die ungeheure Ausmaße annimmt.

»Ich weiß, dass Trey und du niemals diesen Deal geplant habt.«

»Oh.« Da hat sie recht.

»Aber Callie wird mir nicht glauben. Sie antwortet nicht einmal auf meine Nachrichten oder Anrufe.«

»Sie kümmert sich gerade um ihren Vater und ist noch immer erschrocken, weil sie ihn fast verloren hätte. Sie hat mich gebeten, all deine Sachen fortzuschaffen, doch ich habe sie aufgehoben und gelesen.«

»Du nimmst es mit dem Briefgeheimnis wohl nicht so ernst, oder?«

»Sei mal froh darüber, dass ich das getan habe, du Vollidiot.«

»Wieso nennen mich heute alle so?«

»Weil es stimmt! Wie dem auch sei. Du liebst sie wirklich, oder?«

»Mehr als ich jemals jemanden geliebt habe.«

»Gut. Denn ich glaube dir und werde dir helfen, Callie wieder für dich zu gewinnen.«

Eine Woche ist nun vergangen, seit ich mich nicht mehr bei Callie gemeldet habe, und bei Gott, es tat fast körperlich weh, ihr nicht zu schreiben oder sie anzurufen. Aber ich habe auf Elena gehört und ihr Zeit gelassen, ihrem Vater beizustehen. Währenddessen habe ich viel Zeit am Hafen verbracht, habe mich von Bill anschnauzen lassen, weil ich Callie verletzt habe, bevor er mich in den Arm genommen hat, als wäre ich sein Sohn. Es hat gutgetan, mit jemandem zu sprechen, der nicht Elena oder Ethan ist. Die Zeit alleine hat mir vor Augen geführt, wie leer mein Leben vor Callie war. Diese flüchtigen Sexbekanntschaften hätten mich auf Dauer nicht glücklich gemacht und auch meine Firma wäre den Bach runtergegangen, wenn sie nicht das Potenzial in meiner Idee gesehen hätte. Nach meinem Streit mit Ethan ist er nicht mehr zu Hause aufgetaucht, hat auch auf meine Anrufe nicht reagiert und auch wenn ich mir Sorgen mache, muss ich ihm Zeit lassen, denn egal, was er durchgemacht hat, er ist noch nicht darüber hinweg.

Heute Abend werde ich zu Callie fahren, ihr die Wahrheit sagen und hoffen, dass sie mir noch eine Chance geben wird. Denn ich kann mir einfach mein Leben nicht mehr ohne sie vorstellen. Elena wird ihr meine Geschenke nach und nach zeigen und ich bete, dass sie vielleicht erkennt, wie sehr ich sie liebe. Die Meeresbrise weht mir ins Gesicht und ich ziehe meine Softshell-Jacke noch enger um mich. Es ist frisch hier draußen auf der Terrasse von Bills Restaurant, wo mir Callie angeboten hat, in mein Projekt einzusteigen. Es war der Moment, der mein ganzes Leben verändert hat. Da wir beide nicht beim Start-up aufgetaucht sind, hat es unsere Idee auch nicht auf die Shortlist geschafft, doch all die Arbeit war nicht umsonst. Denn ich habe nicht nur meinen Traum verwirklicht, sondern auch die Liebe meines Lebens kennengelernt.

Ich sehe kurz auf meine Uhr. Es ist früher Nachmittag, also beschließe ich, nach Hause zu fahren und mich umzuziehen, bevor ich bei Callie vorbeischaue. Noch mal atme ich die Seeluft ein und erhoffe mir durch den Wind etwas Stärke zu erlangen. Ich muss sie einfach davon überzeugen, mir zu verzeihen. Ich sehe erneut auf das Meer hinaus, bevor ich mich umdrehe und im Begriff bin, zu gehen. Nach ein paar Schritten hebe ich den Blick und mir bleibt fast das Herz stehen, als ich auf einmal Callie sehe, die gerade die Terrasse betritt.

# 35

## Callie

»Wieso rufst du ihn nicht einfach an?«, höre ich Dad fragen.

»Hmm?« Ich war so in Gedanken vertieft, dass ich glaube, mich verhört zu haben.

»Sprich mit ihm, Äffchen. Du siehst doch, dass er versucht, sich zu entschuldigen.«

Ich sehe auf die vielen Blumen, Wildblumen, die ich so liebe. Die Stoffeinhörner in verschiedensten Ausführungen und dann die DVD-Boxen von meinen Lieblingsserien. »Ich habe doch Elena gebeten, diese Sachen fortzuschaffen, wieso bringt sie sie hierher?«

»Vielleicht, weil sie ebenfalls meiner Meinung ist, und du mit Nick reden solltest.«

»Aber, was würde das bringen, Dad? Er wollte mich aus der Firma kicken, weil Trey ihm gedroht hat. Er hat nicht mal mit der Wimper gezuckt. Ich habe es selbst mit eigenen Augen gesehen.«

In den letzten Tagen bin ich diesen Abend immer und immer wieder durchgegangen. Ich konnte da nichts falsch verstehen. Nick hätte mich fallen gelassen wie eine heiße Kartoffel und so etwas kann ich nicht verzeihen.

»Ich spreche jetzt für alle Männer auf der Welt, wenn ich sage, dass wir manchmal Mist bauen, gewaltigen Mist, aber er liebt dich. Das hat er mir vor Wochen in dem Brief gezeigt und …«

»Welcher Brief?«, frage ich erstaunt, er hat davon vorher nichts erwähnt.

»Du wusstest nichts davon?«

»Wovon?«

»Vor ein paar Wochen habe ich einen Brief von Nick bekommen, in dem er mir Fotos von dir geschickt hat, wie du am Mainboard arbeitest, er hat mir Finanzanalysen von dir zukommen lassen und mir einen Brief geschrieben. Er liegt noch immer zu Hause auf meinem Schreibtisch.«

»Was steht darin?« Ich kann es kaum glauben, was mein Vater mir erzählt. *Nick hat ihm geschrieben?*

»Nick meinte, dass du die geborene Chefin seist und sein Unternehmen aus der Scheiße geholt hättest. Wortwörtlich. Er hat deinen Ehrgeiz gelobt und dein Talent im IT-Bereich. Außerdem hat er mir versichert, dass keiner die Hälfte der Firma mehr verdient hätte als du und da hat er recht.«

Ich bin so überwältigt von dem, was mein Dad mir erzählt hat, dass ich nicht mal das Ende des Satzes gehört habe. »Aber. Das war bevor … ich meine, er kann unmöglich.«

»Ja, Callie. Er hat das nicht geplant mit Trey, sonst hätte er sich nicht die Mühe gemacht, mich zu überzeugen, dass du die Richtige für die Newman Group bist.«

»Ich muss an die Luft. Entschuldige, Dad.«

Ich haste aus dem Zimmer und lehne mich im Flur gegen die Wand. Tränen brennen in meinen Augen, doch ich blinzle sie weg. Ich möchte nicht mehr heulen und mich in den Schlaf weinen. Nick sollte Geschichte sein, aber mein Herz hört einfach nicht auf zu pochen. Er hat tatsächlich meinem Vater geschrieben, hat sich für mich eingesetzt. *Aber wieso sollte er mich dann verraten, wenn ihm so viel an mir liegt, wie er behauptet?* Ich verstehe die Welt nicht mehr. Das ergibt doch überhaupt keinen Sinn. Mein Smartphone beginnt in der Hosentasche zu vibrieren und ich greife fast in Schallgeschwindigkeit danach, weil ich doch hoffe, dass es Nick ist. Doch es ist nur meine beste Freundin.

*Elena: Süße. Wir müssen reden. Bitte komm in meine Wohnung. Schnell!!!*

Plötzlich wird mir ganz flau im Magen. Denn das klingt gar nicht gut. Ich verabschiede mich von Dad und eile zu Elena. Frage mich auf dem Weg ständig, was passiert sein könnte, dass sie mich unbedingt sehen will und es nicht am Telefon sagen kann.

Als ich an ihre Tür klopfe, bin ich ein nervliches Wrack, da ich es nie ausstehen konnte, wenn ich nicht wusste, was vor sich geht. Und seien wir mal ehrlich: Wir müssen reden, ist der schlimmste Satz überhaupt. Aber es ist nicht Elena, die mir aufmacht, sondern Ethan.

»Hey. Ähm, ist sie da?« Ich frage mich, was der Bruder meines Exfreundes hier macht.

»Nein. Sie hat dir auf meinen Wunsch hin geschrieben und mir ihre Wohnung zur Verfügung gestellt, da ich mir sicher bin, dass du nicht in Nicks Apartment mit mir reden möchtest.«

»Sicher nicht«, ist meine Antwort auf seine Vermutung.

»Bitte komm rein.« Er macht einen Schritt zur Seite, damit ich eintreten kann. Es sieht hier aus wie immer, nur dass ein monströser Laptop auf dem Esstisch steht, der sicher nicht Elena gehört. Ich mache Anstalten, mich auf die Couch zu setzen, aber Ethan bittet mich, am Tisch Platz zu nehmen. Die Frage danach, wie es ihm geht, liegt mir auf der Zunge, sodass ich darauf beiße, um sie nicht zu stellen. Nick Coleman sollte mir egal sein, ist er aber nicht. Leider.

»Ihm geht's beschissen. Er hat die ersten Tage damit verbracht, sich ins Delirium zu saufen.«

»Und danach?« Meine Nerven sind zum Zerreißen gespannt.

»Das weiß ich nicht. Ich habe ihn seit einer Woche nicht mehr gesehen, habe hier bei Elena gepennt, weil ich ihm eine Lektion verpassen wollte, und weil wir gestritten haben.«

»Das tut mir leid.«

»Muss es nicht. Wir hatten schon immer eine schwierige Beziehung zueinander.«

Doch er lässt dieses persönliche Thema schnell fallen und sieht mich eindringlich an. Ich weiß, was nun kommt. »Wie dem auch sei. Nick hat dich damals nicht verraten.« Ich wusste es doch. Er will mich dazu bringen, ihm zu verzeihen.

»Ethan. Ich weiß, was ich gehört …«

»Ich glaube dir. Du hast das gehört, was Trey hören und glauben sollte.«

»Ich kann dir nicht ganz folgen.« Das ist doch alles lächerlich. *Wieso wollen mich alle dazu bringen, Nick zu verzeihen, wenn er mir doch das Herz gebrochen hat?*

»Bilder sagen mehr als Worte.« Er drückt ein paar Tasten auf dem Laptop und ein Online-Artikel der Zeitung *Financial Times* erscheint. Die Überschrift lautet: *Immobilienboss Trey Kaswell auf Start-up verhaftet*

Den Artikel lese ich nicht, sondern sehe wie gebannt auf das mit einem Handy aufgenommene Video. Dort sieht man, wie auf dem Start-up ein Video auf den Bildschirm projiziert wird, das mir sehr bekannt vorkommt. Man sieht Trey, wie er Nick begrüßt und ihn anschließend erpresst. Jeder Gast konnte es sehen, was für ein verlogenes Arschloch er ist. Man hört exakt das, was ich in Nicks Wohnung mit anhören musste und langsam ergibt vieles einen Sinn. Ich erinnere mich an den Abend und seine Nachrichten.

Nick hat gemeint, dass er wichtige Neuigkeiten habe, die Trey miteinschließen und wichtig seien. Er wollte mir vor dem Event die Wahrheit sagen, doch ich habe ihm nicht die Möglichkeit gelassen. Dann sehe ich, wie die Polizei erscheint und Trey festnimmt, der aber zu fliehen versucht, allerdings nicht weit kommt. Wie er in Handschellen abgeführt wird, ist das Beste, was ich je gesehen habe.

»Nick wollte mich nie aus der Firma werfen?«, frage ich, obwohl es mittlerweile offensichtlich ist.

»Nein. Er hat nach einem Weg gesucht, deine Familie vor diesem Irren zu beschützen, und diese List ist das Einzige gewesen, was ihm eingefallen ist.«

»Dieser Idiot! Das hätte auch nach hinten losgehen können. Wer weiß, wozu Trey imstande gewesen wäre?«

»Die Risiken waren ihm egal. Er wollte für deine Sicherheit sorgen, deshalb hat er dir nichts gesagt. Er hat das Video der Polizei und der Finanzbehörde gezeigt und so den Haftbefehl in Gang gebracht.«

Fassungslos sehe ich wieder und wieder auf das Video, das den Mann, den ich hasse, zu Fall gebracht hat. Nick hatte nie vor, mich zu hintergehen, eher das Gegenteil war der Fall. Ich stehe so abrupt auf, dass der Stuhl nach hinten kippt. »Ich muss los!«, sage ich mit zittriger Stimme.

»Wohin gehst du?«, ruft Ethan mir nach.

Aber ich bin schon fast aus der Wohnung raus. »Ich schließe mit der Vergangenheit ab«, sage ich und laufe los.

Der Weg zum Staatsgefängnis zieht sich ewig. Immer wieder gehe ich in Gedanken durch, was ich ihm sagen will. Scheitere aber jedes Mal kläglich. Ich werde untersucht, nach Waffen oder Drogen und nachdem ich gefühlte Millionen Papiere unterschrieben habe, kann ich mit Trey sprechen. Der orange Overall steht ihm ganz und gar nicht und das ist ein befriedigendes Gefühl. Dieser Idiot soll die Härte des Knastes am eigenen Leib spüren. Ihm ist die Überraschung ins Gesicht geschrieben, als er erkennt, dass ich sein Besucher bin. Er setzt sich mir gegenüber hin. Eine dicke Glaswand steht zwischen uns und ich nehme den Hörer ab, um mit ihm zu sprechen.

»Was willst du hier?«, fragt er mich und die Kälte in seiner Stimme lässt mich erschaudern. Wenn ich ihn so ansehe, fühle ich mich überhaupt nicht mehr zu ihm hingezogen. Genauer gesagt frage ich mich gerade, was ich in diesem Mann jemals gesehen habe. »Dein Dad hat sich nicht deswegen umgebracht, weil mein Vater ihm gekündigt hat.«

»Für diese Scheiße habe ich keine Zeit …« Da ich mit so was gerechnet habe, hole ich den Brief aus der Tasche und knalle ihn gegen die Glaswand, damit er es auch ganz genau sehen kann.

»Erkennst du diese Schrift?« Er sagt kein Wort, mahlt aber mit dem Kiefer, als er einen genauen Blick darauf wirft. »Solltest du, denn es ist die deines Vaters.« Ich weiß, was darin steht. Harald hat ihn vor ein paar Jahren an Dad geschickt, als er gerade in der Entzugsklinik war und auf dem Weg der Besserung. Er hat sich für seine Drogenprobleme entschuldigt und dass er nicht der Partner sein konnte, den mein Vater verdient hätte. Harald hat Dad versichert, dass er einen Ausweg aus seiner Sucht finden würde. Für Trey. Doch er hat den Kampf verloren.

»Er hatte ein Drogenproblem?«, fragt mein Exfreund fassungslos und sieht mich entgeistert an, als wäre ich jemand völlig Fremdes.

»Lange hat er es verheimlicht, mein Dad ist auch nur durch Zufall drauf gekommen.«

»Das heißt …?«

»Ja, Trey. Das heißt, dass meine Familie nicht dafür verantwortlich ist, dass sich dein Vater umgebracht hat. Du hättest dir so viel Wut und Leid ersparen können, wenn du einfach gefragt hättest. Ich wusste anfangs nicht, dass du Haralds Sohn bist, der Nachname hat nicht gereicht.«

»Ja, ich sehe meine Mutter ähnlicher.« Das waren wohl die ersten ehrlichen Worte, die er mir jemals gesagt hat.

»Ich hasse dich, Trey. Dafür, was du aus mir gemacht hast. Durch dich wurde ich eine Frau, die an sich gezweifelt hat und deren Selbstbewusstsein in den Keller gefallen ist, aber damit ist jetzt Schluss. Ich weiß, wer ich bin, und als diese Person, will ich dir sagen, dass ich dir niemals vergeben kann, welchen Schmerz du mir zugefügt hast. Aber du hast mein Beileid, weil du dich von deinem Dad nicht verabschieden konntest. Das Leben hat meinem Vater eine neue Chance gegeben und die werde ich nutzen. Ich hoffe, dass wir uns nie wieder begegnen, denn falls doch, wirst du mich kennenlernen. Solltest du dich meiner Familie oder Nick noch einmal nähern, mache ich dich fertig.«

Noch immer benommen von der Information, die ich ihm gegeben habe, nickt er nur und verharrt in der Position, sogar als ich aus dem Raum hinausgehe.

Es fühlt sich befreiend an, endlich die Wahrheit zu wissen. Eine schwere Last wurde mir von den Schultern genommen, sodass ich zum ersten Mal seit einer Woche durchatmen kann. Trey ist für immer aus meinem Leben verschwunden. Die Ärzte geben Dad eine sehr hohe Wahrscheinlichkeit auf Heilung. Es ist, als würde sich endlich alles fügen. Alles bis auf meine Beziehung zu Nick. Er hat sich seit einer Woche nicht mehr gemeldet und zum ersten Mal frage ich mich: *Was, wenn er uns aufgegeben hat?*

*Was, wenn es ihm endgültig reicht, und ich die Mühe nicht*

*mehr wert bin?* Das sind Fragen, die mein Herz schwer werden lassen, aber möglich sind. Es gibt nur einen Weg, Antworten darauf zu finden. Ich muss zu ihm.

# 36

## Callie

Ich weiß nicht, wieso, aber anstatt ihn in seiner Wohnung zu suchen, fahre ich zum Hafen, parke vor *Bill's Restaurant*. Hier hat unsere Geschichte angefangen, hier hat er mir gezeigt, dass er doch nicht nur der eingebildete Möchtegern-Macho ist, für den ich ihn gehalten habe. Er ist viel mehr als das. War er schon immer, ich wollte es nur nicht sehen. Der köstliche Duft von gebratenem Fisch umschmeichelt meine Nase, sodass ich kurz die Augen schließe, um es zu genießen. Die Klingel kündigt mein Eintreten an und obwohl der Laden voll ist, sieht Bill sofort zu mir. Ein breites Lächeln erhellt sein alterndes Gesicht. Er umrundet den Tresen, wo er gerade Getränke einschenkt, und kommt auf mich zu.

»Callie«, flüstert er, bevor er mich in die Arme schließt und mich kurz drückt.

»Hey«, krächze ich mit erstickter Stimme. Ich bin einfach zu nah am Wasser gebaut in letzter Zeit.

»Sieh dich einer an! Du hast eindeutig abgenommen. Das sehe ich doch!« Es klingt wie eine Anklage, und die ist es auch, als er mich zu einem Hocker dirigiert. »Was darf ich dir bringen?«

»Eigentlich habe ich keinen Hunger.«

»Nein!«

»Nein?«

»Kommt nicht in die Tüte, dass du hier rausgehst, ohne meinen neuen Barsch gekostet zu haben. Er ist eine Offenbarung.«

»Ich bin eigentlich auf der Suche nach Nick.«

Seine Mundwinkel zucken kurz, doch er sagt nichts weiter dazu. »Ach ja? Ich dachte, du möchtest nichts mehr von ihm wissen.«

»Das stimmte auch, bis ich die Wahrheit herausgefunden habe.«

»Nick ist ein guter Kerl, Callie. Er würde dir niemals wissentlich wehtun.«

»Das weiß ich jetzt auch.« Hätte ich nicht sofort dichtgemacht, wäre uns viel Schmerz erspart geblieben.

»Gut. Das ist gut.« Er sieht mich mitfühlend an, und ob er es weiß oder nicht, er schenkt mir dadurch etwas Trost.

»Nun denn. Ich mache mal dein Essen fertig. Währenddessen kannst du ja auf der Terrasse warten, wir haben heute einen tollen Ausblick, glaub mir.«

Bill zwinkert mir zu und verschwindet in der Küche. Da der Lärm hier immer mehr zunimmt, aufgrund der hohen Gästeanzahl, folge ich ihm, gehe den Flur entlang und begebe mich ins Freie. Ich bin so in Gedanken versunken, dass ich ihn nicht sofort sehe, aber ich spüre ihn. Selbst wenn ich in einem Raum voller Menschen wäre, würde ich genau wissen, wo er ist. Er sieht todtraurig aus, kommt mit gesenktem Kopf auf mich zu. Nach ein paar Schritten treffen sich unsere Blicke und er bleibt abrupt stehen und sieht mich überrascht an.

»Nick«, hauche ich heiser und erneut bildet sich eine Nässe in meinen Augen. Dabei dachte ich, dass ich all meine Tränen schon aufgebraucht hätte.

»Prinzesschen«, flüstert er, doch der Wind trägt es zu mir, als würde er direkt neben mir stehen. Wir gehen langsam aufeinander zu, prägen uns den Anblick des anderen ein. Mein Herz hämmert wie wild gegen meinen Brustkorb, als er endlich vor mir steht und ich sogar durch meine dicke Winterjacke seine Wärme spüren kann. Denn das ist es, was er in mir auslöst. Eine Hitze, die mir unter die Haut geht, er macht mich an, erfüllt mich und macht mich glücklich, mit nur einem warmen Blick.

»Ich hatte nie vor, dir das alles anzutun. Trey und ich, das war alles nur …«

Da ich schon längst die Wahrheit kenne, sehe ich keinen Grund mehr, mich von ihm fernzuhalten. Mit einem sanften Kuss bringe ich ihn zum Verstummen, schmiege mich an seinen festen Körper und merke erst jetzt, wie sehr ich mich nach ihm gesehnt habe. Wir zwei, das ist etwas, das man nicht alle Tage trifft. Wir nerven uns, streiten, arbeiten gemeinsam und lieben uns über alle Maßen. Nick schlingt seine Arme um meinen Körper und drückt mich fest an seine Brust. Mit dieser Umarmung raubt er mir fast den Atem, im wahrsten Sinne des Wortes. Es fühlt sich an, als ob er sichergehen wolle, dass ich keine Traumerscheinung bin.

»Was?«, flüstert er gegen meine Lippen, scheint nicht zu verstehen, wieso ich ihn nicht anhören will.

Ich lege meinen Zeigefinger an seine Lippen. »Ich weiß es, Nick. Und auch wenn das vielleicht zu spät kommt, möchte ich dir danken. Dafür, dass du meine Familie und mich beschützt hast.«

»Ich würde alles für dich tun.«

»Ach ja?«, frage ich etwas fröhlicher, der Umstand, dass wir uns versöhnt haben, beflügelt mich geradezu.

»Dann küss mich so lange, bis mir schwindlig wird.«

»Ist klar, Chefin.« Dieser Kuss ist wie ein Siegel unserer Lippen, soll signalisieren, dass wir nie wieder ohne einander sein möchten.

# *Vier Monate später ...*

## Nick

»Bist du bereit für deine erste Rede vor einer Meute fleischfressender Journalisten?«, necke ich meine bald hyperventilierende Traumfrau, die gerade noch mal ihre Notizen durchgeht.

»Nein! Ich verstehe noch immer nicht, warum ich das machen soll. Immerhin ist es deine Firma.«

»Ja, aber dein Arsch ist viel heißer als meiner und Sex sells, Baby.«

»Haha, sehr witzig. Das heißt, die Presse interessiert sich nur für meinen Göttinnenkörper, statt für unser Smartphone, das nun durch eine Kooperation mit der U. S. Army endlich für die Soldaten produziert wird.«

»Ich hoffe doch nicht. Denn das hier gehört nur mir«, raune ich in ihr Ohr und küsse ihren Hals. Die Gänsehaut, die sich über ihren Körper erstreckt, signalisiert mir, dass ich eben weiß, was Callie anmacht.

»So gerne ich noch länger darüber diskutieren möchte, was von meinem Körper dich am meisten anmacht, muss ich mich jetzt konzentrieren, also hau ab.«

»Okay, Prinzesschen. Bis gleich.« Ich hauche ihr einen Kuss auf die Stirn und lasse sie kurz alleine, um nach Ethan zu suchen, der ihre Rede aufnehmen sollte. Ich würde sie gerne aufheben und Callie zu Weihnachten schenken, da ich weiß, wie viel ihr das alles bedeutet. Doch in der Garderobe des Backstage-Bereiches des Hotels, in dem wir uns befinden, finde ich ihn nicht. Auch Callies beste Freundin habe ich nicht mehr gesehen. Irgendwann gebe ich auf und will gerade zu meiner Freundin, als ich schmatzende Geräusche höre.

»Ich will dich«, höre ich Elena hauchen und hebe die Brauen. Was zur Hölle?

»Gleich, Baby. Gleich.« Die Stimme meines Bruders katapultiert mich wieder in die Realität und ich laufe fast davon, bevor ich noch das Gestöhne von Ethan höre und nie wieder ohne Albträume einschlafen kann.

»Kann es losgehen?«, frage ich Callie, die zwar noch immer herumzappelt, doch in ihren Augen sehe ich, dass sie bereit ist.

»Ja, lass uns denen zeigen, wo der Hammer hängt.«

Während Callie von unserer Arbeit erzählt, unser Unternehmen näherbringt und mich vorstellt, weiß ich, dass ich nie wieder etwas anderes tun will, als mit meiner Chefin die Technikwelt zu erobern. Sie ist alles, was ich wollte, ohne zu wissen, dass ich es suchte. Und als sie mich anstrahlt, nachdem sie die Rede beendet hat, weiß ich, dass sie die Mutter meiner zukünftigen Kinder sein wird. Mein Prinzesschen. Meine Chefin.

# *Danksagung*

Ich danke dir fürs Lesen. Kein Buch hat mich mehr gefordert als dieses und ich hoffe, du konntest beim Lesen spüren, wie viel mir diese Geschichte bedeutet. Callie und Nick sind etwas Besonderes für mich und werden immer mein Lieblingspaar sein, das ich geschrieben habe.

Dieses Buch wäre niemals rechtzeitig fertig geworden, wenn ich nicht die Unterstützung meiner Familie erfahren hätte. Ich danke meinem Mann, der mich mit dem Laptop öfter teilen musste, als ihm lieb war. Ich liebe dich und danke dir, dass du mich meinen Traum leben lässt und dich so liebevoll um unsere Kinder kümmerst.

Ein großer Dank gilt auch meiner Lektorin Steffi, die es diesmal nicht leicht mit mir hatte, weil der Zeitdruck an uns beiden gezerrt hat, aber wir haben es geschafft und das Ergebnis ist der Hammer.

Danke auch an meine Redakteurin Katharina, die mich unterstützt und mir das Gefühl gibt, beim richtigen Verlag angekommen zu sein.

Karin, ich wüsste nicht, was ich ohne deine Motivation getan hätte, wenn ich an mir gezweifelt habe, hast du mir einen Arschtritt verpasst und mich in die richtige Richtung gekickt. Ich danke dir und freue mich auf jedes deiner Bücher.

Auch ein riesiges Dankeschön an meine Testleserinnen Nicole Bauer, Jasmin Berger und Katrin Monique Lienke.

Last but not least, danke ich dem LYX Verlag, der meinen Träumen ein Zuhause gibt.

*Leseprobe*

APRIL DAWSON
**Pick the Boss**
Liebe ist Chefsache

Es ist so weit. Nach jahrelangen Bemühungen und harter Arbeit habe ich mein berufliches Ziel erreicht. Stolz lasse ich den Blick zur Bühne schweifen, wo eine füllige Frau mit schneeweißem Haar und britischem Akzent von meinen Erfolgen in der Marketingbranche berichtet. Ich erhalte den *Lady of the Year Award*. Normalerweise wird er Schauspielerinnen, Sängerinnen oder anderen Prominenten verliehen. Ein Grund mehr, mich geehrt zu fühlen.

»Und nun bitte ich um einen riesigen Applaus für die Frau der Stunde. Unsere diesjährige ›Lady of the Year‹: Emma Reed!«, sagt sie in ihrem schwarzen Hosenanzug und beginnt, euphorisch zu klatschen.

Mit einem strahlenden Lächeln, das locker einem Model aus der Zahnpastawerbung Konkurrenz machen könnte, erhebe ich mich in einem burgunderroten Designerkleid, das mir auf den Leib geschneidert ist. Mein brünettes Haar, das mir sonst bis zur Brust fällt, ist hochgesteckt und würde wie in einer Haarspraywerbung sogar einem Orkan standhalten. Alles ist perfekt, die Deko, die Gäste und der Award, der die Form einer gläsernen Aphroditestatue hat.

Mit gestrafften Schultern und breitem Grinsen betrete ich die Bühne, gleite elegant zum Rednerpult, das ebenso aus Glas gefertigt ist. Bevor ich allerdings sprechen kann, fangen sämtliche Veranstaltungsgäste lauthals an zu lachen.

Völlig verwirrt runzle ich die Stirn, bis ich aus einer Eingebung heraus meinen Blick senke. Entsetzt muss ich feststellen, dass ich nicht länger den Traum eines Abendkleids trage, sondern einen Pyjama. Als wäre das nicht schon schlimm genug, ist es ausgerechnet der pinke Schlafanzug mit den rosa Kätzchen darauf, dazu die quietschgelben Häschenpantoffeln. Nicht gerade ein Outfit, mit dem ich einen der Top-Designer überzeugen könnte, mich zu seiner nächsten Muse zu ernennen.

Den Tränen nahe mache ich kehrt und versuche zu flüchten. Doch ich wäre nicht ich, wenn ich nicht noch einen drauflegen würde. Drei Stufen. Nur drei verdammte Stufen werden mir zum Verhängnis. Ich stolpere über meine eigenen Füße und falle auf den glatt polierten Parkettboden. Der Aufprall übertönt sogar das schallende Gelächter. Mein Körper schmerzt, mein Kopf nimmt die Farbe einer überreifen Tomate an, und die Haare gleichen einer Katastrophe. Diese doofe, doofe Werbung! Von wegen, die Frisur hält!

Von der »Lady of the Year« werde ich degradiert zu Emma Reed. Keine erfolgreiche Marketingmitarbeiterin, sondern lediglich eine junge Frau, die versucht, mit einem Job in einem Coffeeshop über die Runden zu kommen. Mein Körperbau gleicht auch nicht dem einer knallharten Geschäftsfrau, die in Filmen meist schlank dargestellt werden, sondern eher einer Frau mit ein paar Pfündchen mehr auf den Rippen. Ich bin Emma Reed, eine Frau mit Hang zu Dramatik, Schokoladensucht und Tollpatschigkeit.

Mit einem kurzen Schrei öffne ich die Augen und starre an die Schlafzimmerdecke. Mein Kopf schmerzt und zwingt mich, die Lider erneut zu schließen. Das Gelächter aus meinem Traum hallt mir noch im Schädel nach.

»Was für ein Albtraum!«, stöhne ich und zische laut auf. Ein hämmernder Schmerz erfüllt meinen Kopf. Ich vergrabe meine Hände in den Haaren und versuche, die Ursache für diese Qualen zu finden. Mein Erinnerungsvermögen lässt allerdings zu wünschen übrig, und mir fällt nichts anderes ein, als mir die Schläfen mit kreisenden Bewegungen zu massieren, um ihm auf die Sprünge zu helfen.

Wie sich auflösender Nebel kommen die Erinnerungsfetzen zurück. Gestern Abend war ich duschen, wollte früh ins Bett und habe mir mein Outfit für den heutigen Tag zurechtgelegt.

»Oh nein«, flüstere ich, nachdem ich weitere Puzzleteile zusammensetze.

Ich erinnere mich an den überglücklichen Aiden, der seine Promotion bestanden hat und mit mir feiern gehen wollte. Obwohl ich heftig protestierte, wickelte mich mein bester Freund um den Finger.

Das laute Schnarchen meiner Katze reißt mich aus den Gedanken, bis mir bewusst wird, dass ich gar keine besitze. Wie in Zeitlupe drehe ich mich um und starre auf einen mir unbekannten Mann. Ich schlucke, hebe die Bettdecke an und sehe meinen splitternackten Körper.

»Oh Gott«, hauche ich und presse mir vor Entsetzen beide Hände vor den Mund. Das sieht mir gar nicht ähnlich, einfach einen Wildfremden mit nach Hause zu nehmen.

Seine Gesichtszüge sind markant, dazu hohe Wangenknochen, heller Teint und schwarze Haare, die postkoital in alle Richtungen stehen. Er ist äußerst attraktiv, und sein nackter Oberkörper lässt mir das Wasser im Mund zusammenlaufen. Nicht, dass er ein übertriebenes Sixpack hätte, vielmehr verfügt er über feste Muskeln, die danach schreien, von mir berührt zu werden. Mit einem Mal ist die Erinnerung an vergangene Nacht wieder da, und ich sehe alles klar.

Die Glocke der Grundschule, die neben dem Apartment liegt, läutet, und mein Herz rutscht mir in die Hose. »Verdammt noch mal, ich komme zu spät!«, rufe ich wie von Sinnen und werfe die Decke zu Boden. Die Armbanduhr zeigt mir mit drohenden Ziffern an, dass es bereits acht Uhr früh ist.

Eigentlich habe ich mir diesen Morgen ganz anders vorgestellt. Ich wollte um halb sieben aufstehen, gemütlich duschen, mich anziehen, frühstücken und mit Elan den Weg ins Büro antreten. Heute ist mein erster Arbeitstag, und anstatt fit und munter zu sein, habe ich Augenringe, stinke nach Alkohol, und mein Kopf fühlt sich an, als ramme mir jemand tausend Nadeln ins Gehirn.

Trotz aller Bemühungen verlasse ich gehetzt und viel zu spät die Wohnung. Der Fremde schnarcht noch immer in meinem Bett vor sich hin, doch in der Eile habe ich keine Zeit, mich mit einem zugegebenermaßen äußerst sexy One-Night-Stand auseinanderzusetzen.

Er wird schon selbst rausfinden; außerdem habe ich ihm noch schnell eine kleine Nachricht neben der Kaffeemaschine hinterlassen. Mein knallroter Cityflitzer blinkt mir einladend entgegen, nachdem ich ihn entriegelt habe. Hastig öffne ich die Tür und steige ein.

Ich trommle wild auf das Lenkrad und verfluche diesen Morgen. Ich bin bereits fünf Minuten zu spät und versuche mein Möglichstes, durch den dichten New Yorker Straßenverkehr zu rasen, was aber eher einem Spaziergang gleichkommt. Wütend schnaube ich, nachdem die Ampel auf Rot schaltet, bremse notgedrungen ab und fluche laut.

Vielleicht wird Mister Coleman wegen meiner Verspätung noch ein Auge zudrücken. Beim Bewerbungsgespräch wirkte er sehr freundlich.

*Aber welche Ausrede soll ich benutzen?*

»Sorry Boss, ich habe mich gestern volllaufen lassen und hatte heißen Sex mit einem Unbekannten«, wird wohl nicht besonders gut ankommen.

Coleman & Sons ist eine der renommiertesten Marketingagenturen New Yorks. Im Gegensatz zur Konkurrenz ist sie seit zwei Generationen ein reines Familienunternehmen. Aus den Medien weiß ich, dass Coleman senior bald in Rente gehen und seinen beiden Söhnen Liam und Sean das Unternehmen übergeben wird. Mit Wehmut stelle ich fest, dass ich ab heute drei Vorgesetzte habe. Als wäre *ein* Boss nicht genug!

Die Ampel schaltet auf Grün. Erleichtert trete ich das Gaspedal durch. Wie aus dem Nichts ertönt ein lauter Knall und ich werde mit dem Auto im Kreis geschleudert.

Panisch kralle ich mich ans Lenkrad. Angst schnürt mir die Kehle zu und mein Puls schießt nach oben. Nachdem mein geliebter Flitzer zum Stehen kommt, sehe ich schwer atmend und völlig fassungslos aus dem Fenster. Ein schwarzer, überaus teurer SUV ist mir in die Beifahrerseite gefahren. Eigentlich sollte ich jetzt verängstigt oder erschrocken sein. Doch nur ein Gefühl erfüllt meinen Körper: Wut. Rasende, ätzende Wut! Der heutige Morgen ist der schlimmste Tag aller Zeiten! Nicht nur, dass ich bis in die Morgenstunden gefeiert, mit einem Fremden geschlafen und dann verschlafen habe. Nein, ich komme auch noch zu spät, sehe trotz Make-up total verkatert aus, und irgendein Vollidiot kann die Farbe Rot nicht von Grün unterscheiden.

»Das reicht!«, schnaube ich, schnalle mich ab und reiße die Autotür auf. Aus dem schicken Wagen steigt ein junger Mann im grauen Anzug aus und starrt mich entsetzt an.

»Oh mein Gott! Ist alles in Ordnung?«, fragt er sichtlich mitgenommen, doch für mich gibt es kein Halten mehr. Ich explodiere wie ein Vulkan; anstatt Lava spucke ich Schimpfwörter. Wie von Sinnen haste ich auf ihn zu, baue mich vor ihm auf und funkele ihn böse an.

Na ja, es wirkt wohl eher lustig, denn er ist einen ganzen Kopf größer als ich, hat breite Schultern und sieht verdammt gut aus. Nun stehe ich hier vor diesem Fremden im exzellent geschnittenen Anzug, und auf einmal klopft mir das Herz bis zum Hals. Sein Haar ist strohblond, perfekt frisiert, und ein Dreitagebart ziert sein Gesicht, der ihn ungeheuer attraktiv macht. Mein Blick bleibt an seinem Oberkörper hängen, denn sogar durch den Stoff des Anzugs erkenne ich, dass er durchtrainiert ist. Plötzlich überkommt mich das Verlangen, ihm durch die Haare zu fahren, um herauszufinden, ob sie so weich sind, wie sie aussehen.

*Was? Wie bitte? Wo kommen denn diese Gedanken her? Der Idiot ist, so heiß er auch sein mag, gerade in mein Auto gebrettert.* »Sag mal, hast du sie noch alle, du Arsch? Bist du blind oder bist du einfach zum Spaß über Rot gefahren?«, schreie ich ihn heiser an. Na toll, eigentlich wollte ich gefährlich rüberkommen, doch es klingt wie die verzerrte Stimme eines Kinderspielzeugs.

Er runzelt die Stirn und hebt beschwichtigend die Hände. »Hören Sie, es tut mir leid«, sagt er mit seiner tiefen, sexy klingenden Stimme.

*Sexy? Was ist denn nur los mit mir? Dieser Arsch hat mich gerammt und ich finde ihn attraktiv?* Ich muss einen Hirnschlag haben, genau das muss es sein!

Er kommt auf mich zu, blickt mich besorgt an. Mit einem Mal ist er mir so nah, dass ich sein herbes Parfüm riechen kann. Ein wunderbarer Duft. Ich bin versucht, die Augen zu schließen und tief einzuatmen. »Alles okay? Haben Sie sich den Kopf gestoßen? Ich rufe lieber einen Krankenwagen.«

Panik erfüllt mich, lässt mich scharf die Luft einziehen. »Jetzt muss ich mich auch noch mit einem sexy Anzugträger herumschlagen«, murmele ich vor mich hin.

»Wie bitte?«

»Ich habe nicht mit Ihnen geredet!«

Er hebt überrascht eine Braue. »Was war das mit dem sexy Anzugträger?« Er grinst mich schief an. Genießt er es etwa, mich in Verlegenheit zu bringen?

*Was? Wie? Oh Mist, ich habe wieder laut gedacht! Nur nichts anmerken lassen.* Ich hole tief Luft und wende mich ihm wieder zu. Ein Fehler, wie sich herausstellt, denn seine Augen sind so faszinierend, dass ich mich in den Tiefen der türkisen Iris verliere. *Komm schon Reed, reiß dich zusammen!*

»Hören Sie, ich komme an meinem ersten Arbeitstag viel zu spät. Geben Sie mir einfach Ihre Telefonnummer und wir besprechen alles Weitere später.«

»Wie Sie wünschen, aber soll ich nicht doch lieber einen Arzt rufen? Sie sehen fertig aus.«

Das bringt das Fass zum Überlaufen. »Mich interessiert Ihre Meinung nicht! Geben Sie mir endlich Ihre verdammte Nummer!«, zische ich mit zusammengebissenen Zähnen.

»Okay, okay. Wenn Sie mich *so* nett bitten.« Mit leicht amüsiertem Gesichtsausdruck greift er in sein Jackett und zieht eine Visitenkarte heraus.

Wutentbrannt kralle ich mir das Stück Papier, ohne einen Blick darauf zu werfen, und steige in mein verbeultes Auto.

Während der Fahrt, die Gott sei Dank ohne weitere Komplikationen verläuft, bekomme ich den attraktiven SUV-Fahrer nicht aus dem Kopf. Sein Lächeln war derart charmant, dass ich tatsächlich kurz vergessen hatte, sauer auf ihn zu sein.

Sein wohlduftendes Parfüm, dazu noch sein muskulöser Körper, den man durch den Anzug nur erahnen konnte. Doch was mich wirklich fesselte, waren seine warmen, türkisfarbenen Augen.

Ich schüttle schmunzelnd den Kopf und versuche, mich auf die Straße zu konzentrieren. Männer und ich, das hat bis jetzt immer zu einem gebrochenen Herzen geführt – meistens war es meins.

»Mister Coleman, es tut mir schrecklich leid, dass ich am ersten Tag zu spät komme. Ich hatte einen Autounfall!«, wimmere ich meinem Boss entgegen und drücke theatralisch auf die Tränendrüse. Seine Miene wandelt sich augenblicklich von verärgert zu besorgt.

»Oh mein Gott, Miss Reed, geht es Ihnen gut? Wieso sind Sie nicht im Krankenhaus?« Erleichtert stelle ich fest, dass er genauso reagiert, wie ich es von ihm erwartet habe.

»Mir ist nichts passiert, Sir. Ich kann arbeiten, ich wollte mich nur persönlich bei Ihnen für die Verspätung entschuldigen.«

Sein kurzes Haar ist schneeweiß, er hat eine schlanke Statur und warme blaue Augen. Der Körper ist vielleicht vom Alter gezeichnet, doch sein Geist ist lebendig, strahlt Autorität aus. Er tätschelt mir väterlich den Rücken. »Danke, mein Kind. Ich bin froh, dass Ihnen nichts weiter zugestoßen ist. Es trifft sich sogar gut, dass Sie in mein Büro gekommen sind. Ich möchte Ihnen gerne meine beiden Söhne vorstellen. Sie werden schon bald meinen Platz einnehmen und das Unternehmen leiten.«

Ich folge diesem fürsorglichen Mann, der mich ein wenig an meinen verstorbenen Großvater erinnert, durch den Flur zu einer zweiflügligen Milchglastür. Die Namen von Liam und Sean sind in schwarzen Lettern neben dem Eingang angebracht. Mit einem Klopfen tritt Coleman senior in das Büro, und ich folge ihm.

»Guten Morgen, meine Herren. Ich möchte euch unsere neue Assistentin vorstellen, Emma Reed.«

Ich senke meinen Blick, stelle entsetzt fest, dass der unterste Knopf meiner Seidenbluse offen ist. Schnell knöpfe ich sie zu und hebe den Kopf.

Da ist wieder das Ohnmachtsgefühl von vorhin, und ich glaube, den Boden unter den Füßen zu verlieren. Vor mir stehen zwei große, äußerst attraktive Männer, denen ich schon zuvor begegnet bin. Während der eine blondes, kurzes Haar, breite Schultern und einen gebräunten Teint aufweist, ist sein Bruder das genaue Gegenteil. Helle Haut, schwarzes, wild zerzaustes Haar und hohe Wangenknochen. Eigentlich könnte ich ja froh sein, dass meine Vorgesetzten gut aussehend sind, das Auge isst ja schließlich mit, auch bei der Arbeit, doch ich bin es nicht. Denn links steht mein unbekannter One-Night-Stand und rechts der sexy Arsch, der mir ins Auto gefahren ist. Ich versuche zu lächeln, was mir jedoch gänzlich misslingt.

*Na, das kann ja heiter werden!*

*Das ist doch ein Scherz, oder?* Ich meine, gleich wird ein Kamerateam erscheinen und mir erklären, dass ich bei einer Prank-Show bin. Ich warte, doch nichts passiert.

Ich schlucke nervös. Natürlich geschieht so was immer mir. Dass ich mit einem meiner zukünftigen Bosse geschlafen und den anderen beschimpft habe. Ich schaue drein, als würden Weihnachtsmann und Osterhase gleichzeitig vor mir stehen. Drei Augenpaare sind auf mich gerichtet, und ich versuche, mich zu sammeln.

»Freut mich sehr, meine Herren«, piepse ich, strecke ihnen die Hand entgegen und entlocke den Männern der Stunde sogleich ein Schmunzeln. Mister One-Night-Stand lässt nicht lange auf sich warten und ergreift meine Hand.

»Sean Coleman. Miss Reed, es ist mir wahrhaftig eine Freude, Sie wiederzusehen. Haben Sie gut geschlafen?«, fragt er ohne jegliche Scham und grinst mich verführerisch an. Genau dieses Lächeln ist mir gestern Abend zum Verhängnis geworden. Ich schlucke, mein Mund ist trocken, und die Zunge klebt an meinem Gaumen.

Sean Coleman hat eine besondere Wirkung auf mich, der ich mich nicht entziehen kann. Der Blick von Charles und Liam huscht von Sean zu mir, und ich bin kurz davor, zu hyperventilieren.

*Die müssen ja sonst was denken, und sie haben nicht mal unrecht!* »Da-Danke, Sir. Ja, ich habe sehr gut geschlafen«, stottere ich verlegen. *Warum soll ich lügen?* Er ist wirklich grandios im Bett.

Nun reiche ich seinem Bruder die Hand. »Liam Coleman, freut mich. Was für eine Überraschung, Miss Reed. Wir hatten ja heute schon das Vergnügen.« Er lächelt, und irgendwie bringt mich dieses schiefe Grinsen genauso unerwartet aus dem Konzept. Seine Hand ist rau, aber er drückt meine nur ganz sanft. Ich schlucke erneut, und die Hitze schießt mir in die Wangen.

»Ähm … ja, stimmt. Es tut mir leid wegen vorhin. Ich wollte Sie nicht beschimpfen«, sage ich zu Kreuze kriechend. Das wird wohl mein erster und letzter Arbeitstag sein. *Verabschiede dich von der Marketingbranche, Emma!*

»Ist schon okay. Schließlich war es meine Schuld«, antwortet er salomonisch.

»Ihr drei kennt euch bereits?«, fragt nun Coleman senior. Seine Stimme scheint nicht mehr freundlich, eher verärgert. *Oh ja, game over, Miss Reed.*

»Vater, ich bin heute Morgen in Miss Reeds Auto gefahren. Wir hatten einen kleinen Unfall.«

Mein Blick gleitet zu dem Mann neben mir, der mit den Kiefern mahlt und seine Söhne mit Adleraugen beobachtet. »*Du* bist der armen Miss Reed ins Auto gefahren? Wo hast du denn deine Augen, Liam? Warst du allein?«

*Ob er allein war? Was ist das denn bitte für eine Frage?*

»Ja, Vater. Ich war allein.«

Er wendet sich wieder mir zu. »Miss Reed. Sie können nun zu Miss French gehen und sich alles erklären lassen. Ab heute sind Sie ihre Assistentin.«

Mit eingezogenem Kopf verlasse ich das Büro, lehne mich gegen die Tür, nachdem ich sie hinter mir geschlossen habe, und atme erst einmal tief durch. Anscheinend bin ich noch Assistentin bei Coleman & Sons. *Die Frage ist nur, wie lange?*

Miss French ist eine schlanke, vollbusige, überaus künstlich wirkende Puppe. Eine bessere Beschreibung will mir nicht einfallen. Ihr weißblondes Haar fällt ihr bis zur Taille, ihr Teint ist blassrosa, und ihr Körper wohlgeformt. Sie trägt ein knappes Kleid, das wirklich nicht mehr viel Spielraum für die Fantasie lässt.

Miss French kaut auf einem Kaugummi und erklärt mir halbherzig den Arbeitsbereich. *Wie zum Teufel hat sie es geschafft, Abteilungsleiterin zu werden?* Ein Blick auf den prallen Hintern, der hin und her wippt, lässt es mich erahnen.

Zu meinem Leidwesen bin ich fürs Kaffeekochen, Post sortieren und Beantworten und Abtippen von Briefen verantwortlich. Von einer glänzenden Karriere in der Werbebranche bisher keine Spur.

»Hast du noch Fragen?«, will Jazabell wissen. Ja, das ist kein Witz, ihr Name ist wirklich Jazabell. Ihre Eltern müssen sie wohl hassen.

»Nein. Habe ich nicht.«

Sie schnaubt und sieht mich missbilligend an. Der Grund dafür ist mir jedoch schleierhaft. »Jetzt kannst du schon mal in die Küche gehen und frischen Kaffee aufsetzen.« Sie schnalzt mit der Zunge und verschwindet in ihrem Einzelbüro.

Der Bürokomplex ist ein modernes, mit schwarzem Glas verkleidetes Hochhaus. Im Untergeschoss befindet sich die große Cafeteria für die Mitarbeiter. Die erste Etage fällt in den Bereich des Empfangs und der Presseabteilung. Die nächste in den des Sicherheitsdienstes. In den zwei Stockwerken darüber befinden sich die Buchhaltungs-, Rechts- und Personalabteilung. Die letzten fünf Geschosse sind den aktiven Mitarbeitern vorbehalten, die mit den direkten Kundenaufträgen beschäftigt sind.

Den ganzen Vormittag habe ich Flyer sortiert, Kaffee gekocht und Bestellungen fürs Mittagessen aufgenommen. Mein Kopf brummt, ich bin todmüde und sterbe vor Hunger. Liam und Sean sind mir seit unserer peinlichen Vorstellungsrunde nicht mehr über den Weg gelaufen, und ich danke Gott auf Knien dafür.

Das Großraumbüro ist recht modern ausgestattet, wirkt schlicht und funktionell. Neben den hochwertigen Rechnern stehen viele Grünpflanzen und abstrakte Kunstwerke. Auch wenn das Mobiliar hauptsächlich weiß und schwarz ist, peppt eine rote Couch hier und eine gelbe Vase da das Ganze auf. Es versprüht eine entspannte Atmosphäre. Ich fühle mich wohl in diesem Unternehmen, es ist heimisch und gemütlich. Nicht so, wie ich es von einer der größten Marketingagenturen der Stadt erwartet habe.

Ich lehne in der Büroküche an der Arbeitsplatte und warte darauf, dass es endlich dreizehn Uhr wird und ich Mittagspause machen kann. Pünktlich auf die Minute läutet auch schon mein Handy.

»Hey, Principessa«, begrüßt mich ein überschwänglicher Aiden. Ich will ihn am liebsten durchs Telefon ziehen und erwürgen. Von einem Kater keine Spur.

»Spar dir deine Principessa, du elender Mistkerl!«, zische ich und stoße mich mit Schwung von der Küchenzeile ab. »Wegen dir habe ich verschlafen und bin neben einem fremden Mann aufgewacht!.«

Er lacht. »Ach, komm schon. Ich habe dir zwar die ersten zwei Shots aufgezwungen, aber die restlichen hast du freiwillig getrunken und dich nicht beschwert.«

»Das stimmt doch gar nicht!«

»Und wie das stimmt! Nach deinem zehnten Shot hast du noch gerufen, und ich zitiere: ›Scheiß auf die Arbeit als Marketingmanagerin, ich werde Backgroundtänzerin!‹ Und dann hast du wild getanzt. Mann, war ich stolz auf mein Mädchen.«

Mit der flachen Hand klatsche ich mir auf die Stirn. *Wie peinlich ist das denn?*

»Außerdem war der Typ heiß! Schade, dass er nicht auf Männer steht, sonst hätte ich ihn mir sicher geschnappt.«

»Na ja, so toll war er auch nicht«, versuche ich abzulenken, doch der Gedanke an Sean Coleman, der jeden Zentimeter meines Körpers geküsst hat, lässt mir die Schamesröte ins Gesicht schießen.

»Ich kenne dich, Baby, und ich weiß, wann du lügst. Gib's zu, er war der Hammer im Bett, oder?«

Ich kann mir sein breites Grinsen regelrecht vorstellen. »Okay, er war heiß und der Sex göttlich, aber er ist jetzt mein Boss«, beichte ich und kneife die Augen zusammen. Die Tatsache, dass ich mit meinem Boss geschlafen habe, liegt mir schwer im Magen.

Ich habe mir diesen ersten Arbeitstag ganz anders vorgestellt, wollte alle von den Socken hauen und ihnen zeigen, dass ich etwas auf dem Kasten habe und genau in diese Agentur gehöre. Doch ich habe mich vor den Chefs wie eine Piepsmaus auf LSD verhalten.

»Mister Göttlich ist dein Boss?«, fragt Aiden, und ich kann seine Verwunderung deutlich heraushören.

»Ja, Aiden. Mister Göttlich ist mein neuer Boss.«

Ein Räuspern hinter mir lässt mich vor Schreck zusammenfahren. Wie von der Tarantel gestochen drehe ich mich um. Da steht Sean Coleman in seiner ganzen Herrlichkeit und grinst mich frech an.

*War ja klar.*

»Emma? Emma, bist du noch dran?«, ruft Aiden verunsichert durch das Handy. Sean lehnt mit verschränkten Armen an der Küchentheke und mustert mich intensiv. Sein Blick ist abschätzend und lüstern zugleich und verrät mir sofort, dass er an vergangene Nacht denkt. Er schmunzelt über meine Sprachlosigkeit und reibt sich amüsiert das Kinn.

»Ähm, Aiden, ich ruf dich zurück!« Ohne auf eine Antwort zu warten, drücke ich ihn weg.

»Mister Coleman, hallo«, sage ich schließlich nach einer gefühlten Ewigkeit und betrachte meinen Boss noch einmal eingehender. Weiche Gesichtszüge, die dennoch männlich sind, sein schwarzes, etwas länger geschnittenes Haar fällt ihm frech in die Stirn und gibt ihm etwas Verwegenes. Geschwungene Brauen, volle Lippen und ein spitz zulaufendes Kinn zieren sein Gesicht. Der dunkelblaue Anzug mit hellblauen Nadelstreifen sitzt wie eine zweite Haut. Seine Krawatte harmoniert mit dem Outfit, und er wirkt nicht mehr wie der Typ, den ich in der Bar kennengelernt habe. Gestern habe ich einen Halbgott in Jeans und Lederjacke geküsst. Hier im Büro sieht er trotz des Anzugs immer noch verboten gut aus, dass ich aufpassen muss, nicht zu starren.

Ich schlucke und werde augenblicklich nervös, wenn ich an unseren Sex denke. Er war hemmungslos und voller Leidenschaft. Normalerweise bin ich eher der Beziehungstyp, aber Sean kitzelte die Femme fatale aus mir heraus, von der ich nicht einmal wusste, dass sie in mir existiert. Noch immer spüre ich seine geschickten Finger auf mir, die mir den heftigsten Orgasmus meines Lebens beschert haben.

*Berühr mich hier*, raunte er verführerisch und führte meine Hand langsam an seinen Schoß. Ich tat nur zu gern, was er befahl, genoss es, ihn zu verwöhnen, zu streicheln und seinem erregten Atem zu lauschen.

*Okay, ich habe ihn nackt gesehen. Aber das ist nicht allein der Grund meiner Nervosität.* Ich hoffe und bete, dass er von dem Gespräch mit Aiden nichts mitbekommen hat.

»Mister Göttlich also, hm«, sagt er schließlich amüsiert, und ich kneife die Augen fest zusammen, als hätte mir jemand eins mit dem Hammer übergezogen. *Mist, verdammter!*

Verlegen zucke ich mit den Achseln. Er stößt sich von der Arbeitsplatte ab und geht ein Stück auf mich zu. Instinktiv weiche ich zurück. Doch ihn lässt das kalt. »Hören Sie, Mister Coleman –«

»Sean.«

»Was?«

»Nenn mich Sean«, raunt er, und mein Herz setzt einen Schlag aus. Seine Stimme ist rau und trieft vor Sex. *Oh ja, Sex!*, schreit mein Unterbewusstsein, und ich schüttle verärgert den Kopf. *Was ist denn mit mir los?* Wir sind doch nicht auf der Highschool, sondern im Büro. Diese Tatsache ernüchtert mich, und endlich bin ich wieder ganz bei Verstand.

»Nein, ich möchte Sie nicht beim Vornamen nennen.«

»Ich habe es keiner vor dir angeboten, also kannst du dich ruhig geschmeichelt fühlen.«

*Wie bitte?*

»Sie sind mein Boss, das wäre nicht richtig.«

Ich trete zurück, bis ich die kalte Wand im Rücken spüre. Sean gleicht einem Panther, der seine Beute ins Visier nimmt, um dann zuzuschlagen. Mir gefällt diese Situation ganz und gar nicht.

»Wieso willst du mich nicht mit dem Vornamen ansprechen? Gestern Nacht hat es dich auch nicht gestört, vor Lust meinen Namen zu schreien, während du gekommen bist.« Er grinst frech. Mein Gesicht nimmt die Farbe einer roten Ampel an, am liebsten würde ich im Erdboden versinken. Er kommt näher, steht jetzt ganz dicht vor mir und fängt meinen Blick mit seinen eisblauen Augen ein. Mein Herz schlägt wild in meiner Brust.

»Da wusste ich auch nicht, dass Sie mein Boss sind.«

»Auch wenn ich dein Chef bin, können wir zusammen sehr viel Spaß haben, Emma. Du bist sehr sexy, wenn du so tust, als würdest du mich nicht wollen.«

Mein Puls rast, doch ich lasse mich nicht aus dem Konzept bringen. Na ja, ich versuche es zumindest. »Ich will Sie aber nicht!«

»Dein Körper sagt mir etwas ganz anderes«, raunt er dicht an meinem Ohr, sodass ich seinen Atem auf der Haut spüre. Ich schließe die Augen, und ein wohliger Schauer erfüllt meinen Körper. Er hat recht. Ich will ihn.

*Wer die Wahl hat ...*

April Dawson
PICK THE BOSS -
LIEBE IST CHEFSACHE
170 Seiten
ISBN 978-3-7363-0489-5

Was tust du, wenn du nach einer durchzechten Nacht neben deinem One-Night-Stand aufwachst und panisch feststellst, dass du ausgerechnet an deinem ersten Arbeitstag zu spät kommst? Als wäre das noch nicht genug, übersieht ein Kerl die rote Ampel und fährt dir direkt ins Auto. Mit Müh und Not schaffst du es noch ins Büro, und vor dir stehen deine neuen Chefs, die dir sehr bekannt vorkommen: rechts Mr Autounfall, der Rot von Grün nicht unterscheiden kann, und links Mr One-Night-Stand, dessen Name dir einfach nicht einfallen will ...

»Eine Autorin, die man sich merken sollte, und ein Buch, das man nicht verpassen darf.« KLEEBLATTS BÜCHERBLOG

*Prinzessin wider Willen*

April Dawson
ROYAL WEDDING
252 Seiten
ISBN 978-3-7363-0684-4

Jenna hat ein für alle Mal genug von den Lügen der Männer. Trotzdem will sie nicht aufgeben, den Richtigen zu finden. Sie beschließt deshalb, über eine Heiratsannonce einen völlig Fremden zu heiraten. Als sich jedoch herausstellt, dass dieser Philip ein waschechter Prinz ist, steht Jennas Welt Kopf. Kann sie ihm seine Lügen verzeihen und ihm die Chance geben, die Liebe ihres Lebens zu werden?